UNTITLED

Joachim Bessing

UNTITLED

Roman

Kiepenheuer
& Witsch

Alle Plätze und Personen gibt es wirklich.
Die Ereignisse der Handlung sind freilich erfunden.

MIX
Papier aus verantwortungsvollen Quellen
FSC® C014496
Verlag Kiepenheuer & Witsch, FSC-N001512

1. Auflage 2013

Umschlaggestaltung unter Verwendung
einer Holzplastik 48×40 cm (Platanus) von Angela Crone
Gesetzt aus der Sabon
Satz: Buch-Werkstatt GmbH, Bad Aibling
Druck und Bindearbeiten: GGP Media GmbH, Pößneck
ISBN 978-3-462-04517-8

Für Dich

Wem gefiele nicht eine Philosophie,
deren Keim ein erster Kuss ist?

Novalis

Paris

Ich stehe an der Bande des mit hellem Sägemehl bestreuten Parcours unter den berühmten Glaskuppeln des Grand Palais in Paris, alles hier ist entweder dunkelbraun oder orangefarben dekoriert, auf den Tafeln der Bande wiederholt sich der Schriftzug Hermès Hermès Hermès, es ist Nacht und computergesteuerte Effektlichter in Orange und in hellem Blau wirbeln über die Rücken zweier Herden von Pferden – die einen mit hellem, die anderen mit dunklem Fell –, dazu läuft eine an die Nieren gehende Streichermusik: Es ist eine Art Tanztheater für Pferde, der Plot dreht sich um ein verirrtes, nein: entführtes Pferdeweibchen, eine Prinzessin, die von den Apfelschimmeln, sechzehn an der Zahl, gerettet werden soll. Ich trage mein Lieblingsjackett, aus navyfarbenem Plastikpiquet, ich bin angetrunken wie eigentlich an jedem Abend seit Monaten, immer gibt es diesen Jemand, der mein Glas wieder auffüllt, heute ist es Champagner, in zwanzig Minuten wird bereits zum Charity-Dinner gebeten, meine Tischdame wird die Frau des japanischen Botschafters sein, und jetzt erst erkenne ich Carine Roitfeld, die von der gegenüberliegenden Tribüne zu mir hinüberschaut, und ich sehe ihr Kannibalengrinsen leuchten und es ist mir peinlich, denn ich weine und weine und die Tränen laufen mir über die Wangen und bestimmt glänze ich, also hebe ich ebenfalls mein Glas und proste ihr über den Wirbel aus Pferderücken zu. Ich drücke mich durch die vielen vielen anderen Menschen hindurch und beeile mich zu den Toiletten ins Untergeschoss, verriegele die Kabinentür, streife mein Jackett ab, wahrscheinlich rutscht es zu Boden. Ich stütze mein heißes, klebriges Gesicht in meine Hände und heule endlich endlich richtig los.

Als kaum mehr Tränen nachkommen und das Schluchzen mich durchschüttelt, lege ich meine Schläfe an die kühlen Kacheln und merke dabei, dass mir der kleine Schmerz gerade richtig guttut, und ich presse ein bisschen fester gegen die Wand und mit der freien Hand stecke ich mir die Ohrhörer ein. Der iPod shuffelt The Greatest von Cat Power, was die Sache nicht unbedingt besser macht, aber Hauptsache: Ich muss die Pferdemusik nicht mehr hören, und ich ziehe aus dem kleinen Ziplock-Tütchen eine vernünftige Menge Ketamin hoch; gerade genug, um mich wieder einzukriegen und abzudämpfen für das Dinner, zu dem ich jetzt wieder hinaufsteigen muss. Vor dem Spiegel träufle ich mir etwas Visine in die Augen, um die Rötungen wegzukriegen. Mir wird kalt und ich nehme noch etwas von dem Ketamin.

Als ich mich später im Hotelzimmer ausziehe, fallen aus meiner linken Jackentasche einige schwere Silbergabeln von Cristofle, die ich während der Unterhaltung mit meiner Tischdame eingesackt haben muss. Man hat mir die ersten Flakons des Parfums von Martin Margiela zugeschickt. Es heißt Untitled und soll nach Buchsbaum und Schierling duften. Auf dem Tisch steht ein Trog aus Bleikristall mit lila Rosen, darin steckt eine Karte von Tom Ford, mit der er sich für die Story über seine erste Schmuckuhrenkollektion bedankt, die Figaro Madame am letzten Wochenende abgedruckt hat.

Ich fülle mir einen Baccarat-Tumbler bis unter den Rand mit Chambord ohne Eis und nehme kleine Schlucke, die angenehmerweise nach nichts schmecken, denn das Ketamin hat mich mittlerweile vollkommen taub für alles werden lassen, bis auf eins – als ich den Computer aufklappe, erscheint dort nach dem zweifachen Einrasten der Festplatte ein Nachbild des Videoskypes von heute Nachmittag. Und ein Standbild des Gesichts von J füllt das Display aus, sie ist so wunderschön, und darüber erscheint in grober Systemschrift: Verbindung abgebrochen.

Ich fange schon wieder an zu heulen. Es hört nicht mehr auf.

Und immer noch vor mich hinweinend entledige ich mich später meiner Kleidung kreuz und quer über den Teppichboden, schlüpfe unter die breite, seufzend auf mich herabsinkende Daunendecke und sehe mich im anderen Teil der Suite noch immer vollkommen bekleidet an dem spiegelnd polierten Holztisch sitzen, wo ich ein dunkles Blütenblatt nach dem andern aus dem Rosenstrauß zupfe.

Ketamin: die Droge, von der Katholiken träumen.

Das Duschen unter dem Rainforestschwall bringt fast nichts, ich fühle mich wie kurz vor dem Zubettgehen, dabei ist es morgens, kurz vor halb neun. Aus meinem Fenster kann ich den Dachgarten des Stammhauses von Hermès in der Rue Saint-Honoré sehen, ein Hengst aus weißem Stein setzt zum Sprung an über die Brüstung, der Reiter reckt eine Lanze, an der büschelweise Karrees aus der Seidentuchkollektion befestigt sind, in den perlgrauen Himmel über den Dächern der schönsten Stadt der Welt. Es regnet, ein gelangweiltes Nieseln, und etwas singt in meinen Knochen.

Es ist ein Irrglaube, dass Croissants in Frankreich am besten schmecken. Zumindest in Paris – ansonsten verschlägt es mich manchmal noch nach Nizza oder Juan les

Pins – sind sie geradezu beschissen. Selbst die Croissants im Bordbistro des ICE, die mitsamt ihrer perforierten Folienhülle im Mikrowellenherd gewärmt werden, sind französischer, sozusagen. Es gibt die Möglichkeit, sich Saft frisch pressen zu lassen. Im silbernen Korb neben der Presse sind Äpfel mit roter Schale ausgestellt, das Glas wird aber mit einer neongrünen Flüssigkeit gefüllt serviert. Sie erscheint mir nahrhaft. Noch zwei davon und ich fühle mich bereit für den zweiten Tag im Grand Palais.

Mein sogenannter Arbeitstag besteht größtenteils aus Cocktails und anderen Empfängen. Ich reise an, um eine noch nicht auf dem Markt befindliche Handtasche zu begutachten, wir feiern einen Schuh, alle halbe Jahre stehen in rascher Folge die Modenschauen in New York, London, Paris und Mailand an (in Berlin, wo ich eigentlich lebe und zu Hause bin, schicke ich die Volontäre zur sogenannten Fashion Week).

Ich bin neununddreißig. Ich habe nie studiert. Ich habe in Nachtklubs gearbeitet und danach in Werbeagenturen. Mit dem Schreiben konnte ich mehr Geld verdienen als mit den Tresenjobs, also habe ich das gemacht. Ich habe von Anfang an über schöne Dinge geschrieben, weil mir zu Krisen und Kriegen, zu Immobilienpreisen oder Sportereignissen nichts einfällt. Ich verstehe nicht, worum es im Nahostkonflikt geht. Da bleiben nur die Handtaschen übrig, die Schmuckuhrenkollektionen und Parfums, die nach Buchsbaum duften, und Springreitturniere im Grand Palais. So sieht es aus.

Ein Bellboy (er ist in meinem Alter) in lavendelfarbener Uniform streckt mir einen Schirm hin. Ich kann nicht verstehen, was er sagt, denn die Musik aus den Ohrhörern übertönt jedes Geräusch. J hat mir ein iTunes Geschenk gesandt. Peter Sarstedt singt Where Do You Go To My Lovely.

Auf der Brücke über die Seine, die wie alle Brücken über die Seine wunderschön ist mit ihren gusseisernen Laternen und der genau richtig geplanten Breite für die spiegelnden Ströme der Autos und den sich fotografierenden Personen links und rechts, nehme ich zur Sicherheit noch eine der Schmerztabletten ein, die mir verschrieben wurden, nachdem ihnen im Brainscanner ein ungewöhnlich stark flammendes Feld in meinem Kopf aufgefallen war, das mir einige Wochen lang als ein Gehirntumor diagnostiziert wurde – dabei bin ich bloß zum ersten Mal verliebt.

Das Ganze fing vor drei Monaten an, an einem Dienstag im Februar, das Datum hat sich mir eingebrannt wie mein eigener Geburtstag, mit einem Telefonnummernrhythmus, einer eigenen Melodie: Elfter Zweiter Zweitausendzehn. An diesem erinnernswerten Tag war ich morgens bereits derart erschöpft, dass ich mich kaum auf meine Aufgaben konzentrieren konnte. Leute kamen in mein Büro und verließen es irgendwann auch wieder, ich konnte meinen desolaten Zustand offenbar nur ungenügend verbergen, aber ich bekam sympathische Reaktionen – klar, schließlich war ich zum ersten Mal seit etwa acht Jahren in die Ferien gefahren, und dann gleich für drei Wochen. Mit meiner sympathischen Freundin, die zwar niemand so recht kannte, aber zu deren Person und Aktivitäten es auf Facebook freundliche Kommentare zu geben schien. Und eben diese Freundin, mit der ich soeben drei Wochen im Norden Thailands verlebt hatte (Scooter fahren in den Bergen, Fußmassagen, heiße Schwefelquellen, in deren Sud man Eier in Bastkörbchen kochen kann, um sie dann mit Sojasoße zu essen. Überhaupt: essen, essen, essen, denn when in Thailand, do as the Thai do. Und die essen nun einmal rund um die Uhr so in etwa sechs bis neun Mahlzeiten), eben diese Senta

Kustermann rief mich also an, nachdem ich gerade wieder jemanden aus meinem Büro verabschiedet hatte, und gab mir die Planung des anstehenden Abends bekannt. Senta plante überhaupt sehr gerne. Ich wiederum überhaupt nicht, Planen macht mir nicht nur schlechte Laune, Planen macht mir Angst; es ist sogar so, dass von mir geplante Dinge (sollte ich dazu gezwungen werden, mich auf etwas festzulegen) wiederum von mir selbst dergestalt torpediert werden, dass nichts daraus werden wird. Ich möchte hier nicht in die Details gehen, denn eigentlich ging es an diesem erinnernswerten Tag um etwas wesentlich anderes. Und das kam so:

Senta Kustermann sagte: Sascha, den du ja auch kennst, hat einen Typen an der Hand, der ein neues Restaurant in dieser ehemaligen Ostdisco unterhalb der Wolf-Biermann-Brücke eröffnet: Direkt am Wasser, der Kronengrill. Wir gehen da heute mit zehn, zwölf Leuten hin und probieren das aus.

Ich sagte: Bitte nicht.

Freilich hatte ich bereits von diesem Restaurant gehört, aber mir war an diesem erinnernswerten Tag so überhaupt gar nicht nach ausgehen, sich betrinken und Anekdoten aufwärmen zumute. Und das, so stellte es sich besonders deutlich nach einem längeren Asienaufenthalt dar, ist nun mal das Ritual eines angekündigten Abends mit Freunden – von denen ich, by the way, bis auf meine Freundin Senta Kustermann keinen einzigen auch nur annähernd so gut kannte, dass ich ihn als Freund bezeichnen hätte können oder wollen, müssen, dürfen.

Die von den bretonischen Designer-Brüdern Bouroullec geplante Einrichtung des Kronengrills erzwingt es, dass die Gäste nebeneinander an einer langen Tafel Platz nehmen. Die Tischgespräche sind dann nur noch mit dem Anrainer möglich. Neben mir saß demzufolge Senta, die ich ja bereits kannte und die, aus eben diesem Grund, eigentlich woanders sitzen wollte, was aber von der Frau des Feuilletonisten mit der Brian-Jones-Frisur verhindert wurde, die sich nicht gut fühlte, was man ihr tatsächlich auch ansah, und aus eben diesem Grund neben ihrem Mann sitzend verblieb. Zu meiner bereits erwähnten posturlaubialen Erschöpfung und der Raumkonzeption des Restaurants kam noch die namensgebende Küche des Kronengrills in einer mich als Gemüsefreund ermüdenden Funktion: Fleisch und wenn schon mal ein Fisch, dann hieß der Seezunge. Aber zum Essen war ich ja auch nicht gekommen – wozu eigentlich? Es gab einen Moment an diesem erinnernswerten Abend, als zwischen den Flaschenbieren und dem Rotwein zwei Frauen erschienen waren, die offenbar zu unserer Gruppe stoßen sollten oder wollten. Die eine davon war des Gastgebers Freundin Susanne, die mir tagsüber hin und wieder begegnet war. Die Danebenstehende im schwarzen Pilotenparka hatte ich zuvor noch nie gesehen.

Nach dem Essen, das wirklich exzellente Gänge aufgeboten hatte, wollte ich unbedingt rasch bettwärts aufbrechen, denn ich hatte ziemliche Mengen eines ebenfalls exzellenten Spätburgunders eingenommen und fühlte mich dementsprechend müd. Aber es war Senta selbst, die mich abermals überredete, *auf nur noch einen Drink* mit in die Wohnung eines der Gäste mitzukommen, denn diese – so die dem Berliner Nachtleben eignende Logik – läge ja ohnehin auf dem Nachhauseweg.

Was wirklich stimmte, allerdings verströmte dort alles – Einrichtung, Zuschnitt, Farben und Materialien – eine derart aufdringliche Langeweile, dass ich mir nur noch zu helfen wusste, indem ich tat, was ich in fremden Wohnungen immer tue: Ich scannte das Bücherregal. Der Mieter war angeblich ein Privatgelehrter, sein Name sagte mir allerdings überhaupt nix, doch nach kurzer Orientierungslosigkeit entdeckte ich in den bunten Reihen ein mir sehr liebes und wichtiges Taschenbuch: Geist-Seele-Eins von Plotin.

Plo-tiehn!, wie sie mich korrigierte, die mir zur korrekt altgriechischen Aussprache verhelfen wollte, musste, durfte. Es war die Frau im schwarzen Parka, die neben mich getreten war. Da ich nichts über sie wusste, versuchte ich mich in Angeberei. Tatsächlich hatte ich dieses Buch einmal ansatzweise quergelesen, auf der Suche nach einer effektvollen Stelle, die ich für eine Schlagzeile in der Zeitung nutzen wollte. Und damals war ich dort, bei Plotin, auch tatsächlich fündig geworden, denn dieser Plo-tiehn! war angeblich des Schreibens nicht mächtig gewesen, weshalb er seine Eingebungen und Überlegungen den Eleven diktiert haben soll, was dann wiederum zu einer Art von Oral History – egal. Seine Art zu schreiben, schreiben zu lassen, passte jedenfalls ausgezeichnet in mein Manuskript – zumindest soweit ich das beurteilen konnte, oberflächlich betrachtet. Also sagte ich: Tja, diese Vorsokratiker Punkt Punkt Punkt.

Und sie lachte sehr laut und mit offenem Mund, sodass ich einen Goldzahn zu sehen bekam: Neuplatoniker! Worauf ich natürlich widersprach – was wusste sie denn schon von der Philosophie?

Wir gingen dann an den scheußlichen Beamtencomputer des Gastgebers, der zudem noch in einer Art selbst gebasteltem Gestell aus roh belassenem Tannenholz aufgestellt war. Und natürlich gab Wikipedia dem Tomboy recht. Für den Wetteinsatz hatte ich ihr etwas Interessantes von Margiela versprochen, denn ich rechnete damals in Bälde mit dem Eintreffen der ersten Vorabflakons seines Parfums. Dem Tomboy war Martin Margiela kein Begriff.

Wipe the Slate. Ich kann mich nicht erinnern, was Senta Kustermann währenddessen gemacht hat. Ich weiß nicht, wo sie sich aufhielt – die Wohnung des sogenannten Autors war nun wirklich nicht besonders weitläufig.

Aber ich weiß, dass ich im Badezimmer stand und das Gesicht des kleinen Tomboys mit Zahnpasta einschmierte. Und dass sie sagte: Entferne es – küssenderweise. Eventuell war dies auch als Frage formuliert, egal. Dass man mit etwas Gesagtem tatsächlich etwas zurichten kann, zudem mit einem lächelnd schwingenden küssenderweise – es geschah genau so. Vermutlich waren auch noch andere Personen zugegen. Es war der beste Kuss, den ich jemals bekommen hatte. Es war nämlich, als würde ich mich selbst küssen.

Ich bin erwiesenermaßen ein guter Küsser. Es gab ein paar Frauen, die eine ganze Menge ertragen haben, for just one kiss. Und sie, ich wusste ihren Namen nicht, untitled, konnte dasselbe anrichten.

Irgendwann kamen wir unauffälligerweise aus dem Badezimmer und ich traf Senta, die ja meine Freundin war, und ich versuchte noch etwas von dem zu retten, was ich soeben begraben hatte, vielleicht war ich auch verwirrt, als ich sagte: Lass uns bitte sofort nach Hause gehen. Aber es war Senta Kustermann selbst, die sagte: Ach, die anderen wollen alle noch in die Bar – lass uns noch mitgehen, auf einen letzten Drink.

Dort, es war nicht weit, begann sie umstandslos eine intensive Unterhaltung mit einem der Anwesenden, es ging um eine geschäftliche Angelegenheit, und ich stand oder saß neben dem Tomboy am Tresen, die von einem Schwaben mit Fistelstimme belagert wurde, und ich tat zu meinem eigenen Erstaunen, zu meiner eignen Erregung allerdings auch, etwas, was ich noch nie zuvor in meinem Leben einer Frau gegenüber getan hatte.

I leaned in und sagte: Ich will jetzt sofort mit dir aufs Klo und dort weiterknutschen.

Und sie sagte: Küssenderweise? Das will ich auch.

Nie zuvor habe ich etwas derart Schönes, rein Gutes und meine Erwartung von Sexualität auf derart überwältigende Weise Erfüllendes erlebt wie das Tauschen von Küssen mit ihr. Man sagt das so – de facto wird ja nicht getauscht, sondern verschmolzen. Und wie!

Wohl verkündete sie mir, dass sie verheiratet sei. Und steckte mir eine Visitenkarte zu, auf der sie als Mitglied einer Institution namens Purple Brain ausgewiesen wurde.

Im Taxi mit Senta Kustermann provozierte ich einen Filmriss und schreckte kurz nach sechs hoch aus einem ziemlich schwarzen Schlaf. An dieser Stelle ist es angebracht, zumindest eine Bemerkung meine vita sexualis betreffend anzubringen: Ich hatte eine andere Personen, Frauen wie Männer, zu Heiterkeitsausbrüchen provozierende geringe Anzahl an Partnern; zu sogenannten One-Night-Stands bin ich nicht fähig; ich habe auch keinen ungerichteten Sexdrive. Ich fühlte mich noch nie veranlasst, loszuziehen, um jemanden abzuschleppen. Ein mittlerweile entfernter Bekannter hat mein Problem, das ich selbst übrigens überhaupt nicht als solches empfinde, einmal treffend auf den Punkt gebracht: Warum solltest du dich auch vor fremden Menschen ausziehen?

Ich schloss mich im Badezimmer ein, tippte Julias Nummer in mein Telefon und sandte ihr eine SMS. Die lautete: Im Zweifel für den Zweifel.

Ich bekam nur wenig später ihre Antwort auf demselben Wege. Dort stand: Genau so und nicht anders.

Über den Tag tauschten wir noch einige solcher Formeln und Hülsen, aber dem gesamten Schriftverkehr lag eine beunruhigende Zweideutigkeit zugrunde, die mich in Atem hielt.

Abends dann, ich aß allein in einem nepalesischen Restaurant, fasste ich mir das sogenannte Herz und schrieb: Habe ich dich gestern geküsst? Und sie antwortete mit einem Wort: Ja.

Ich konnte nicht anders, ich fühlte etwas, das ich in dieser Dringlichkeit noch nie gefühlt hatte. Ich schlug ihr, recht förmlich, ein Wiedersehen vor, um diese Geschehnisse zu erklären, zu besprechen, irgendetwas zu klären.

In Wahrheit, so sehe ich das heute, wollte ich an die Geschehnisse anknüpfen. Doch nichts dergleichen geschah. Wir trafen uns in der Bar des Hotel de Rome. Der Vorschlag kam von mir, denn dort war so gut wie nie mit Gästen zu rechnen. Als sie zur Tür hereinkam, verabschiedete sich mein Denken. Was ich sah, erkannte und dachte, war zu einem einzigen Mark-Rothko-farbenen Brummen geschmolzen. Wir unterhielten uns über Quatsch, wir bestellten Tee, die Rechnung habe ich heute noch, nie eingereicht, eine Reliquie, sie saß neben mir auf diesem lächerlichen Recliner und schaute mich an, wie sie mich heute noch immer anschaut, und ich dachte ja wie gesagt nichts, sondern hatte nur dieses Brummen im Gemüt: Nimm sie, stürz dich auf sie, mach sie platt, das ist SIE! Die Frau deines Lebens.

Sie heißt Julia Speer.

Ich hatte zuvor noch nie einen derart intelligenten Menschen getroffen, der mit halben Sätzen auskommt, weil er weiß, was ich sagen will. Vielleicht hatte Julia Speer auch noch nie einen derart flachsinnigen Menschen getroffen, dessen Sätze eben schon in den Anfängen allzu klar machen, worauf es hinauslaufen wird.

Alles von zwei Seiten betrachten zu wollen, alles infrage stellen zu können, das habe ich von ihr. Ich kann nicht sagen, dass es mein Leben leichter gemacht hat.

Aber: Im Zweifel für den Zweifel.

Sie trägt tatsächlich Schnürstiefel von Doc Martens, schwarze, es ist um mich geschehen, ich bringe sie zum Bus – ich kannte bislang niemanden, der Bus fährt. Als sie einsteigt, nehme ich wahr, dass sie ein Einzelticket löst. Ich habe auch nie ein Abonnement erworben für die S-Bahn oder dergleichen. Ich will auch kein Mitglied sein in einem Verein.

Und in dem Moment, da sie in dem trübe leuchtenden Kasten davongefahren wird, spüre ich zum ersten Mal diesen Schmerz, der sich interessanterweise nur so verbalisieren lässt: Verlass mich nicht, Schwester, komm sofort zurück.

Und dieser Schmerz des Vermissens geht fortan nicht mehr weg. Ich habe, das fühle ich ziemlich direkt, meinen Seelenverwandten gefunden und es tut unendlich weh, von ihm getrennt zu sein. Ich benutze hier absichtlich neutrale Bezeichnungen für das fragliche Subjekt, denn es war anfänglich keinerlei sexuelles Begehren im Spiel. Vielmehr fühlte ich nur diesen immensen Hunger nach Nähe zu ihr, nach Worten, zu ihr sprechen zu dürfen, zu hören, zu verstehen, was sie zu sagen hat.

Ich bitte meine Sekretärin, den nischigsten Tisch im Café Einstein für eine Unterredung mit einem Informanten zu reservieren. Wir treffen uns dort um die Mittagszeit. Sie kommt um die Ecke und ihre Schönheit erschlägt mich. Erst ist es, als könnte sie leuchten – aber Julia hat sich ihre Haare bleichen lassen, *um nicht erkannt zu werden*. Das scheint wahr. Sie trägt einen himbeerfarbenen Schal, den sie seltsam eng um ihren schönen Hals gewickelt hat. Sie schaut mich an, dann geben wir uns einen sanften Kuss. Dann stürzen wir ineinander und es gibt kein Halten mehr. Sie bestellt eine Fleischbrühe mit Frittaten, ich, notgedrungenerweise, das vegetarische Gericht, das, wie gewohnt, wie überall, ungenießbar ist. Wir reden und küssen stundenlang. Bis heute ist es das, was die Liebe zu Julia auszeichnet: Der gleichermaßen ausgeprägte Drang nach Körperlichkeit wie nach Geist. Denn: Sie ist nicht nur schön, sie ist auch dermaßen sexy! Schlag auf Schlag konnte sie mir aber auch Fakten enthüllen, die mich an der Wirklichkeit dessen, was ich in ihrer Person begegne, zweifeln lassen: Sie ist Philosophin – wann begegnet man denen schon? Und was machen die sonst so außer denken? Sie interessiert sich stark für elektronische Geräte. Und sie hat als erste Frau, der ich begegne, einen exzellenten Musikgeschmack.

Ich bin, wie man es immer so liest: betäubt, mir ist richtig schwindlig, als wir das Café verlassen und im Licht des frühen Februarnachmittages auf den Bürgersteig Unter den Linden treten. Irgendwie blinzelnd, zumindest vor dem inneren Auge, denn wir wechseln übergangslos in eine offizielle Welt, in der eben nichts mehr, wie es andersherum in Stripped von Depeche Mode heißt, uns alleine gehört. Sie nimmt meine Hand. Das wird in mir Regler verstellen, die sich nie wieder in die Ausgangsposition zurückschieben lassen. Sie lacht auf diese unvorstellbar liebenswerte Art, sie hat eine Heiterkeit, die mir so lange gefehlt hat und die derart ansteckend ist, dass ich Julia Speer als Medikament verschreiben will für alle, die leiden müssen. Sie erzählt von einem Sport, den sie betreibt, von dem ich noch nie zuvor gehört habe: Donga. Gefochten wird mit einem zwei Meter langen Stab aus Holz. Sie hat sich einen zerlegbaren Donga Stick anfertigen lassen aus Karbongeflecht, der die physischen Eigenschaften jenes nordafrikanischen Holzes wiedergibt. Sie hat eine Zeit ihres Lebens in Äthiopien gelebt. Bei den Surma, einem Stamm dort im Süden und in Addis Ababa. Sie reckt ihren zierlichen Arm und fordert mich auf, ihre Muskulatur zu befühlen: wie Stein, da hat sie schon Recht, aber warum erzählt sie mir das? Ich habe plötzlich eine große Furcht davor, dass sie mich verführen will. Es erscheint mir nicht nur zu früh, ich habe vor allem diese alte Angst, sie dadurch zu verlieren.

Sie muss gehen, dieses Mal mit der S-Bahn. Ziemlich wahrscheinlich bin ich deswegen noch nie zuvor einem Philosophen begegnet – ich meide öffentliche Verkehrsmittel. Den Aufgang zur S-Bahn fotografiere ich. Daraus wird bald eine ganze Batterie von Fetischismen und Transitional Objects entstanden sein, denn was ich noch nicht weiß: so häufig, so intensiv, auf eine Weise auch: unschuldig oder unbeschwert werde ich Julia Speer, eindeutig meine große Liebe, eine Personifizierung des Glücks also, auf die so viele Menschen, Millionen wahrscheinlich, ihr Leben lang vergebens warten müssen, nie wieder sehen. Ich werde mich also, was ich nie für möglich gehalten habe, um diesen Mangel an wirklicher Nähe auszugleichen, zu einem Experten in Übertragungsleistungen und Gedankenspielen entwickeln – nur um des Überlebens willen.

Dass ich zu solchen Dingen befähigt bin, das war mir schon in frühem Kindesalter bewusst. Auch hätte ich kaum den schreibenden Beruf ergreifen können, wenn ich keine Innenwelten zu bespielen hätte. Aber dies nun nicht auf dem Papier, sondern in der Welt? Es entsteht aus der Umkehrung eines der schönsten Titel des Titel-Meisters Alexander Kluge: Der Angriff der übrigen Zeit auf die Gegenwart.

Denn eines wird mir dann nach zwei, drei, vielleicht war es auch erst im vierten Monat, klar werden: Es ist nicht nur lustig, verliebt zu sein. Es ist zwar intensiv, es ist die beste Droge, die es gibt, aber genau diese Intensität nimmt recht schnell, vor allem im Wortsinne schlagartig bedrohliche Züge an; wenn man, wie ich, sensibel ist, kann das Befallenwerden von Verliebtheit, die sich nicht erlösen lässt, sogar lebensgefährlich werden.

Davor wird man ja nirgendwo gewarnt. Weder im Hohelied der Liebe noch in einer Oper – in der Norma vielleicht, aber wer hört da so genau hin –, schon gar nicht von den eignen Eltern oder im Schulunterricht. Wie man es anstellt, nicht schwanger zu werden, was der Zitronensäurezyklus vermag oder wie man sich HIV vom Leib hält, darum geht es freilich lang und breit. Aber first things first: Dürfte ich einen Einschnitt des Curriculums vorschlagen, so wäre das noch vor der sogenannten Sexualkunde eine Doppelstunde Liebeswarnung. Frank Schirrmacher gab in den Spuren der Macht den wahren und nicht zu unterschätzenden Satz zu Protokoll: *Die Gesellschaft lügt über Geburt, über Ehe, über Kinder, über den Tod.* In der Tradition einer schwarzen Pädagogik würde ich anfügen wollen: Und das nächste Mal, wenn ihr mit eurem Schweizer Messer ein Herz mit Pfeil in einen Baum schneidet, dann solltet ihr euch eines gewahr sein: eines Tages kommt eine Person, die wird sein wie dieses Messer, und dann seid ihr plötzlich der Baum.

Um ganz wahrhaftig zu werden, müsste man anfügen, dass diese Schnitzerei *ewig und drei Tage* in Anspruch nehmen wird.

Unerschöpflichkeit ist etwas Wundervolles. Es ist ein wunderschönes Gefühl, geradezu hoffen zu können, mit diesem Menschen einen Flugzeugabsturz zu überleben; oder wie Morrissey es am allerschönsten in Worte fasste:

To die by your side
Well, the pleasure, the privilege is mine.

Als mir Wünsche dieser Art vordringlich wurden, wusste ich, dass ich eine Lösung für die Senta-Kustermann-Problematik brauchte. Am Tag darauf flog ich ab nach New York.

New York

Als ich im Februar vor sechzehn Jahren zum ersten Mal in New York landete, da stand ich in einem der schäbigen Gänge des JFK plötzlich vor einem Bild, das mit ziemlich verblassten Farben eine lieblos gemalte Gruppierung aus Goofy, Donald und Minnie Mouse zeigte. Die Einwanderungsprozedur war damals freilich noch weitaus weniger kompliziert, es gab noch kein Fingerabdruckscanning, keine biometrische Gesichtserfassung, auch keine Vorabregistrierung über esta.com – es gab so gesehen noch nicht einmal ziviles Internet. Aber abgesehen von der enttäuschend altmodischen Ausstattung des Flughafens machte ich damals zum letzten Mal eine Erfahrung, die mir durch Wiederholung des Ankunftserlebnisses nie wieder in dieser überwältigenden Form zuteilwurde: Beim Durchschreiten der Glastüren sah ich die Reihe gelber Taxis, gleich darauf wehte vom Freeway das vertraute *Wiuhwiuh* einer Polizeisirene heran und nach dem langatmigen Brooklyn wurden die Hochhäuser ins Bild gefahren: All das kannte ich aus jedem Winkel, all dies hatte ich hundertmal im Fernsehen gesehen und gehört und nun befand ich mich selbst vor diesem wieder und wieder wiederholten Filmstreifen stehend. Und ich trat durch die offen stehenden Hälften der Glastür schreitend ein.

Damals war ich nicht allein gekommen. Die Idee zu der Reise stammte von einer Frau, mit der ich damals sozusagen zusammen war – wie wenig das zu bedeuten haben kann, fand ich, fand gezwungenermaßen somit auch sie, im Februar 1994 in einem billigen Hotelzimmer an der Bowery heraus. In den zehn Tagen des Aufenthalts hatten wir viel eingekauft, waren den Broadway hinauf- und hinuntergegangen. Carolin war eine ein Meter fünfundachtzig große Frau mit raspelkurzen, gebleichten Haaren. Sie trug ausschließlich knallfarbene Hosen aus Latex und ihre Brüste waren derart enorm, dass der Reißverschluss ihrer gletscherblauen Daunenjacke sich beim Gehen ruckweise öffnete. Auch ich trug damals meine Haare gebleicht. Die Verkäufer im gerade eröffneten Diesel Megastore machten uns das Kompliment Wow, you so totally look european! Abends gingen wir ins Jackie Sixty, einen Transvestitenklub in der Gansevoort-Street, weil Carolin diese Szene unterhaltsam fand. Da gab es das Pastis noch nicht, das Standard Hotel war noch nicht einmal in Planung, André Balazs hatte das Gebäude in der Mercer Street gar nicht erworben, mit dem er sein Imperium begründen würde. Der Meat Packing District: eine finstere Gegend, in die uns der indische Taxifahrer nur ungern fuhr. Am letzten Tag dieser Reise, vielleicht war es auch der vorletzte, geschah etwas mit mir, das es im Zusammenhang mit Frauen noch mehrmals geben würde, allerdings bekam es Carolin in seiner extremsten Form ab: Mir gingen die Worte aus. Es war nicht so, dass mir nichts einfiel, ich wusste ganz genau, was ich sagen wollte, aber ich brachte es nicht über die Lippen: Geh weg! Fass mich nicht an! Lass mich allein. Ein unerträglicher Zustand. Ganz plötzlich fand ich mich eingeschlossen in meinen Gedanken, die Osmose funktionierte nicht mehr. Sie nahm das hin. Dachte vielleicht, ich sei schlecht gelaunt. Versuchte, mich aufzuheitern, mit Zärtlichkeiten zu entfrosten. Es durchfuhr mich, ich war jedes

Mal kurz davor, sie anzuschreien. Irgendwann in den zähen Stunden, bevor wir das gelbe Taxi zum Flughafen endlich besteigen würden (und dann noch neun Stunden IcelandAir), legte ich mich auf das Bett und versuchte mich ihrer Zuneigung durch Schlafen zu entziehen, denn zum Glück träumen wir allein. Ich starrte an die Zimmerdecke, als ob sich mein Fluchtweg auftun ließe, aber dort gab es nur den Kunstrasen zu sehen, mit den hineingesteckten Plastikmargeriten und den gelb angesprühten Sperrmüllstühlen, die, upside down angeschraubt, ins Zimmer ragten. Und dann hörte ich sie etwas sehr Unfreundliches zu mir sagen.

Das ging mir lange nach damals. Ob das eine plausible Erklärung für Senta Kustermann bedeuten konnte? Dass ich sie *vor mir selbst* in Schutz nehmen wollte? Indem ich mich von ihr zu trennen beabsichtigte.

Es ist nicht angenehm, sich schlagartig nicht einfach nur seiner Distanziertheit bewusst zu werden, sondern auch des Theaters, dass man zuvor aufgeführt haben musste. Denn wie soll es anders auch möglich sein – eben noch, vor ein paar Stunden, ist man mit dem anderen Menschen in fremde Länder gereist, ist zusammen eingeschlafen und aufgewacht, weiß, wie dieser Mensch atmet, sich die Schuhe zubindet, telefoniert und isst. Schlagartig, so kam es mir jedenfalls immer wieder vor, ist alles weg. Die Vertrautheit von einem Gefühl des nicht Geheuren gefressen. Die Nähe, die vorher noch selbstverständlich war und so viele Male Geborgenheit schenkte, wirkt nun bedrohlich, aufdringlich. Um mich zu schützen –, ausgerechnet vor diesem Menschen, den ich selbst noch vor allem anderen zu beschützen versprach –, ziehe ich mich in Schweigen zurück und hoffe auf Unnahbarkeit. Und alles, was zwischen uns war, das Gute, das Schöne, das Unsagbare auch, ziehe ich dort mit hinein. Dem anderen wird nichts übrig bleiben. Ich verschwinde aus seinen Erinnerungen wie aus allen Fotografien gestanzt.

So war das mit allen zuvor, so wird es mit Senta Kustermann sein, aber ich nehme mir fest vor, ihr alles genau zu erklären. Mir graut schon davor. Aber ich will unbedingt zu einem besseren Menschen werden. Ich will so sein, wie ich mich fühle, seit ich Julia traf: liebenswert und schön und gut. Vor allem: wahrhaftig. Wenn möglich auch mit bedeutend mehr Mut. Denn feige bin ich wohl. Einerseits wünsche ich mir eine Falte in der Zeit, die mir hier noch viel länger, auf der anderen Seite des Planeten, einen Aufschub gewährt; andererseits drängt es mich, zurückzukehren. Denn ich will Julia unbedingt und bald, sehr bald, wiedersehen. In Berlin ist es schon Abend, ich schicke Julia ein Bild meines Zimmers im Standard Hotel, wo ich meine gelben Turnschuhe bis an die deckenhohe Fensterfront geworfen habe. Dort liegen sie dekorativ herum, der Blick geht vom achtzehnten Stockwerk, in dem dieses Zimmer liegt, über das seltsame Oktaedergebilde aus Glas, in dem sich Diane von Furstenbergs Studio befindet, auf das unverstellte Panorama von Uptown: Chrysler Building, Empire State, Maritime Hotel, ein Star Spangled Banner im Frühlingssturm – es ist alles vorhanden und da. Im Fenster des Ladens von Alexander McQueen, der sich vor wenigen Tagen in dem begehbaren Kleiderschrank seines Londoner Hauses aufgehängt hatte, steht ein gewaltiger Strauß weißer Lilien. Auf dem Bürgersteig davor liegen bunte Sträuße in Zellophan. Es ist Fashion Week, als Nächstes wird sich in der ersten Märzwoche Mark Linkous umbringen – nach dem Mittagessen entschuldigt er sich, verzieht sich hinter die Garage des Familienanwesens in Kentucky und schießt sich ins Herz. Ich lege ein Buch von Sven Hillenkamp auf den Nachttisch und schicke ein Foto des Ensembles an J. Das iPhone steckt im Weckradio und im Nachhinein ist es unheimlich: ein Download jenes damals noch unveröffentlichten Albums, das Mark Linkous mit Danger Mouse und David Lynch aufgenommen hat, das ich auf voller Lautstärke spielen lasse: Little Girl heißt das Stück, das von Julian Casablancas gesungen wird. Er quäkt:

A trick that people use to make you
think they're smart
Is confidence when actually
they're lost in the dark.

Und sie schickt mir ein iTunes Geschenk von den Strokes, Trying your Luck, wo Julian Casablancas singt:

And I've lost my place. Again.
I know this is surreal. But, I'll try my luck with you.
This life is on my side.
Well, I am your one?

Und von dieser wahrlich surrealen Koinzidenz kann sie, J, nichts wissen, das ergibt einen magischen Effekt, er wurde in der Nacht unseres Kennenlernens begründet. Aberglaube ist etwas Herrliches, hat man sich dazu erst einmal bekehren lassen, und ich nehme den Song mit hinunter in die Straßen und höre ihn stundenlang, während ich zunächst die Gansevoort Street hinunter und dann die Mercer Street entlang durch das SoHo spazieren gehe, er wird zu einer Zwiesprache mit ihr, Julia Speer, ich spinne mich ein in ein Erleben mit ihr. Zu Senta Kustermann fällt mir nichts ein, ich verstumme ihr gegenüber. Heute zumindest. Könnte doch am Jetlag liegen? Egal.

Ich kenne all die Läden hier, aber mir fallen neue Details auf: eine Reihe Frisierköpfe aus Styropor, in blassen Metallictönen angesprüht. Eine lila flimmernde Neonröhre, hauchdünn, zu einem Herz gebogen, hängt im dunklen Fenster einer ansonsten schwarz lackierten Tür. Ich mache Fotos mit dem iPhone und schicke sie an J. Für Senta bleibt kaum etwas übrig. Ich schreibe ihr schließlich eine Nachricht, die eine bemüht originelle Beobachtung zum Inhalt hat, und so komme ich mir auch vor: schäbig. Einer Pflicht nachkommend nämlich, derer ich mich eigentlich entledigt habe. Auf Julia muss ich mich nicht konzentrieren. Die Ideen schäumen. Es zieht mich alles zu ihr hin.

Das Gelb der Taxis, das Geräusch der Sirenen, die Helikopter über dem Hudson River, die hohen Häuser sind die Bestandteile des Bildes, das permanent in Erinnerung bleibt. Andere nicht wenig prägnante Details fallen mir erst wieder ein, wenn ich sie vor mir sehe: Die vielfach übereinanderliegenden Zeichen und Markierungen, die, in bunten Lackfarben auf den Asphalt gesprüht, wahrscheinlich von künftigen Arbeiten am Sielsystem künden – wahrscheinlich, ich habe mich noch nie bemüht, den Hintergrund zu recherchieren. Ich weiß auch nicht, wozu in Berlin die himmelblauen und rosafarbenen Rohre gut sind, die sich durch den Ostteil der Stadt ziehen. Oder zogen? Ich weiß nicht einmal sicher zu sagen, ob es sie überhaupt noch gibt, egal. Duane Reade ist eine andere Sache, das Logo der Drogeriekette verschwindet ebenfalls während der Heimflüge, hier, während meines Spazierens durch die Straßen sind mir die Duane-Reade-Schilder wie Bojen. Ebenso die gelben Parking-Pfeile an den Eingängen der Tiefgaragen, die Filialen von Starbucks, Vitamin Shoppe, Pret a Manger. Die Schattigkeit auf den Straßen und Bürgersteigen hier fällt mir komischerweise erst wieder ein, wenn ich selbst vor Ort bin. Die goldenen Hydrantenanschlüsse, die auf Kniehöhe aus den Fassaden ragen. Die Kebap-Verkäufer an den Straßenecken, der Geruch des Sauerkrauts. Dass es Tankstellen gibt in den Seitenstraßen. Dass man nach dem Austrinken des Kaffees nicht etwa noch sitzen bleibt, sondern zahlt und geht.

Als das Sonnenlicht schwindet und die Übermüdung spürbar wird, macht sich damit auch dies Gefühl in mir breit, von dem ich noch nicht sagen kann, ob ich es angenehm finden soll oder eher schmerzhaft. Es ist jedenfalls intensiv und ich habe es nicht gekannt: es beginnt damit, dass die Gedanken an J vordringlicher werden. Ich denke eigentlich unausgesetzt an sie, seit diesem Abend, als wir uns vor dem Bücherregal trafen; Julia ist das Erste, das mir sozusagen vorschwebt, wenn ich aufwache, und Julia ist das Letzte, wenn ich in die Besinnungslosigkeit hinübergleite.

Wenn. Ich habe seit einiger Zeit nicht mehr allzu viel geschlafen. Was nicht an dem vielen Denken an Julia liegt, denn es sind ja keine gerichteten Gedanken, keine Grübelei, es fühlt sich so an, als ob meine Gedankenwelt zu einer mich umschwirrenden Melodie geworden ist. Und eine der beteiligten Stimmen beschäftigt sich monothematisch mit ihr.

Und bei Dämmerung wird diese Stimme dringlich; die Empfindung dehnt sich wie Seitenstechen unter dem Bogen des Brustbeins aus. Es sticht nicht, ich fühle eine Höhlung. Komischerweise hilft es, wenn ich mir die Seite halte und leise seufze. An der dreizehnten Straße betrete ich eine Filiale von Duane Reade und kaufe ein paar Tuben amerikanischer Zahnpasta, deren Namen und Verpackungen mir gefallen. Durch den Zahnpastakauf wird das beunruhigende Gefühl vorübergehend gemildert. Es sind auch nur noch wenige Blocks bis zum Hotel.

Ich bestelle mir eine Flasche Sancerre auf mein Zimmer und dazu Fritten mit Tabasco und Senf. Pakete und Kuriersendungen wurden bereits nach oben gebracht. Ich lasse mir ein Bad ein und gehe, bis der Roomservice läuten wird, durch meine Mails. Erin, meine Stilkolumnistin, erinnert mich an die Preshowparty von Calvin Klein heute Abend. Die Location ist das sogenannte Marcy Hotel in Williamsburg – das sagt mir etwas; irgendetwas – aber ich komme nicht drauf. Ich google die Website des Hotels auf dem Vorabmodell des iPads. Das Gerät, das im Sommer erscheinen würde, lief damals noch unter dem Namen iSlate (den ich weiterhin sehr gut finde). Von den Bildern auf der Website her erscheint mir das Marcy für Williamsburger Verhältnisse erstaunlich modern und dazu überdimensioniert (über zweitausend Zimmer, dreizehn Stockwerke? Ein extrem breiter Kasten muss das sein, wenn das Standard für knapp fünfhundert Zimmer achtzehn Stockwerke braucht). Ich verabrede mich mit Erin, sie wird mich abholen.

Ich mache eine Aufnahme des Tabletts vor dem Panorama meines Glaskastens, das mittlerweile wie das Universum selbst aus viel Schwarz und dem Glitzern der mich umgebenden Gebäude besteht. Tief unten, trübes Auge des dicken Frosches: das Diane von Furstenberg'sche Studio; haufenweise Sträuße vor dem Schaufenster von Alexander McQueen.

Das Essen wird kalt, ich habe seit jenem Abend nicht mehr allzu viel gegessen, bestelle Speisen zur Tarnung, damit das nicht auffällt. Den Weinkühler plaziere ich auf dem Badewannenrand. J kommentiert das Foto meines Abendbrots trotz später Stunde in Berlin mit nur wenigen Minuten Verzögerung, und das hat einen bekannten, ersehnten, doch unbegreiflichen Effekt, der sich auch künftig nie abnutzen wird (weswegen bald eine körperliche Abhängigkeit von der Möglichkeit des Kommunizierens entsteht): Das mittlerweile beunruhigende Gefühl des Ausgehöhltwerdens wie ein Kürbis weicht abrupt der Euphorie; der von ihr formulierte Satz enthält kein Wort sentimentaler Bedeutung und dennoch: er wirkt wie ein geflüstertes Ich bin hier.

Die Aufzugskabinen im Standard sind komplett schwarz ausgestattet, die Böden aus Gummi, Wände und Decke aus spiegelndem Material. Hat sich die Kabinentür erst einmal verschlossen, sind die zu beiden Wandseiten eingelassenen Monitore die einzige Lichtquelle des Raumes. Auf beiden läuft synchron eine Filmschleife, die eine Collage bewegter Bilder wiedergibt. Wer in einem oberen Stockwerk einsteigt, sieht dort Michael Jackson, der auf einer Wolke seinem Moon Walk nachgeht; den Pillsbury Doughboy und einen Zeppelin, auf dem in Flimmerschrift erscheint: THE WORLD IS YOURS. Ich erkenne Erin von Weitem, sie sieht wie ein Engel aus in ihrem schwarzen Wollmantel, höchstwahrscheinlich Rick Owens, und dem streifig blondierten Haar. Erin wiegt selbst jetzt, im New Yorker Winter nicht mehr als fünfundvierzig Kilogramm, in ihrem ovalen Gesicht gibt es vor allem ihre vergleichsweise riesigen Augen zu sehen. Ein Puppengesicht, Walt Disneys Kindchenschema, Erin ist Bambi on Drugs. Der Kleinwagen mit dem Nummernschild aus New Jersey, dem sie nach dessen kleiner Runde um den Block soeben entstiegen war, gehört nicht wirklich einem Freund.

Schau nicht so intensiv, sagt Erin, während wir uns die drei Begrüßungsküsse geben.

In letzter Zeit ist er leicht paranoid geworden. Er konsumiert zu viel von seinem Zeug.

Sie schaut den Rücklichtern nach, die sich in einer Dampfwolke verdünnen: Neulich warte ich auf ihn vor dem Haus, sagt Erin, während wir in das Taxi steigen, dass uns einer der Bellboys herangewunken hat. Und da er die Autos ständig wechselt, halte ich Ausschau nach einem Nummernschild aus New Jersey. Wie ich dann zusteige, fragt er mich sofort, weshalb ich ihm derart aufs Nummernschild starrte: You're freakin' me out!

Ich ziehe das iSlate aus meiner Tasche und biete es Erin als Unterlage an. Sie wischt die Glasplatte mit dem Ärmelstoff sauber und hackt sich darauf eine Menge der Substanz aus dem bläulichen Ziplock Beutelchen zurecht. Ich lehne dankend ab (um mich gleich darauf des iPhones in meiner linken Hosentasche zu versichern), Erin zieht aus ihrer Clutch ein vergoldetes Kaffeeumrührstäbchen von McDonalds, mit dem sie sich ein paar Prisen in die hübsche Nase löffelt und manierlich schnieft. Coffee Stirrer ist ein Multiple des Künstlers Tobias Wong, der sich am dritten Juni 2010 von allen Freunden unbemerkt das Leben nehmen würde.

Mit abwesendem Gesichtsausdruck betätigt sie den Homebutton des iSlates, die Glasplatte leuchtet auf, unter den dunkel wirkenden Krümeln erscheint das Gesicht von Julia Speer.

Who's that?

Erzähle ich dir ein andermal. Beizeiten. Erin ditscht die Krümel mit der Zeigefingerspitze von Julias Lippen, Julias Nasenrücken, ihrem lieben Auge. Erin massiert sich die Krümel ins Zahnfleisch.

Kein Stau auf der Brücke. Die andere Seite, von der Joe Jackson singt.

Dass es sich bei dem Marcy Hotel, unweit der Bedford Avenue gelegen, um ein den Williamsburger Verhältnissen total angemessenes Reihenhaus handelt, wundert mich ebenfalls nicht.

Erin hat mir ihre Drogen zugesteckt, die ich, oberhalb meines Knöchels in der Socke versteckt, durch die Security schmuggle. Ich finde es immer etwas irritierend, wenn innerhalb einer Gruppe unterschiedliche Drogen konsumiert werden oder dieselbe in unterschiedlichen Dosierungen. Zwischen Erin und mir gibt es gerade keine nennenswerte Klippe, aber als wir die Schleuse passiert haben, werden wir sozusagen in ein fremdartiges Element entlassen: Der Raum ist gefüllt mit Menschen, die uns größtenteils bekannt erscheinen, aber die Luft scheint dort zu Gelee geronnen, jede Bewegung wirkt träge und seltsam verzögert. Das Licht ist ziemlich weit heruntergedimmt. Der DJ spielt eine Musik, die mir fremd ist. Ein irritierend langsamer Rhythmus, total simpel, Bassdrum und Handclaps, darüber wird der Ton einer Violine ins Unendliche gedehnt, und während wir die Kollegen begrüßen – Kai Margrander und Dirk van Versendaal und Jeroen van Rooijen und Tillmann Prüfer und Annette Weber und Katrin Kruse, Manuel Frei, Christoph Amend, Silke Wichert, Tabassom Charaf und Christiane Arp –, wird diese Musik, die mich derart in Beschlag nimmt, dass ich nichts von dem höre, was mir während der Dreifachküsserei ins Ohr gerufen wird, nur noch langsamer und noch langsamer und ich beobachte den DJ, der unglaublich jung aussieht und sogar Pickel hat und mich dadurch an den frühen James Lavelle erinnert, als plötzlich eine mit Traktor zu überirdisch tief gehender Schönheit heruntergebremste Stimme zu singen beginnt. Drüben am Tresen macht Ashley Heath mit Julia Restoin-Roitfeld herum und Kai Margrander meldet, dass deren Mutter, Carine, bereits auf dem Weg ist. Und während Jeroen eine

Anekdote von André Leon Talley beginnt, die ich bereits kenne, drückt mir Erin einen kühlen Becher aus Porzellan in die Hand, in dem Eiswürfel sind und eine lila schäumende Flüssigkeit, die ich für einen Chambord-Cocktail halte, aber der Drink schmeckt nicht nach Himbeeren, sondern nach Zahnarzt.

Klaus Stockhausen berichtet, dass John Galliano es mittlerweile mit seinem Botoxkonsum derart weit getrieben habe, dass man ihn in Paris nur noch als Johnatella kennt. Von ihm erfahren wir ebenfalls, dass es sich bei der lila Substanz um Hustensaft auf Eis, aufgegossen mit ein klein wenig Sprite und etwas Champagner, handelt. Zwischen den Eiswürfeln schwimmen rote und blaue Bonbons. Der Marke Jolly Rancher, wie Klaus zu präzisieren weiß (der ein mit schnurrbärtigen Flamingos digital bedrucktes Hemd aus Seide trägt). Bei diesem Drink handelt es sich um eine verfeinerte Zubereitung des ominösen *Drank*, der in der texanischen Cut'n-Screw-Szene erfunden ward (womit auch immer die sich beschäftigt haben mag). Genau genommen im dortigen Houston, aber mitnichten erklärt sich von daher die Zubereitung mit Hustensaft, sondern des darin enthaltenen Codeins wegen. Von eben dessen Wirkung ich bald zu spüren bekomme, als Kai sich eine weitere Mentholzigarette anzündet und ich dabei dem Drang nachgebe, ebenfalls mal ganz tief durchzuatmen, um danach so richtig schön langsam auszuatmen. Tut sehr gut, fühlt sich exzellent an. Wo vorher die Höhlung war, rechts unter meinem Rippenbogen, breitet sich durch das tiefe Ein- und Ausatmen ein wohliges Flackern aus. Ich halte mir die Seite, alle halten wir uns die Seiten, wir schauen uns an oder wir schauen zum DJ und wir atmen tief ein und danach wieder aus – schön.

In aller Ruhe suche ich nach dem iPhone, das ich nach

komplizierten Bewegungsabläufen in der Hosentasche identifiziere. Das Aufleuchten des Displays bringt mich in Schwierigkeiten und ich muss das iPhone einige Male aus- und gleich danach wieder einschalten, bis ich mich in der Anordnung der Programmsymbole zurechtfinde. Die pulsierende Scheibe dreht sich gemächlich vor dem grellblauen Grund, bis mir Shazam angibt, um welchen Song es sich handelt. Denn wir hören hier seit Stunden, Tagen, diese ganze Nacht jedenfalls ein unendliches Stück, es heißt: Time For Us.

Darauf trinken wir noch eine Kleinigkeit.

Die Becher sind hübsch.

Konstantin Grcic. Für Nymphenburg – ich drehe meinen Becher, um das Vorhandenseins des Manufakturstempels auf der Standfläche zu überprüfen: Tatsache! Drink und Eis und Jolly Rancher kleben auf meiner weißen Jeans, ich sehe das, ich bin auch irgendwie nahe dem Bestürztsein, aber weder spüre ich die Kälte des Eises noch die Nässe des Saftes.

Ist das schön!

Und dann.

Ich merke, dass ich ganz schön geschwächt bin, und ich zittere bei dem Versuch, das Tütchen mit Erins Drogen aus meiner Socke zu ziehen (worum sie mich vor einiger Zeit gebeten hat). Ich muss mich hinhocken, aus dem Stand geht es nicht. Es ist ziemlich dunkel dort unten. Das Dunkel wimmelt vor bunten Punkten, mein Display zeigt eine unterbelichtete Fotografie. Ich höre Kinderlachen, aber beim Versuch eines Schulterblicks gerate ich aus dem Gleichgewicht und kippe zur Seite, das iPhone fällt mir aus der Hand, mit der ich mich abstützen will, es schliddert über den Boden zwischen die Schuhe von Menschen, die ich nicht erkennen kann, weil ich meinen Blick nicht mehr im Griff habe, mich aber davon abgesehen so auf der Seite liegend gleich wohler fühle als zuvor in der Hocke. Das Kinderlachen gehört zu der Musik, stelle ich fest und muss lächeln, zufrieden über diese Erkenntnis, denn damit habe ich ein Problem gelöst. Dann wird eine uralte Stimme herangeweht, sie fängt an zu singen und wiederholt sich dabei. Ich verstehe sie gut. Die Klänge sind leicht, sie können schweben und sind, wenn sie in meinem Gehirn angelangt sind, durch den Raum gefiltert worden: kühl und lupenrein. Die Stimme singt: Elle ne m'écoute pas.

Aber das ist es nicht, es liegt auch nicht an dem Gesichtsausdruck, mit dem mir Erin das iPhone hinstreckt, dessen Display zersplittert ist, als ob jemand, als ob Senta Kustermann ein winziges Projektil mitten hineingefeuert hätte. Mir wird bewusst, dass ich seit Längerem nicht mehr an J denke. Und das, weil ich es nicht vermag. Meine Augenbrauen zieht es zusammen, so sehr muss ich mich anstrengen, dass mir ihr Name einfällt: Julia. Ich zerre die tonnenschweren Buchstaben aus dem violetten Gelee, das in meinem Gehirn umherschwappt. Ich muss mich weit nach hinten biegen, um nicht schon wieder das Gleichgewicht zu verlieren und kopfüber hineinzustürzen. Alles klebt, ich kann mich trotzdem kaum halten, und das, obwohl ich schon liege. Die Tanzfläche, oder was das hier sein soll, ist ziemlich steil. Wenn ich die Augen geschlossen halte, geht es so einigermaßen. In mir ist eine Panik entstanden, die ekligerweise nicht hochkommt, ich kann nicht schreien, sie schnürt mir die Luft ab, ich fühle mich allein und ich fürchte mich sehr in der Dunkelheit. Mein Herz schlägt viel zu langsam, aber dafür derart laut, dass ich nicht verstehen kann, was die Jungs dort drüben von mir wollen.

In dem Taxi ist es so kalt, ich habe bestimmt blaue Lippen. Ich kann sie nicht bewegen, ich kann mich auch nicht zu Erin hindrehen. Ich bin zusammengesunken, und wenn ich mich nur ein bisschen mehr aufrichte, bricht mir die Wirbelsäule mitten durch, das fürchte ich nicht nur, ich weiß es jetzt gerade ganz genau.

Ich habe eine Karte für den Deutschen Block, in der zweiten Reihe links, nah am Beginn des Laufsteges bei Ralph Lauren, der seine Kollektion wie immer in den Skylight Studios an der Hudson Street zeigt. Nicht weit vom Hotel, trotzdem bin ich über eine Stunde zu früh, was mir egal ist, ich bin mein Leben lang pünktlich, oft auch zu früh. Dann gehe ich durch die Nebenstraßen und höre Musik. Als ich gegen halb sechs erwachte, ging es mir den Umständen sozusagen entsprechend gut, bis mich nach einigen Augenblicken ein Gefühl des schlechten Gewissens überkam, dergestalt, dass ich mit den davon noch unbesetzt gebliebenen Kapazitäten nur denken konnte: Jetzt ist alles zu spät. Ich habe das immer, dass ich mich nach einem Abend mit Drogen vor mir selbst ekele. Auch vor den anderen natürlich, so übertrage ich einen Teil der Vorwürfe von mir auf die Zeugen; ich selbst halte mir vor, dass ich Zeit verschwendet habe, eine unwürdige Figur abgegeben habe (was in dem Fall meines Herumkriechens auf der Tanzfläche des Marcys auch zutreffend ist) und, das wiegt am Morgen danach für mich schwer: beeinträchtigt bin in meiner Beobachtungsgabe und Aufnahmefähigkeit.

Dass Erin so gut wie nackt an der Fensterfront stand und den Rauch ihrer Zigarette aus der Lüftungsklappe pustete, finde ich egal. Ich sah ihr Tattoo, der fette Schriftzug einer Handschrift, quer über ihre spitzen Schulterblätter – angeblich hat Barbara Kruger ihr nach einem Nachmittag von n'importe quoi mit einem Fettstift ihren berühmtesten

Slogan I Shop Therefore I Am dorthin gemalt, woraufhin E sich diesen Schriftzug am selben Tag noch unter die Haut stechen ließ. Ich schäme mich vor Julia für mein Benehmen gestern, obwohl sie nicht anwesend war, aber ich fühle etwas, so als sei es zwischen uns im Verlauf der letzten Nacht zu einer Verstimmung gekommen, so als habe ich sie beleidigt oder beschimpft, dabei bin ich mir sicher, dass ich, zumindest bewusst, nichts dergleichen gesagt oder getan oder gedacht habe. Mir fällt aber der schreckliche Moment ein, als mir aufging, dass die Verbindung zu ihr gestört würde durch den Codeinrausch, und wie sich in mir diese Panik ausbreitete, ohne dass ich etwas zu ändern vermochte. Und wie ich dieser Erinnerung nachgebe, darf ich mir auf einmal nicht mehr gewiss sein, ob sich die Verbindung wieder regenerieren ließe. Und das macht mir unbegreiflicherweise Angst.

Ich sehe das kaputte iPhone auf dem Buch von Hillenkamp liegen, und als ich es einschalte, schaue ich durch die silbrigen Risse auf den blauen Umschlag des Mailprogramms, wo in dem roten Kreis eine zweistellige Zahl angezeigt wird. Jede Menge Geschäftliches und zwei von Senta, keine Nachricht von J. In dieser mich stumm und schwindlig machenden Form habe ich das schlechte Gewissen bis jetzt noch nicht kennengelernt. Ich hatte auch keine Ahnung, zu welchem Potenzial sich dieses beschissene Gefühl noch würde steigern können. Und zwar schon bald. An diesem Morgen stellt es sich mir lediglich vor. Und schon in seiner verdünnten Form macht es mich schwach; dagegen ist der Codeinkater nur ein Kratzer.

Wir zogen uns schweigend an, die erschreckend laut erscheinende Frage Erins aus dem Badezimmer, wozu ich denn all diese Zahnpastatuben brauchte, vergaß ich absichtlich zu beantworten.

Kurz darauf stehen wir uns im Aufzug gegenüber und keiner von uns sagt ein Wort. Im Grill mit dem Ausblick auf die Schlachthöfe der Washingtonstreet bestellen wir Haferflocken und die mexikanische Papaya, außer uns sitzt da noch Karla Otto, die gleich um die Ecke wohnt und ebenfalls an einer Papaya herummacht. Der Jasmintee tut gut. Irgendwann müssen wir lachen und dann schauen wir uns noch durch unsere ultradunklen Sonnenbrillen ziemlich lange an und gehen unserer Wege.

Im Eingangsbereich der Skylight Studios ist das größte Blumenbouquet aufgebaut, das ich jemals gesehen habe. Ich bin mir sicher, dass die bronzefarbene Vase eigens hierfür gegossen wurde. Wir werden die Herbstmode sehen, wie jedes Jahr auf den Schauen im Frühjahr, und die Farbnuancen der Blüten sollen uns, das Fachpublikum, die Einkäufer und Journalisten und seine ultrareichen Kunden, auf Ralphs Vision einstimmen. Es gab eine Saison, ich glaube, das war im vorletzten Jahr, da standen dort Mohnblumen, angefangen mit Zitrustönen über Blassorange und Tiefrot bis beinahe Schwarz. Ich erinnere mich auch an einen Strauß abartig geformter Dschungelpflanzen einer anderen Saison, die in sämtlichen Schlammtönen blühten. In diesem Frühjahr wird der Herbst von Ralph Lauren komplett in Violett vorhergesehen.

Beim Anblick des Bouquets aus lackierten Callas und samtigen Orchideen und zitternden Rispen und Halmen in sämtlichen Schattierungen von Mauve und Flieder über Purpur, Lila und Violett meine ich, wieder das Aroma der Hustensaftmischung auf meiner Zunge zu schmecken. Mein angebliches Zuckermanko, wobei ich nicht glaube, dass es so etwas überhaupt gibt, habe ich heute Nacht aufgefüllt, das reicht locker bis in den Herbst.

Dirk sieht auch nicht gut aus. Annette Weber hingegen:

perfekt; ist zudem für Ralph Lauren in einen Total Look by Ralph Lauren geschlüpft, samt nerzgefütterter Vintage-Jeansjacke und gut durchgekauten Boots. Am Handgelenk schlackert ihr eine rotgoldene Rolex Oyster. Ich winke ihr fröhlich mit der hellen Pappkarte, dabei verlöscht das Licht.

Ich habe noch nie etwas notiert während einer Modenschau. Viele Kollegen tun das, Dirk zum Beispiel, er schreibt Uhrzeiten in seinen Block. Vis-à-vis, in der ersten Reihe sitzt Suzy Menkes, die von vielen als einflussreich beschrieben wird, und das mag ja auch sein, dass ihre Berichte in der Herald Tribune viel gelesen werden, aber lesbar oder schön geschrieben sind sie nicht. Jedenfalls tippt sie ohne Unterlass in ihren Laptop, gerade so, als würden ihre Notizen simultan veröffentlicht, vielleicht ist das sogar der Fall. Ich interessiere mich bereits nur noch sporadisch oder wenn es sein muss für meine sogenannte Branche. Und in den nächsten Wochen würde dieses Interesse noch weiter zurückgehen, wie Zahnfleisch in der Animation aus der Zahnpastawerbung, das unter dem Angriff der Parodontose sich götterspeisenartig in Richtung Bildrand verzieht. Meine Gabe, die einzige wahrscheinlich, nämlich durch Intuition mein horrend mangelndes Wissen zu überbrücken, Ideen im Gespräch zu entwickeln, wird mich dann durch den Redaktionsalltag retten. Meine eigentliche Beschäftigung wird ja längst eine andere sein: Julia Speer.

Als noch einmal alle Models in Braun und Lila gewandet über den weiß glänzenden Steg schnüren und schließlich Ralph Lauren selbst im schwarzen Rollkragenpullover, aber ansonsten im Partnerlook mit Annette Weber, zu Lay Lady Lay den Applaus entgegennimmt, erscheint über dem blauen Briefumschlag des iSlates ein roter Kreis mit einer Eins darin. Eine Nachricht von ihr, diese Adresse kennt sonst niemand, nur J.

Ich weiß gerade nicht, welcher Wochentag ist, aber sie schreibt, dass sie beschäftigt war, dass sie sich sehr über meine späte Nachricht gefreut hat (in der ich ihr eine Liebeserklärung gemacht habe). Sie fragt, ob es dabei bleibt, dass ich übermorgen zurückkomme. Also muss dort Samstag sein.

Ja!, schreibe ich zurück, und dass ich sie vermisse. Innert Sekunden kommt ihre Antwort: Ich vermisse dich auch. Es gibt zwei Songs von Sonic Youth, die mich seit vielen Jahren begleiten: Hotwire my Heart ist das eine, das zweite hat den Titel Expressway to Your Skull. Was Julia Speer, über sechstausend Kilometer entfernt, mit einem deutschen Satz anrichten kann, übertrifft eine Mischung aus beidem, sie beschickt den Expressway to the Hotwired Heart in My Skull. Ich kriege nicht mit, was ich zu Dirk sage, weil der sich für das iSlate interessiert, aber er findet es offensichtlich lustig oder charmant, jedenfalls lachen wir beide, und als ich mich mit den Leuten aus der Halle treiben lasse, fällt mir ein, dass ich mich noch nie zuvor gefragt habe, wie jemand wohl auf die Idee gekommen sein mag, festzustellen, er ginge *wie auf Wolken.*

Später ist es draußen dann bereits dunkel, Schnee wirbelt von den in der Dunkelheit liegenden Spitzen der Häuser herab. Es sind noch zwei Stunden bis zur Abschlussveranstaltung (Tommy Hilfiger) im weißen Zelt des Bryant Park. Ich ziehe es vor, zu Fuß zu gehen, und auf Höhe der 47. Street vibriert das iPhone, es ist eine Nachricht von Julia, sie schreibt:

Es sind Fotos aufgetaucht von dem Abend. Aus dem Badezimmer. Ich habe Sascha gebeten, mir die Dateien zu schicken. Ich muss sie unbedingt vernichten!

Zeig sie mir mal!, schreibe ich zurück.

Aber der Anhang der ersten Mail lässt sich nicht öffnen.

Der Schneefall hat sich inzwischen derart verdichtet, dass mein Anzug völlig durchnässt wurde, mein luftig gewebter Burberry-Schal klebt mir am Hals wie Kleenex. Ich betrete das erstbeste Diner, um mich am Tresen aufzuwärmen. In dem Moment, da ich mich aus dem klammen Zeugs geschält und mir Bier, schwarzen Kaffee und Fritten bestellt habe, treffen die Bilder aus Deutschland ein. Zwei Aufnahmen:

EINS zeigt Julia am linken Bildrand und mich an dem anderen, beide im Vollprofil. Sie trägt ein schwarzes Jackett von Akris und darunter eine weiße Bluse im Hemdenschnitt. Kein Make-up, ihre Haut erfüllt die Bedingung von Naturschönheit. Wimperntusche aus dem Drogeriemarkt. Meine Frisur sieht echt beschissen aus. Unsere Lippen sind weit geöffnet, unsere Münder ineinander verschränkt. Julias Auge steht halb offen, sie fixiert den Fokus der Kamera, eingefangen ist der Moment, da sie der Umstehenden gewahr wird, die Kamera gezückt wurde, es war die Kamera eines iPhones, denn mit der Datei wird mir eine Locator-Funktion angeboten – und die Adressinformation ist zutreffend. Dort befindet sich die Wohnung jenes Autors. Die Fotos sind weder montiert noch nachgestellt. Wobei man natürlich zwei Darsteller in das Badezimmer dieser Wohnung einbringen könnte, um dann hernach die betreffenden Gesichtspartien – womit bei der Herstellung von ZWEI erhebliche Schwierigkeiten verbunden wären, denn ich weiß zwar nicht, wie viele Fotos es gibt, auf denen Julia Speer mit geschlossenen Augen und geöffneten Lippen und Zahnpastaschaum über dem gesamten Gesicht verteilt abgelichtet wurde. Fest steht: Einen Schnappschuss, auf dem ich, Zahnpastaschaum in einem hellen Kringel um die Mundpartie verschmiert, derart entrückt erscheine, gibt es meines Wissens nach nicht.

Ich muss diese Bilder wieder und wieder hervorziehen und betrachten. Es sind Heiligtümer. Beweise, dass es Julia gibt für mich. Dass alles, was zunehmend Besitz ergreift von meinem Gedanken, dem Fühlen sowieso, vor allem aber: meinem Leben, dass dies in Wirklichkeit stattgefunden hat und weitergeht. Ich bin mir nicht sicher, welches der beiden Bilder mich mehr anspricht. Wenn ich Julias Gesicht zu sehen bekomme und ihre wunderschönen Lippen, ihre Augen, den Hals und das zarte Ohr, werde ich ergriffen von einem Taumel. Ich will zu ihr. Ich habe vergessen, wie sie duftet (sehr gut!) Auf jeden Fall: sehr gut.

Dass sie soeben noch davon gesprochen hat, die Heiligtümer vernichten zu müssen, und zwar *unbedingt,* dringt durch den Taumel nicht zu mir durch. Außerdem besitze ich ja nun selbst zwei Exemplare. Vernichten werde ich diese auf gar keinen Fall.

Das Hochgefühl, das durch den Erhalt der Fotos entstanden ist; durch das Betrachten der Bilder, auf denen Julia und ich zu sehen sind, wie ich küssenderweise die Zahnpasta aus ihrem Gesicht entferne, dieses jedem mir bekannten Drogenrausch überlegene High blendet den Schneefall aus, der die gesamte Vorderseite meiner Person inklusive des Gesichts mit einer nasskalten Schicht beflockt.

Die spielhöllenartige Empfangssituation im weißen Zelt im Bryant Park dringt ebenso vage zu mir durch wie die Begrüßungen diverser Kollegen, die ich reflexhaft erwidere. Gewiss: Da hängt ein lilafarben lackierter christbaumkugelartigaufhochglanzpoliertspiegelnder Sportwagen des Sponsors DaimlerChrysler von der Decke, seine Flügeltüren stehen weit offen, ein Engel von sportwagener Gestalt, und darunter gleiten die Bilder der allerlanggliedrigsten Tiere und Menschen über die weitflächigsten

Plasmaschirme der Welt und es gibt Bars und Drinks und nix zu Essen an jeder Ecke – egal. So etwas von: egal.

Lou Reed singt:

Ah, when the heroin is in my blood
And that blood is in my head
Then thank God that I'm as good as dead
Then thank your God that I'm not aware

Mir ist das alles hier derart scheißegal!

Kai konnte nicht kommen. Lag mit einer Überdosis Codein im Mount Sinai Hospital. Dazu fiel mir keine Antwort ein.

In New York, am Abschlussabend der Fashion Week, im voll besetzten und wohlig abgedunkelten Zelt, gebe ich mich dem Hochgefühl einfach nur hin. Gerade so, als ginge dieser Rausch niemals wieder vorbei, als sei sie ganz nah bei mir und wir hielten uns in den Armen oder ihre Hand läge in meiner und zusammen könnten wir hier diese Aussicht genießen; die Aussicht auf die Heilige Familie des Modejournalismus vis-à-vis: Anna Wintour ganz in kamelfarbene Stoffe gehüllt. André Leon Talley thront neben ihr, seine Massigkeit erscheint in purpurnem Pannesamt eingehüllt und mit einer ausladenden Sonnenbrille garniert. Daneben, geradezu nackt bis auf das irritierend rötliche Bürstchen seines Schnurrbarts: der Heilige Geist in seiner aktuellen Verkörperung durch Hamish Bowles. In gebührendem Abstand zur amerikanischen Familie, ganz im Geiste des verderbten Europas in schwarzem Leder und Pelzen und Stacheln aus Chromstahl demonstriert Carine Roitfeld für ihre sadosatanistische Paris Vogue, in der Modewelt regiert sie das Reich des Bösen (noch, wie hinzuzufügen ist, denn im Januar des nächsten Jahres würde sie von diesem Posten zurücktreten, um sich verstärkt privaten Projekten zu widmen, wie es hieß). Und weil es die letzte Fashion Week in diesem Zelt im Bryant Park sein wird – vom September an würden wir uns alle zweimal jährlich im Lincoln Center wiedersehen –, lässt der DJ die am Ende des Laufstegs zur Pyramide aufgeschichteten Fotografen den Refrain von *Space is the Place* mitsingen. Kurz bevor das Licht verlöscht, ich sehe es genau, bewegt Anna Wintour, zweimal sogar, den Kopf.

Mit dem Erscheinen der ersten Modelle beginnt zugleich das Ritual, dass so etwa jeder aus den ersten vier Reihen sich sein iPhone oder Blackberry vors Gesichtsfeld hält, um zu fotografieren. Die wenigsten dieser Aufnahmen werden auf Blogs und Branchendiensten veröffentlicht – die wiederum werden von den Bloggern versorgt, die zur Rechten der Heiligen Familie an ihren aufgeklappten Schoßrechnern zu erkennen sind. Gleich neben dem Heiligen Geist beispielsweise: die sogenannte Tavi, von der hauptsächlich zu erzählen war, dass sie erst dreizehn Jahre alt ist und ihren Modeblog sozusagen vor Sahra-Kay-tapezierten Wänden betreibt. Damals wusste keiner von uns, dass dieses Bloggerkind im Spätherbst und somit kurz nach ihrem vierzehnten Geburtstag während ihres Aufenthaltes anlässlich der Nordkoreanischen Fashion Week entführt werden sollte. Tavi verschwand spurlos. Vermutlich aufgegessen.

Mein neues iPhone, das habe ich vorhin beim Kauf in dem Apple-Store neben meinem Hotel beschlossen, wird einzig der Kommunikation mit Julia Speer geweiht. Das alte mit dem kaputten Display habe ich wie einen gefundenen Kinderhandschuh auf die Schaufensterkante der Alexander-McQueen-Boutique gelegt.

Kaum einem hier geht es um Herrn Hilfigers Mode, auch nicht Anna Wintour, Carine Roitfeld oder mir, die wir ja nicht selbst fotografieren, sondern: lassen, aber dennoch ist es uns bewusst, dass Tommy Hilfiger einen der größten Werbeetats zu vergeben hat, und um den in Form vieler bezahlter Doppelseiten in unsere sogenannten Blätter und Hefte zu leiten, allein deshalb sind wir heute Abend hier. Und allein deshalb applaudieren wir auch und stehen sogar auf, als Herr Hilfiger selbst mit einem Mikrofon in der Hand auf den Laufsteg tritt und sich für die vielen tollen Jahre hier im Zelt des Bryant Park bedankt und seine und unsere Vorfreude anspricht, nein: verkündet auf den September, unser aller Wiedersehen, drüben im Lincoln Center. Und er weiß, warum wir kommen werden. Und wir wissen, dass er weiß. Und er weiß, dass wir wissen, dass er weiß.

Aber goldenes Glitzerkonfetti sirmelt von der Decke, der DJ trägt nun einen mit goldenen Spiegelstücken beklebten Zylinder, und während sich bereits alle um die beiden Ausgänge drängeln, sich in diesem ziemlich uneleganten Gedrängel um den schnellsten Abgang alles vermischt – first row nebst letzter Reihe und Stehplätze vereint – animiert er den Chor der Fotografen ein letztes Mal noch zu einem ergreifend schönen Hymnus auf uns und die Herrlichkeit der Mode, heute Abend, hier, in New York.

Gewiss, es gibt Stimmen, die feststellen wollen, dass ich ihnen damals im Februar – ob nun an diesem Abend oder in den Stunden zuvor – alles andere als glückstrahlend vorgekommen sei. Regelrecht deprimiert nämlich, angeschlagen, von etwas Unheilvollem, ganz schlechten Nachrichten etwa, in Besitz genommen, so habe meine Erscheinung auf sie, die Außenstehenden gewirkt. Da sie mich auch anders kennten.

Wie denn genau?

Na: Anders eben. Weniger traurig. Undeprimiert. Kann alles sein, ich kann doch nicht ständig in einen Handspiegel starren, um meine Erscheinung zu justieren. Aber jetzt zum Beispiel, während ich neben Erin auf der Rückbank des Wagens sitze, der uns zum Flughafen bringen wird, höre ich: Warum schaust du so traurig?

Ich sollte mich botoxen lassen. Wäre mir diese Prozedur in meinen Teenagerjahren angeboten worden, ich hätte eingewilligt. Das Mantra meiner Umwelt, von den Eltern über die Klassenkameraden bis zu Wildfremden, Passanten lautete: Warum schaust du denn so traurig? Gerne auch im Appellativ. Und das über Jahre. Bis heute wie gesagt. Morgen auch wieder – eigentlich liegt der Grund meines traurigen Schauens doch offen.

Trotz alledem fühle ich mich von einer plötzlichen Traurigkeit ergriffen. Und zwar von einer der todtraurigen Sorte: ich weiß nicht, woher das rührt, aber ich fürchte zu sterben. Mit einem Mal, es gibt keinen Anlass; der Wagen ist schwarz und er fährt gut abgefedert über die Schlaglöcher in Richtung der Brooklyn Bridge. Soeben sind wir am Gramercy Park Hotel vorbeigefahren, das gibt es ja auch schon ewig, und ich denke an den Film Almost Famous, den ich mir immer dann anschaue, wenn es mir wirklich dreckig geht, in meinem Bett, mit einer Wärmflasche auf dem Bauch, und in dem eine der wichtigsten Szenen in diesem Hotel spielt – allerdings, bevor Ian Schrager daraus ein Luxushotel gemacht hat; die wichtigste Szene für mich ist trotz alledem jene, in der dieser kleine Junge von seiner abgehauenen Schwester die ganzen Schallplatten bekommt und dazu den Zettel, als eine Gebrauchsanweisung zu verstehen: Zünde eine Kerze an, höre The Who: One day you're gonna be cool.

Ich hatte keine große Schwester.

Ich bin mit einem Mal – schlagartig – so traurig, es durchspült mich, in mir schwappt eine Substanz ohne eigene Temperatur – das bin auch ich! Als würde ich in mir selbst untergehen, hinuntergezogen unter etwas, das auch noch aus mir besteht. Und ich kann es weder denken noch aussprechen, was es ist, das mich so dunkel und schwer macht von innen nach noch weiter hinein. Wo es herkommt. Wer mir das schickt. Mein Gehirn scheint porös geworden.

Und als ich annehmen will, eine Art Tiefpunkt erreicht zu haben, wird mir plötzlich, als würde ich ausgeschaltet. Ausgeschlürft in zwei raschen Zügen. Ich schaue aus dem Fenster, sehe dort etwas, aber weiß nicht, was das alles bedeutet und ist.

Auf meinem Sitz im Flugzeug sacke ich sogleich in mir zusammen, weinend und wimmernd wie damals als Kind, und auch die Müdigkeit ergreift mich darauf mit ihrer einst vertrauten Gewalt, wenn ich vom Schluchzen derart durchgeschüttelt worden war, dass ich vor Erschöpfung einschlief.

Ich habe seit ziemlich genau vierzehn Jahren nicht mehr geweint. Es gab nicht gerade viele, aber schon einige Momente, an denen ich mir gewünscht hatte, sehr sogar, es wieder einmal hinzubekommen – dass sich etwas löst. Und ausgerechnet hier nun, auf diesem großartigen Fensterplatz in einer voll besetzten Business Class wird mir endlich, endlich das Weinen wiedergegeben. Und es hört nicht mehr auf. Endlich wieder dies lange vermisste Gefühl, dass es in meiner Kehle viel zu eng zugeht. Diese Zuckungen in den Mundwinkeln, die mein Gesicht unweigerlich verziehen. Schon füllen meine Augen sich von unten her mit Tränen. Ich muss die Lider zusammenpressen. Die

Tropfen fühlen sich wie heiße Steine an, riesig groß. Ich bin merkwürdig dankbar, irgendwie auch stolz auf meine unbegreifliche Traurigkeit, die so tief geht, dass ich weinen muss. Aber es ist mir auch peinlich vor den anderen Menschen. Sogar vor Erin, sie sagt nichts, fasst mich vor allem auch nicht an, weil sie weiß, dass ich das nicht mag, wenn mich jemand anfasst, ohne dass ich darum gebeten habe. Sobald es erlaubt wird, schließe ich mich auf der Flugzeugtoilette ein. Hier, gegenüber meinem gelb leuchtenden Spiegelbild, heule ich endlich ungehemmt los. Es ist so unwürdig. Es tut so gut. Der Schmerz ist riesig groß und er hat keinen Namen. Ich kann nur einen einzigen Gedanken lesen, ein Wort: Julia. Es wiederholt sich und wiederholt sich – eigentlich steht es nur vor mir da. Und es ist nicht aus Buchstaben gemacht. Ich sehe nichts. Es ist wie in meinen Träumen, wenn ich auf jemanden Bekanntes treffe, mit ihm interagiere, aber ihn nicht an seinem Aussehen erkenne, sondern einfach weiß: Das ist doch jetzt der oder die.

Ich muss einem Drang nachgeben und mir die Seite halten. Dabei atme ich tief aus und mache ein Geräusch. Ich stöhne. Ja: Ich muss stöhnen, um dem Schmerz Luft zu machen. Es ist alles derart fremd und unbegreiflich, was mit mir passiert, es beginnt mir Angst zu machen. Ich habe, das wird mir vage bewusst: Angst zu sterben. Hatte ich noch nie. Ich hielt mich für unsterblich und fühlte mich so, als bliebe mir unendlich viel Zeit. Als könnte ich machen, was ich will und das auch noch wann und wie. Und jetzt ist dieses Gefühl der Sicherheit weg, nicht einmal verdrängt, sondern verschluckt. Es wird nie wieder zurückkommen, das wird mir klar. Die Angst aber bleibt. Für immer. Auch das wird mir klar. Dieser Prozess der Bewusstwerdung läuft in rasender Geschwindigkeit ab. Mir bleibt keine Chance, etwas einzuwenden, zu rationalisieren, womit ich mir sonst gut helfen kann. Ich stehe vor diesem niedrigen Spiegel in der Toilettenkabine und schaue durch mich hindurch: ich staune, was ich allmählich begreife. Die Furcht, sterben zu müssen, gründet darin: Julia nie mehr wiedersehen zu dürfen.

Berlin

Ich stehe also am Gepäckband im Terminal des Flughafens Tegel und das schwarz geschuppte Band aus Kautschuk bringt die Taschen und Koffer ans Licht. Die Sonne scheint, es ist keine Wolke am Himmel, bestimmt ist es ziemlich kalt. Während ich warte, erreicht mich eine Nachricht, es hat eine ganze Weile gedauert, bis das iPhone sein heimisches Netz wiedergefunden hat: Deine Zeilen freuen mich, was sagst du zum Wetter? J

Aber noch während ich das lese, entdecke ich draußen, vor der Scheibe, inmitten der Willkommenspersonenmenge Senta und ich winke ihr zu. Was ist eigentlich genau gemeint mit dem Schöpfen des Verdachts – woraus denn?

Meine Augen müssen fürchterlich aussehen. Meine Augen sind eigentlich das Einzige, was ich an mir gerne habe. Und: Ich kann das nicht – mit einem Punkt, nicht etwa mit Ausrufezeichen denke ich das vor mich hin. Angstvoll. Ich bringe es nicht fertig, die Tasche zu nehmen und durch die Glastüren zu gehen. Senta begrüßen. Sprechen. Noch nicht einmal antworten geht. Lügen.

Es fühlt sich falsch an. Alles. Ich bin ein schlechter Mensch. Ich halte das nicht aus, Senta hinters Licht zu führen. Schon dass ich ihr nicht erzählen kann, was mir im Flugzeug passiert ist, schon das allein fühlt sich an wie lügen, wie ein gemeiner Verrat an jemandem, der vollkommen ahnungslos sein muss und meines Willens nach auch bleiben – soll? Es ist niederträchtig und gemein von mir, ihren Kuss zu erwidern, so als wollte ich das. Ganz so als gefiele mir das. Gefühle vortäuschen. Geht so: sich erinnern, wie es einmal war, und dann möglichst detailgenau nachstellen. Wie durchpausen von der Cornflakes-Schachtel. Im Taxi sitzen wir nebeneinander auf der Rückbank und das Händehalten fühlt sich seltsam an. Gespreizt. Ich bekomme ständig Informationen darüber, dass da eine Hand in meiner liegt. Wie die Finger geformt sind, über die Elastizität der Haut, in welcher Tiefe unter dem Bindegewebe dieser und jener Knochen fühlbar wird. In einem wissenschaftlichen Aufsatz habe ich gelesen, dass die überwiegende Mehrzahl aller Informationen unserer körperlichen Vorgänge an unserem Bewusstsein vorbeigeschmuggelt wird. Bekäme man nämlich wirklich jedes einzelne Update (Eingeatmet! Wimpergeklimpert! Ausgeatmet! Cornflake Nummer sieben verdaut! Eingeatmet!) und das auch nicht hektisch, aber immerhin sukzessive, sondern, der sogenannten Realität entsprechend, gleichzeitig!, man würde wahnsinnig. Ich bin auch kurz davor. Vor allem, da ich mir bereits vorstelle, was in circa zehn Minuten auf mich zukommt. Zu Hause. Und sie ahnt doch nichts. Woran soll man sich eigentlich aus der Affäre ziehen?

Ich war wohl nicht bei Trost, als ich ihr als Souvenir ausgerechnet das essbare Körperpeeling aus braunem Zucker gekauft habe.

Du warst wohl bei Fresh! Senta wiegt die schöne Dose in der Hand. Toll: vierhundert Gramm!

Ich bin ein Schwein. Und es gibt überhaupt keine plausible Begründung, nach einem Interkontinentalflug nicht duschen zu wollen. Gibts nicht.

Wirklich nicht.

Der bestellte Anruf von Erin lässt auch schon lange auf

sich warten. Wahrscheinlich vergessen, verräumt, verschoben – ich kann das alles nicht. Ich muss es auflösen. Ich muss mich selbst ans Messer liefern. Ich muss die Katastrophe auslösen. Es wird grauenvoll werden. Es wird Tränen hageln. Einsamkeit, Kälte. Geschrei bis aufs Blut.

Ich bin feige. Ich bin sogar der feigste Mensch, den ich kenne. Und der gemeinste jetzt gerade auf der ganzen Welt. Es kann nicht sein, dass irgendwer sonst irgendwo sich während dieser Augenblicke und derer, die herandräuen, einem Menschen, der ihn liebt, gegenüber noch schofeliger verhält.

Während das schöne, warme Wasser herunterzischt, kann ich an nichts anderes denken als an diese verfluchte Stunde mit Carolin in New York damals in diesem grässlichen Hotelzimmer mit den Stühlen an der Decke. Warum nur droht sich das zu wiederholen? Ich ahne noch nicht einmal, dass ich in wenigen Wochen bereits eine Psychotherapie würde beginnen müssen; und ich habe auch noch keine Ahnung davon, wie es sich tatsächlich anfühlt, wenn man befürchten muss, wahnsinnig zu werden. Ich kann mir von daher auch nicht vorstellen, dass die erste Auseinandersetzung mit meiner Therapeutin dadurch ausgelöst werden wird dass sie in meinem Lebensverlauf gewisse Muster feststellen will – woraufhin ich furchtbar zornig werden werde, und sie anbrülle und zwingen will, das unter allen Umständen zurückzunehmen! Ich will nicht berechenbar sein, ich will undurchschaubar bleiben! Daraufhin wird sie mir beinahe schon die Therapie kündigen, bevor wir damit begonnen haben werden. Und ich werde sie daraufhin anflehen, das bitte bitte nicht zu tun. Unvorstellbar! Aber so weit wird es noch kommen. Weil es mir dann richtig dreckig gehen wird, tatsächlich kurz vor dem Draufgehen. So weit wird mich meine unerfüllte Liebe zu Julia in nur wenigen Wochen treiben. Bis dahin bleibt jedes meiner *Ich dreh gleich durch* oder *ich werd wahnsinnig* eben nur so dahingesagt, aber nicht empfunden, ganz so wie man es aus allen Richtungen her hört über den Tag:

O je, du hörst dich ja schlimm verschnupft an! Ja, ich mach's nicht mehr lang.

Wenn man tatsächlich einmal drauf und dran war zu sterben, fällt einem das superhell auf. So wie an dem Tag mit der ersten Brille, wenn man aus dem Optikerladen tritt und sieht an den Bäumen plötzlich jedes einzelne Blatt.

Sag, was ist eigentlich los mit dir?, fragt Senta. Ich trockne mich ab. Das Telefon vibriert und ich beeile mich, dranzugehen, presse ein Das ist bestimmt Maxim! heraus, als ob damit irgendetwas zur Dringlichkeit erklärt würde. Ich verhalte mich lächerlich schon beim Versuch einer Lüge. Ich kann Erin gähnen hören. Es nimmt kein Ende, also beginne ich eine Unterhaltung mit dem Nichts. Nach vorgetäuschten Gefühlen bin ich jetzt bereits bei vorgetäuschten Personen – es wird alles immer nur noch schlimmer. Ich pumpe etwas Dramatik in mein erbärmliches Selbstgespräch, woraufhin Erin auf Japanisch bis zweiundzwanzig zählt. Ich verabschiede mich von dem angeblichen Maxim am anderen Ende der sogenannten Leitung und kündige in einer albernen Lautstärke an, dass wir uns gleich sehen.

Wenn wir einen Menschen als kauzig charakterisieren – beispielsweise, weil er sich in Selbstgesprächen engagiert – woher nehmen wir den Vergleich mit dem seltsam geformten Vogel? Ich glaube, es liegt an seinem Blick, an den Federbüscheln links und rechts der Augen, die wie Brauen sind. Senta hat mir einst erzählt, dass sie oft Eule genannt wurde. Ihr Blick fordert nichts als Wahrheit, sie schaut mich mit sprichwörtlich großen Augen an, während ich mich hastig anziehe, von den angeblichen Archivierungsproblemen meines Freundes Maxim erzähle und glatterdings lüge mit meiner Behauptung, um wie vieles lieber ich nun bei ihr, Senta bliebe, aber die Freundschaft – sie wisse ja, wie viel mir Maxim bedeute.

Ich hasse es so sehr zu lügen. Was, wenn ich tiefer forsche, auch daran liegen wird, dass ich es nicht gut kann.

Auf Facebook wird gepostet, du liefest mit Plastiktüten voller Zahnpastatuben durch New York, sagt Senta Kustermann, während ich mir die Schuhe zubinde. Und hast du das schon mitbekommen: Kai Margrander ist tot.

Wir treffen uns im Kronengrill. Die Verabredung hatten wir vor ein paar Tagen schon abgemacht, denn ich musste ihm ja dringend erzählen, was in den letzten Tagen vorgefallen war. Und Maxim hatte immer viel zu tun. Das Restaurant hat tagsüber nicht geöffnet, aber Maxim hat es vom Abend an gemietet, er veranstaltet dort ein Essen für Sammler, Kuratoren und Freunde seiner Galerie. In den Stunden vor seinem Abflug nach Nordkorea. Ich freue mich wirklich, ihn zu sehen. Nach dem Lügen und dem Druck und der großen Traurigkeit im Flugzeug darf ich mich hier mit Maxim entspannen. Wir sitzen in einer Nische, der Kellner bringt einen leichten Rotwein (mir fällt nicht mehr ein, wann ich das letzte Mal feste Nahrung zu mir genommen habe: vor vier Tagen, drei?) Maxim ist acht Jahre älter als ich, er sieht Al Pacino ähnlich, sein Haar ist silbrig, seit ein paar Jahren trägt er auf der Straße einen Hut. Überhaupt kleidet er sich sozusagen herrenhaft, ich habe ihn noch nie in einem Pullover gesehen, noch nie mit anderer Oberbekleidung als in einem Hemd mit Sportmanschetten und einmal nur in Jeans. Ich finde das aber gut bei ihm, denn der konservative Aufzug bringt seine unkonventionellen Ansichten extrem zur Geltung. Maxim ist der verständigste, weil intelligenteste Mann, den ich kenne. Und er bezeichnet sich von der Gesinnung her als Punk. Das kann ich sozusagen voll unterschreiben, denn zwar gibt es viele, die mit dieser Haltung liebäugeln, aber Maxim ist ein waschechter Punk. Ich kann das beurteilen, denn ich bin es auch.

Unsere Freundschaft ist von jener Sorte, die sich unweigerlich entwickelt, wir trafen an einem frühsommerlichen Abend in seiner Münchner Galerie aufeinander. Wir sprachen nicht viel miteinander, er trug einen beigen Anzug, ich das navyfarbene Jackett aus Plastikpiquet, das ich mir am selben Vormittag in einem kleinen, eigentlich doofen Geschäft gegenüber des Literaturhauses am Salvatorplatz gekauft hatte. Und von dem Tag an sahen wir uns sehr oft. Ich rede gern und viel. Maxim ist ein hervorragender Zuhörer. Eigentlich war er der Verkünder Julia Speers in männlicher Gestalt.

Wir trinken zwei Flaschen des ausgezeichneten Spätburgunders und Maxim sagt kein einziges Wort, während ich ihm die Geschichte von Julia und mir erzähle. Und zwar sämtliche Einzelheiten. Alle Dinge, die ich von ihr weiß. Das ist mittlerweile eine ganze Menge, wie ich feststelle. Und das Gefühl, das ich dabei habe, ist Stolz. Maxim picture-googelt ihr Foto, von der Seite namens Purple Brain. Sie ist wahnsinnig schön! Maxim findet das auch. Sehr! Das macht mich gleich wieder stolz. Wann seht ihr euch?

Wahrheitsgetreu gebe ich zu, dass ich das nicht weiß. Wie es aussieht, wird Julias Ehemann die nächsten Wochen nicht von ihrer Seite weichen. Ich weiß von diesem Mann, wie mir gerade bewusst wird, nichts, bis auf seinen Vornamen, Frederick, und dass er im Entwicklungszentrum eines Spieleherstellers in Bremen arbeitet.

Maxim schenkt sich einen Spritzer Mineralwasser in

sein Glas mit Rotwein. Er verträgt unfassbare Mengen Alkohol, besonders eindrucksvoll ist seine Stamina in Bezug auf Bier, aber seit einigen Jahren hat er sich den Brauch des Verdünnens angewöhnt; das fing, glaube ich, ziemlich zeitgleich mit seinen Yogastunden an.

Ich kann mich nicht erinnern, diese Geschichte schon einmal in dieser Drastik von ihm gehört zu haben, was mir seltsam vorkommt und mich vorübergehend misstrauisch werden lässt, denn eigentlich war ich davon ausgegangen, wir wüssten im Wesentlichen alles voneinander. Und irgendwann hatten wir auch mal darüber gesprochen, dass er Katja, seine Ehefrau seit zwanzig Jahren, seinem damals besten Freund ausgespannt hatte.

Aber entweder war es mir entfallen, oder ich hatte vergessen, nachzufragen. Jedenfalls erfahre ich nun, dass der Vorgang des Herauslösens von Katja aus ihrer alten Beziehung, dass Maxims, man muss es beim Namen nennen: heimliche Affäre mit der Freundin seines besten Freundes über fünf Jahre gedauert hatte. Fünf Jahre Heimlichkeiten, Lügen und Verrat. Jetzt bin ich es, der große Augen macht.

Ich konnte keine Telefonzellen mehr sehen, sagt Maxim.

Ich verspüre sofort den Drang, mein iPhone zu entriegeln und nach Nachrichten von Julia zu sehen. Mir ist nicht direkt schwindlig, es ist eine Mischung aus Furcht und einem Gefühl, das man Enttäuschung nennen kann oder Desillusionierung. Wir schweigen beide.

In einer Stunde könnten wir uns kurz sehen. Ganz kurz. J, steht in der blau gläsernen Blase auf dem dunklen Display. Ich entschuldige mich kurz und tippe die Frage nach dem Treffpunkt ein. Sie schlägt die große Uhr am Alexanderplatz vor. Um vier.

Sie schreibt: Ich freue mich sehr!

Maxim sagt, wenn er die fünf Jahre nicht irgendwie

stets gespürt hätte, dass Katja ihn liebte, er hätte es nicht überlebt. Das sagt er. Einfach so. Und Maxim neigt nicht zur Übertreibung. Eher zum Gegenteil. Ich weiß nicht, was ich dazu sagen soll. Ich werde es aber sehr bald schon herausfinden. Im Moment schwirrt mir der Kopf vor Aufgeregtheit, Julia in wenigen Augenblicken wiederzusehen.

Wie löse ich die Senta-Kustermann-Problematik? Sie hat doch keine Ahnung. Belügen kann ich sie nicht. Berühren geht aber auch nicht mehr gut.

Du musst es ihr eröffnen, sagt Maxim. Es verhält sich wie bei einer Grippe – wenn du das verschleppst, legt es sich aufs Herz.

Den schweren Gang nach Hause bringe ich im Taxi hinter mich. Noch eingehüllt in Julias Duft, ich kann die Glätte ihrer kindlich weichen Haut auf meiner Wange spüren. Warum ist es so, dass ich beinahe gänzlich vergessen hatte, wie wunderschön sie ist – das Betrachten von Fotografien ist da wenig hilfreich, es ist dann lediglich das Bild der Erscheinung, das hervorgerufen wird. Aber Julias Schönheit entsteht aus vielen Aspekten, aus ihrer Bewegung, wie sie in der Szenerie auftaucht, ihre hübschen dunklen Augen, ihre Lieblichkeit! Ihre Anmut. Hieltest du mir die untere Hälfte ihres Gesichts mit einer Karte zu und ich sollte, ihrer erstmalig ansichtig, raten, wie ihre Lippen wohl geformt sind, ich läge derart falsch. Sie hat, in einem reizvollen Widerspruch zu ihrer Kopfform und den hohen Wangenknochen, überraschend volle Lippen. Und ihre Küsse – so fühlt sich das wahrscheinlich an, wenn man verblödet. Eigentlich ja sehr gut! Und all das ist weg, wird abgelegt in einem komprimierten Datensatz, und wenn ich Julia endlich wiedersehen darf, wenn ich ihrer ansichtig werde, dann entpackt sich das und sämtliche Erinnerung ist wieder bereitgestellt und da. In der Funktion eines mächtigen Jubelchors des Bejahens. Das wird allerdings nun eine Weile nicht mehr sich zutragen können. Denn übermorgen schon verlässt sie die Stadt für mehrere Wochen. Nach Val d'Isère in die Skiferien. Ich kann mir nicht vorstellen, wie das so lange gehen soll. Ich kann mir zu diesem Zeitpunkt, in den Anfangstagen meiner Liebe zu Julia Speer, noch eine ganze Menge nicht vorstellen. Es geht aber so einiges. Es geht überraschend viel.

Senta liegt schon im Bett, das macht sie oft an einem Sonntagabend. Der Rechner ist aufgeklappt und ihr Gesicht wird vom Bildschirm mit dieser ganz speziellen Nuance des Plasmatischen bestrahlt. Im Gegensatz zu mir, der noch immer mit den Zeigefingern tippt, beherrscht Senta das sogenannte Zehnfingersystem. Die Nagelränder ihrer schönen schmalen Finger schaben dabei leicht über die silbrigen Tasten. Aus den Lautsprechern des Gerätes tönt das rasche Schnalzen, das die Repliken ihrer Chatpartner auf Facebook meldet. Die Kombination dieser drei Sinneswahrnehmungen: Sentas vom Monitorleuchten bestrahltes Gesicht, das Schaben ihrer Fingernägel über das Aluminium, das Schnalzen des Facebookchats, hat mir viele Monate etwas wie ein Zuhausegefühl bedeutet. Dazu noch der Geruch des heißen Wassers mit Ingwerscheiben, das sie zu diesen Gelegenheiten, früh morgens, früh abends, gern trinkt.

Ich stehe vor der Schwelle zu diesem Zimmer und es fühlt sich an, als stehe ich dort schon minutenlang und schaue dieses Bild, aber das ist natürlich nicht der Fall. Ich fühle einen großen Widerwillen, über diese Schwelle zu treten. Einige Monate später in diesem Jahr werde ich an einem Sonntagmorgen auf dem Bürgersteig der Hamra Road mitten in Beirut ein Schaf sehen. Man hat es mit einem

Elektrokabel an einem der alten Leitungspfosten festgezurrt. Ein Teenager wird damit beschäftigt sein, eine Stehleiter der einheimischen Marke Giraffe aufzubauen. Als ich die müßig umstehenden Männer frage, was mit dem Schaf geschieht, werden sie sagen: Schächten, schächten. Und nicht allein deshalb, weil ich mich vegan ernähre, werde ich versuchen, den Männern diesen Plan auszureden – obwohl ich genau weiß, dass mein Unterfangen sinnlos bleiben wird. Und das Schaf wird geduldig mähen – oder ungeduldig? Und einer der Männer wird ein Päckchen Marlboros aufreißen und die Klarsichtfolie dem Schaf hinstrecken, das wiederum die Folie einmümmeln wird, als sei es Distelkraut. Dummes Schaf! Armes Schaf. Als ich das Café Younes erreicht haben werde, hört das Mähen urplötzlich auf. Und ich werde in Tränen ausbrechen, ich werde dagegen nichts mehr in der Hand haben. So weich werde ich dann sein.

Der erste Fehler in einer verhängnisvollen Kette von Fehlern ist nun, dass ich Senta übergangslos darauf einzustimmen versuche, dass wir unsere sogenannte Beziehung versuchsweise offener gestalten. Da liege ich bereits neben ihr unter der Decke, sie hat den Rechner zugeklappt und beiseitegelegt. Hört aber bei diesem saublöden Satz auch sofort auf, über meine Brust zu streichen.

Das lässt sich dummerweise so gut wie gar nicht zurücknehmen oder entkräften. Ich habe mich die ganze Woche gewundert, was für seltsame Nachrichten du mir aus New York geschickt hast, sagt Senta.

Wie meinst du?

Lieblos, sagt sie, und ich schaue in den Eulenblick. Und sie bekräftigt sich: Ja. Lieblos.

Und hierauf halte ich es für das Beste, ihr die ganze Geschichte wahrheitsgemäß zu berichten. Es handelt sich im

Folgenden wie gesagt um eine veritable Kette dummer Ideen.

Es war weniger als ein Jahr, dass wir zusammengelebt hatten, als Paar. Sieben Monate. Weder bei traurigen Filmen noch bei berührender Musik habe ich sie weinen sehen. Gestritten hatten wir uns nie. Immer nur dieser Eulenblick, der Wahrheit fordert und ein Geradeheraussein; wahrscheinlich sind wir auch deshalb nie richtig zusammengewachsen, weil das Seelische, die Untiefen, das Dunkle und manchmal auch Kaputte so gar keinen Raum hatten zwischen uns beiden, zwischen Senta und mir. Maxim deutet unsere Verbindung als recreational slumming, ich glaube, wir sind uns zu einer Zeit begegnet, da jeder von uns dringend einen anderen Menschen brauchte, an dessen Seite er sich von einigen Desastern der Vergangenheit erholen konnte. Ich hatte eine zerstörerische Beziehung hinter mir, sie war auf eine schockierende Art verlassen worden. Wobei sich das nun eben zu wiederholen scheint; schockierend allemal, denn von den lieblosen Nachrichten aus New York abgesehen, hatte es keine Hinweise auf das Heraufziehen einer Kaltwetterfront gegeben. Von den Ereignissen in den Badezimmern während jener Nacht, die mit dem erzwungenen Abendbrot im Kronengrill begann, hatte Senta Kustermann ja keinen Wind bekommen. Vom Entfernen des Zahnpastaschaums küssenderweise etwa. Von der hingekritzelten Nummer auf der Visitenkarte von Julia Speer. Von meiner Nachricht an J aus unserem gemeinsamen Badezimmer am Morgen danach: Im Zweifel für den Zweifel – So und nicht anders!

Seltsam, dass das Ende einer Liebe noch einmal einen großen Redebedarf auslöst. Auf einmal sind da noch Themen anzugehen, Sachverhalte klarzustellen, Erinnerungen zu besprechen. Eine große Weichheit füreinander, es wird das letzte Mal sein für lange Zeit. Bald fangen wir an, uns zu wiederholen, und dann spüre ich mit einem Mal diesen von früher vertrauten Effekt, wenn ich ein Wort so lange und wieder und wiederholt vor mich hinsage, bis es jegliche Bedeutung verloren hat.

Im Gegensatz zu unseren Eltern haben wir fünf-, sechsmal erfahren, dass Liebe endet, dass eine Beziehung aufhören kann, schön zu sein, zumindest: dass die Dringlichkeit nicht mehr besteht; nicht mehr in der Form wie zu Anfang jedenfalls. Und wenn man das zum dritten Mal erlebt hat, muss man sich schon sehr konzentrieren, um überhaupt noch weiter glauben zu können, dass es Menschen gibt, die einen glücklich machen werden. Das Konzept einer Ehe, also mit jemandem bis ans Ende des Lebens zusammenbleiben zu wollen, wie meine Eltern beispielsweise, erscheint angesichts der vorzeitigen Endlichkeit des Schönen absurd. Das denke ich zumindest im Februar noch, da kenne ich Julia Speer noch so gut wie gar nicht; vor allem haben wir nahezu nichts miteinander erlebt. Das wird sich ändern, und wie! Das wenige aber, was wir bislang in den Badezimmern und Cafés miteinander erlebt haben, genügt Senta, die mich mit klein geweinten Augen ansieht und sagt: Ich möchte, dass du jetzt sofort gehst.

Und ich nehme die Tasche mit meinem Zeugs aus New York, die noch unausgepackt vor dem Kleiderschrank steht, und verlasse die Wohnung. Es ist früher Morgen, kurz nach sieben, wir haben die ganze Nacht hindurch geredet und geweint. Nicht einmal den Wohnungsschlüssel habe ich mitgenommen. Wenn ein Stofftier ihrer Ansicht nach nicht mehr zu reparieren war, sagte meine Mutter immer: Ach je, zu Tode geliebt.

Auf dem Rücksitz des Taxis streift mich erstmalig die Ahnung, dass meine Offenherzigkeit in einem sogenannten

Trennungsgespräch eine unkluge Idee gewesen sein wird. Die Ahnung streift mich wie gesagt lediglich, denn dass ich daraus in den nächsten Stunden noch die angekündigte Kette der dummen Ideen schmieden werde, bleibt mir schleierhaft. Zum Beispiel fällt mir genau jetzt, anlässlich meines gleichermaßen ausgeprägten Rede- wie Beratungsbedarfs ein oder auf, dass Maxim für mich nicht zu erreichen ist, da er sich auf einer umständlichen Route nach Nordkorea befindet, um Katja zu besuchen, die dort Regie führt in ihrem neuen Film mit Frank Giering. Wo ich heute Nacht schlafen soll, erscheint mir als das geringste Problem. Ich bitte meine Sekretärin um die Buchung eines Hotelzimmers als Zwischenlösung. Die Reisetasche schiebe ich mit der Schuhspitze unter den Schreibtisch. Ich schalte den Computer an.

Das Telefon klingelt, ich nehme den Hörer nicht ab. Dann holt es mich ein.

Ein Fehler, ein Fehler, ein Fehler!

Ich wage es minutenlang nicht, auf das iPhone zu sehen. Doch als ich es tue, werden mir zwei Nachrichten von Julia angezeigt:

Senta Kustermann erzählt Susanne Kalldewey, wir hätten eine Affäre?!

Zweitens:

Ich könnte heulen vor Wut!

Meine Hände zittern. Ich komme gar nicht auf die Idee, Julia anzurufen, weil ich nicht weiß, ob sie ungestört sprechen kann. Aber das Tippen klappt auch nicht, ich produziere Konsonantenhaufen ohne Sinn. Es sind diese von jeglicher Herzlichkeit befreiten Sätze Julias, die mir unheimlich sind. Aggressiv. Was meinen Adrenalinpegel zusätzlich in diese Höhe treibt, ist die entsetzliche Gewissheit, einen Fehler gemacht zu haben – wie konnte ich nur

Julia verraten? War mir denn nicht bewusst, dass ich sie, ihre Ehe vor alledem, gefährden würde?

Julias Antwort auf meinen Versuch einer Entschuldigung lautet, es sei ihr zum Glück gelungen, Susanne davon zu überzeugen, dass an diesem Gerücht rein gar nichts Wahres sei.

Und dass mich diese Nachricht als eine gute erreicht; dass lediglich derjenige Teil der Information zu mir hindurchdringt, dass eine Gefahr von Julia abgewendet werden konnte; hingegen die gleichzeitig übermittelte Tatsache, dass ich, dass meine Existenz, meine Liebe zu ihr, ihre zu mir, wir, totgeschwiegen werden – das wiederum bleibt sogenannt außen vor. Wo eigentlich genau? Auch das ist zu diesem Zeitpunkt, am Ende des Februars, zu dessen Beginn wir uns kennenlernten, küssenderweise, egal.

Zumindest scheint es so. Mir jedenfalls. Und da es mir gleichgültig vorkommt, spreche ich Julia nicht darauf an. Auch, nein, vor allem weil ich den Großkomplex ihres Verheiratetseins weiträumig umschiffen will, wie es so heißt. Denn wie es mir trügerisch erscheinen will, habe ich die Tatsache, dass die von mir Begehrte bereits vergeben ist (woraus sich logischerweise die Drohung der Vergeblichkeit herleiten lässt), verdrängt. Und das wiederum, Verdrängen, erscheint mir zu diesem Zeitpunkt noch als gleichbedeutend mit: aus der Welt schaffen.

Ich spüre wohl, dass etwas nicht stimmt mit mir. Da ist eine Unruhe. Ich weiß bloß nicht, wovor, aus welchem Grund diese Verunsicherung entstanden ist. Eigentlich habe ich bloß eine Entscheidung getroffen. Als ich während einer Besprechung mit meinen Mitarbeitern mit der Schuhspitze an die Reisetasche unter dem Schreibtisch stoße, ist es mir klar: ich habe in der vergangenen Nacht so ziemlich alles verloren, das meine sogenannte Existenz bedeutet hat.

Freundin, Wohnung, Habseligkeiten. Die Erleichterung, die ich heute früh noch gespürt habe, hat sich über Verunsicherung in das Gefühl einer Leere verwandelt. Daraus wird jetzt Angst.

Solange ich noch im Büro zu tun habe, geht es so einigermaßen. Ich werde viel angesprochen, muss reagieren, das hält mein Gehirn sozusagen in Atem, und in meinem Bewusstsein bleibt währenddessen kein Raum für die hässlichen Gedanken, die sich jedoch durchaus spürbar aufzustauen beginnen.

In meinem Zimmer der Pension Zum Goldenen Reiter alleingelassen brechen sie über mich herein.

Zuerst nehme ich an, es liegt an dem Raum, der, wie Borges das Gesicht eines pfeiferauchenden Brillenträgers mit Vollbart beschreibt: trop meublé ist und dazu mit einem Ausblick auf die Fassade des gegenübergelegenen Mietshauses im orangefarbenen Licht einer Straßenlaterne. Der Zimmerwirt bemerkte mit fester Stimme, dass sich in dem Rattanregal neben dem Fenster deshalb so viele Bücher befänden, da dieses Zimmer einige Jahre lang von einem Publizisten bewohnt wurde, dessen Name in den Achtzigerjahren auch außerhalb Deutschlands ein Begriff war. Ich blättere einige der Taschenbücher durch, kann aber weder Initialen noch Namensstempel finden, die einen Hinweis liefern könnten auf die Identität des Vorbewohners.

Während ich vom Zimmerwirt angehalten werde zu trinken, denke ich: Ich will alleine sein. Der Gedanke steht mir trotz des steigenden Alkoholpegels glasklar vor Augen. Dennoch sage ich nichts. Auch nicht, als wir aufbrechen, das Zimmer verlassen, mein Zimmer, um noch im Kronengrill *vorbeizuschauen,* wie es der Zimmerwirt nennt. Er kennt dort die entscheidenden Leute, wie er es nennt. Die wichtigen Gastronomen Berlins seien alle untereinander befreundet. Wie auch in New York. Wie in Paris oder Hongkong. Man neidet sich wenig, prägend wirke vielmehr Respekt. Von ihm beispielsweise sei bekannt, dass er gut koche. Die Küche des Goldenen Reiter sei freilich nicht sein Schaustück – aber privat tische er auf. Wenn er Freunde bewirte. Bei ihm am Küchentisch auf der Eckbank sitzend, speise man anerkanntermaßen wie in einem Sternerestaurant. Der Weinkellner des Kronengrills bestätigt dieses Geschmacksurteil beinahe unaufgefordert und bringt ausgefallene Flaschen heran, die vom Zimmerwirt zu einer vertikalen Verkostung benötigt werden.

Mir fehlt ja leider das für solcherlei Vergnügen notwendige Interesse an den feinen Unterschieden. Wenn mir etwas gefällt, reicht mir das aus. Ich esse beinahe immer dasselbe. Cornflakes zum Beispiel. Oder Fritten mit Senf. Und bei den Weinen ist es ähnlich. Als der Zimmerwirt das Abschweifen meiner Aufmerksamkeit bemerkt, fragt er mich, an wen ich da Nachrichten schreibe unter dem Tisch. Es liegt nicht am Redelösenden des vielen Weins, den wir getrunken haben, ich bin froh, eine Gelegenheit zu bekommen, von Julia sprechen zu dürfen. Denn über sie zu sprechen, von ihr zu erzählen, fühlt sich in dem Moment an, als ob ich mich tatsächlich mit ihr beschäftige. Die Figur meines Gegenübers, des Zimmerwirtes in diesem Fall, ist dabei beinahe egal – so lange er nichts Böses sagt über Julia. Das klingt ungerecht, arrogant eventuell, ist es aber nicht. Zumindest ermöglicht man einer gequälten Seele durch Aufmerksamkeit und Zuhören eine qualitative Verbesserung der sogenannten Gefühlslage. Mehr gibt es nicht, was Menschen füreinander tun können. Schon als ich ihren Namen ausspreche – weil er mich danach fragt – wird mir wohlig im Bauch. Und ich kann ihr liebes Gesicht wieder vor mir sehen, und da ist beinahe der Duft ihrer Haut; zumindest spüre ich, wie weich sie sich anfühlt. Wie schön ihr Nacken sich unter meinen küssenden Lippen streckt. Das kurz geschnittene Haar. Die dünne Haut an ihrer Schläfe und die kleine Ader, die dort zartlila schimmert. Wie bei einem Kind.

Ein a, gefolgt von zwei e – der Zimmerwirt. Er singt die Tonfolge, die er den Buchstaben ihres Namens entnommen hat: Hübsch! Das Geschmacksurteil wird auf der ersten Silbe gaumig betont. Ein Bild von ihr braucht er von daher gar nicht mehr zu sehen. Seiner Erfahrung nach wird der empfindsame Mensch von der Melodie seines Namens geprägt (ist es doch unweigerlich sein Leitmotiv). Doch, die ganze Storia sagt ihm zu. Wobei – hier verengt der Zimmerwirt die Lider um seine großen blauen Augen –, es klingt auch sehr leidenschaftlich, hitzig geradezu (worauf ich enthusiastisch zustimme), und da sei für ihn sozusagen automatisch Schluss. Das will er nicht. Er hatte es aber schon mal. Ein Mal, sagt der Zimmerwirt, habe ich geliebt. Tief und flammend und heftig und auf Teufel komm raus. Als sei ich süchtig, war mein ganzes Denken gerichtet auf diese Frau: Wo ist sie, was macht sie, wann kann ich sie wiedersehen? Und nie waren die Begegnungen ausreichend, niemals genügte die Intensität, sodass ich, kaum dass wir uns eben gesehen hatten, schon wieder an die Nadel mit ihrem Herzblut musste. Für anderes, Freunde, Beruf, vernünftiges Wirtschaften, meine Gesundheit reichten bald weder Interesse noch Energie. Ich wurde zu einem Sozialfall aus Liebe.

Der Zimmerwirt studiert meinen Gesichtsausdruck, hebt sein Glas an, ohne jedoch daraus zu trinken: Nie mehr.

Ich urteile nicht, aber erlaubt ist die Frage: wie er sich dagegen schützen will, dass er sich trotzdem noch einmal verliebt.

Er sagt: Mit Kälte. Die brauche ich ohnehin, denn du

weißt, wie es in einer Küche zugeht. Und auch für meine andere Beschäftigung, die Musik, brauche ich reichlich Kälte in mir, dass es mich förmlich in die Glut der Produktion treibt, um mich dort aufwärmen zu können. Denk an Glenn Gould, der sich die Spielfinger mit siedendem Wasser zur Hummerfarbe brühen musste, bevor er sich an den Flügel setzte. Aber dass noch einmal eine Frau dieses Feuer entfacht, das mich von innen her wärmt, dagegen habe ich mich mit mir selbst verschworen. Und dazu macht er die bekannte Geste mit dem Blatt Papier, das zwischen ihn und den anderen (also auch er) nicht gelangen kann.

Ich spüre den Alkohol. Es werden noch weitere Flaschen gebracht.

Als ich kurz vor vier hochschrecke, stoße ich in der mir noch fremden Umgebung meines Hotelzimmers gegen das Rattanregal. Bücher gehen zu Boden und ich finde den Lichtschalter nicht, also versuche ich die Flashlight-App auf dem iPhone zu finden, aber ich bin noch ganz wattig und desorientiert von dem vielen Wein. Der Geschmack auf meiner Zunge ist schlimm, aber was ich auf dem Display des iPhones sehe, ist fürchterlich. Der Bilderstapel zeigt mich mit einer Blondine vor den Kacheln der Toilette im Kronengrill, wie ich ihr eine schaumige Substanz aus dem Gesicht entferne. Und zwar, wie es aussieht: küssenderweise. Ich wische das Bild zur Seite und es erscheinen aus anderen Perspektiven gemachte Aufnahmen dieses Motives. Es wechseln auch die Frauenfiguren. Eine ist rothaarig, zudem stark gelockt. Eine sehr kleine Frau hat ihren Schädel glatt poliert. Erin taucht in einer schaumig grundierten Dreierkonstellation auf. Ich erkenne eigentlich nur ihr Auge. Sie zwinkert mir zu (also ursprünglich jener Person, die die Kamera meines iPhones bedient haben muss).

Ich bin Atheist. Es gibt Situationen, da entfährt mir ein O Gott! Und zwar während ich den Ordner versendeter EMail inspiziere. Offenbar habe ich noch aus dem Kronengrill sämtliche dieser Bilder an Julia verschickt. Die nun, in Bremen, in ihrem Zweitehebett liegt. In drei, vier Stunden werden sie sich erheben. Er wird, so stelle ich es mir vor, zuerst das Badezimmer aufsuchen, denn für gewöhnlich brauchen Männer nicht viel Pflege – während er also duscht, befreit sie ihr iPhone aus dem Flugmodus und wird von dem plumpsenden Flötenton über das Eintreffen der nächtlichen Post informiert. Oh: gleich mehrere!

In der Kette der dummen Ideen wird diese als besonders schwerwiegend hervorstechen. Noch ist mein Urteilsvermögen vom Alkoholkonsum beeinträchtigt. Die Angelegenheit erscheint mir zwar peinlich und gravierend, aber irgendwie auch nachzusehen. Oder? Ich meine, es war auch kein leichter Tag für mich. Keine leichte Woche. Die ganze letzte Zeit war nicht eben leicht. Zu diesem Zeitpunkt, eines Dienstags Anfang März, morgens kurz vor fünf in einem Zimmer der Pension Zum Goldenen Reiter, habe ich keine Ahnung, dass die vermeintlichen Leiden der zurückliegenden vier Wochen nichts waren im Vergleich zu denen, die mir noch bevorstehen. Ganz sicher hätte ich dann meine Zeilen an Julia in einem ganz anderen Ton abgefasst. Ich hätte mich als der Liebende an sie gewandt, der dann aus mir geworden sein wird – nein: in wenigen Wochen schon wird mir etwas derart respektlos unsere Geschichte mit Füßen Tretendes weder im Vollrausch noch sonst wie in den Sinn gelangen. Sie und ich und was mit uns geschieht, wird zum Heiligtum geworden sein und ich würde mir denjenigen Teil meines Gehirns, der diese dummen Ideen generiert, lieber entfernen lassen, als dass sich etwas Derartiges wiederholt.

Auf dem Split Screen ist also zu sehen, wie ich in dem Hotelzimmer herumtigere/Im nächsten Feld liegt das iPhone der Philosophin auf der Sitzfläche eines mit ihren Kleidungsstücken behängten Stuhles, dahinter, horizontal und bereits in der Unschärfe, ihr wunderschönes, ruhig atmendes Schlafgesicht/Im Zeitrafferverfahren wird das Aufgehen der Wintersonne über dem Potsdamer Platz gezeigt, der sich dabei mit den Schlingen aus weißen und roten Lichtspuren des anschwellenden Berufsverkehrs füllt/Eine Großaufnahme zeigt meinen linken Daumen, von dessen Spitze meine Schneidezähne ein längeres Stück Haut abziehen/Sonnenlicht dringt durch grob gewebte Vorhänge aus fliederfarbenem Wollstoff/Eine Männerhand, nicht meine, die auf dem Display eines Blackberry die Schlummerfunktion des Weckrufes aktiviert/Das Voranspringen einer Welle aus Neonröhren, die dreispurig über die gesamte Deckenlänge eines Großraumbüros im zehnten Stock des Größten Zeitungshauses Europas verlaufen/Der Industriehafen von Bremen/Mein Schreibtisch: Die weiße Platte bedeckt von Bleistiftnotizen (Nummern und Namen)/Das Display eines iPhones/Das Display meines iPhones/Ein Wimpernschlag/Espresso/Mein leeres Gesicht.

Es bleibt erstaunlich, was ein wohlgesetztes Wort anzurichten vermag. Es sind nur zwei Zeilen, die Julia braucht, um meine im Morgengrauen an sie verfasste Bitte um Vergebung abzulehnen; nein, es ist noch fürchterlicher: auf sich beruhen zu lassen. Das Wort, das mich erledigt, lautet: Dummheit.

Es ist, als ob jemand, als ob dieses Wort sogar einen an meinem Gehirn angeschlossenen Regler zurückdreht, mit dem sich dieses Potentiometer drehen lässt, woraufhin synchron zur Geschwindigkeit sämtliche Farbe, aller Klang und die Lebendigkeit der Gedanken und meines Gefühls heruntergefahren werden auf null. Was von mir übrig bleibt, ist eine Figur an meinem Schreibtisch, die ihr leeres Gesicht auf das Display eines iPhones gerichtet hält. Eben kein Schatten meiner selbst, sondern eine plastische Version. Von außen fühlt sie sich warm an. In ihrem Inneren ist nichts mehr als ein taubes Gefühl. Als sei ihr die Seele eingeschläfert worden.

Nach und nach kommen Leute herein, die Konferenz hatte ich selbst angesetzt. Ich höre, dass mit mir gesprochen wird, aber ich kann nichts verstehen. Ich ahne, dass mein Gesichtsausdruck einiger dringender Korrekturen bedarf, aber ich finde die Züge nicht. Die Bildredakteurin sagt, ich sähe furchtbar aus.

Julia hat immer geschwärmt, ich sei so hübsch. Aber Julia spricht nicht mehr mit mir.

Als eine Redakteurin mich konfrontiert mit der Frage, ob wir in der kommenden Ausgabe einen Nachruf auf Kai Margrander bringen sollten – und wenn ja, ob ich den schriebe, da ich ihn doch eben noch in New York? Sage ich: Ich weiß es nicht. Das Sprechen fällt mir schwer. Ich kann meine eigene Stimme nur unklar vernehmen und zu dem akustischen Problem kommt eines der Orientierung: die Worte erscheinen mir von ihren Dimensionen her als unpassend für die Größe dieses Raumes, meines vom Großraum zu allen Seiten durch gläserne Wände abgeteilten Büros. Ich artikuliere also entweder übervorsichtig oder gerate ins Flüstern. An den Gesichtern der im Halbkreis um die sogenannte Vorhaltefläche meines Schreibtisches sitzenden Kolleginnen entdecke ich zunehmend etwas wie Grausen. Ich sage: Jetlag. Mehr bringe ich nicht heraus. Wenig später bin ich in dem Glaskasten allein. Phasenweise schließe ich mich in der Toilettenkabine ein, um nicht beobachtet zu werden. Dort mache ich das Einzige, wonach mir vage der Sinn steht: Ich starre auf das Display des iPhones. An dem Apparat auf meinem Schreibtisch gehen einige Anrufe ein, zu den Themen Flagshipstoreeröffnung in London und Springreitturnier in Paris. Ich kann mir vorstellen, wie diese Gespräche verlaufen sind. Was mir im Verlauf dieses scheußlichen Tages drastisch klar gemacht wird: Ich habe den absurdesten Beruf der Welt.

Das Ende des Arbeitstages bedeutet leider noch längst nicht das Ende des Tages an sich. Die Zeit bis zum nächsten Morgen verbringe ich in einem Restaurant in der Nähe der Pension. Als dort geschlossen wird, in einer Bar. Dann allein in meinem Zimmer. Doch egal, wie viel ich trinke, egal, wie betrunken ich bin: Es gibt keinen Moment, an dem ich nicht an Julia denke. Jedenfalls kommt es mir so vor. Dabei könnte ich nicht sagen, woraus diese Gedanken im Einzelnen bestehen, was sie besagen – es ist wie ein Brummen, eine zerdehnte Melodie, die allem in mir zugrunde liegt: Julia

Ohne Ausrufezeichen, nicht als Frage, kein Punkt – es hört einfach nicht auf.

Soweit ich mich erinnern kann, hatte ich niemals Schlafprobleme. Im Gegenteil: In Zwangslagen, wenn ich mich einem Streit entziehen möchte zum Beispiel, kann ich rasch in tiefen Schlaf gelangen. Auch wenn ich alleine bin, es mir aber aufgrund der Situation an einem Ort unangenehm zu werden droht, flüchte ich in den Schlaf. Es ist ein Protestschlaf. Und ich bin dann nicht zurückzuholen, denn bislang schlief ich sozusagen unerschrocken.

Als die Sonne endlich aufgeht – beziehungsweise: als die Straßenbeleuchtung längswärts davonhüpft, erscheint am

Himmel ein leuchtendes Grau. Ich habe ich eine durchwachte Nacht hinter mir; es fühlt sich seltsam an, als müsste ich mich langsamer bewegen als sonst, aber nicht, um achtzugeben, sondern weil die Impulse mit Verzögerung weitergegeben werden. Ich verspüre eine Reihe kleiner Ängste. Am Vordringlichsten davon ist diejenige, dass es mir anzusehen sein wird, dass ich die Nacht hindurch getrunken und geweint habe. Das Wasser aus dem Duschkopf schmerzt auf meiner Haut. Das Abtrocknen auch. Beim Gedanken an Kleidung verzieht sich mein Gesicht zu einem Ausdruck, den man von kleinen Kindern kennt, die ihre Eltern aus den Augen verloren haben. Ich sehe das zufällig im Spiegel und schaue genauer hin – die Mimik lässt sich nur unter Anstrengung verändern. Mein Gesicht will diesen untröstlichen Ausdruck zeigen. Ich schlage mit der flachen Hand so lange gegen die Fliesen, bis der Spiegel aus seiner Verankerung springt und im Waschbecken zerschellt.

Lass mich! Der Zimmerwirt, angelockt von dem Krach zu früher Stunde, versucht die Badezimmertür zu öffnen. Doch davor liegt mein zusammengekauerter Körper und es gelingt ihm nicht mehr als ein Spalt, durch den ich, wenn ich denn aufschauen würde, seine Nasenspitze sich schieben sähe. Dann ein helles Auge: Alles okay?

Ich sage Ja. Und wiederhole das noch so lange, bis er die Zimmertür von außen ins Schloss gezogen hat. Noch immer keine Nachricht von Julia. Ich frage mich, ob sie, wie sie es mir gestern mitgeteilt hat, ihrem Mann tatsächlich alles erzählt hat – nun, da ich, ihr meine Dummheit offenbarend, als Partner disqualifiziert bin und sie darüber hinaus weitere Intrigen seitens Senta Kustermann zu befürchten hat. Und eigentlich frage ich mich nicht das, sondern: Bedeutet das denn, dass ich sie nie wiedersehen werde? Dass ich ihr nie wieder schreiben kann, weil sie meine Zeilen ungelesen vernichten wird?

Kaum formuliert, werde ich von diesem Gedanken auf die unumgängliche Tatsache gestoßen – grausam, die Tatsache selbst besitzt seit Neuestem eine Stimmlage: Klar, sagt Julia. Und das Gewand der Tatsache an ihrer linken Schulter justierend: Oder was meinst du?

Tut mir leid wegen vorhin, sage ich dem Zimmerwirt im Vorübergehen.

Kaum geschlafen, stellt er fest. Hatte ich auch schon. Damals, wie gesagt. Als ich verliebt war. Zum Glück lange her.

Ich hatte ihr einen Song geschickt. Auch wenn sie mich gebeten hatte, sie mit weiteren Nachrichten zu verschonen: Musik ist unschuldig, sie spricht für sich selbst, hatte ich mir nach möglichst gewissenhafter Prüfung gesagt; restlos unparteiisch war ich freilich nicht. Ich stand weiterhin auf meiner Seite, wenngleich ich Erwägungen wie während vorangegangener Nacht angestellt, Gedanken à la Oder ist das zu viel – darf ich das Julia zumuten? – bislang noch nicht gekannt hatte. Bislang war ich ohne abzuwägen stets davon ausgegangen, dass alles, was ich gut fand, auch von dem anderen gut gefunden würde. Und in den meisten Fällen sogar mehr als das: überwältigt von meiner Idee würde der andere sich mir gegenüber als geschlagen zu erkennen geben. Ich und die anderen, das war bislang so gut wie eine Person. Ein Leib mit mehreren Gehirnen. Mit Julia, das war mir im Verlauf der schlaflosen Nacht zumindest ansatzweise klar geworden, entwickelte es sich exakt andersherum. Ich fand es befremdlich und der Großteil meiner Verunsicherung rührte von daher.

Die Nachricht trifft ein, als ich gerade eine Kabine des Paternosters besteige, um mir ein Layout am Arbeitsplatz der Grafikerin ansehen zu können. Julia bedankt sich für das Stück. Sie mag die Foals. Und zwar, wie sie schreibt: sehr! Und dieses Sehr mit Ausrufezeichen, das sich objektiv beurteilt rein auf die Band Foals, auf das Stück Spanish Sahara, auf den Mount-Kimbie-Remix dieses Stückes bezieht, es hat nichts mit dieser Person meines Namens zu tun – dieses Sehr mit Ausrufezeichen verändert trotzdem innerhalb weniger Sekundenpartikel meinen gesamten Zustand. Eben noch ausgelaugt, kaum anwesend und weder wach noch müde, sozusagen opak von meinem Erscheinungsbild her, fühle ich mich erfrischt und aufgerichtet, unter Geräten gesprochen: Ich wurde unter Spannung gesetzt. Das Licht scheint angenehmer aus den Röhren, der Teppich gibt nach, er will zur Wiese werden, ein langer Flur kann schön sein, schön werden, wenn Julia es so will.

Auf meine Antwort auf ihre Antwort hin antwortet sie mit der Frage, ob wir heute Nachmittag kurz telefonieren wollen. Es gibt eine Gelegenheit gegen viertel nach zwei.

Ich sehe gut aus. Das sagt man mir und ich kann es spüren. Wem gegeben wird, der hat. Ich sprühe Funken, stecke an, mein Humor wird allgemein für großartig befunden. Und die gute Laune der anderen wiederum und immer so fort.

Musik ist etwas Großartiges. Musik ist, das werden Julia und ich in den nächsten Wochen noch herausfinden, nicht nur etwas, sondern: lebensnotwendig. Musik, der Austausch von Songs, wird unser bevorzugtes Mittel der Verständigung bleiben. Im Wikipediaeintrag zum Begriff Liebe finde ich ein Zitat Friedrich Nietzsches, den ich ansonsten unangenehm fand: Denn durch die Musik hindurch sehen und hören sie, wie durch einen farbigen Rauch, ihre Liebe gleichsam ferner, rührender und weniger schwer geworden; Musik ist ihnen das einzige Mittel, ihrem außerordentlichen Zustande zuzuschauen und mit einer Art von Entfremdung und Erleichterung erst seines Anblicks teilhaftig zu werden. Jeder Liebende denkt bei der Musik: Sie redet von mir, sie redet an meiner statt, sie weiß alles!

Die Entscheidung, Julia ausgerechnet dieses Stück zu schicken, hatte sich auf eine mir völlig ungewohnte Art angebahnt. Ich fühlte plötzlich, dass ich ihr diesen Song schenken will. Ganz unbedingt und sofort. Für mich ist es ungewohnt, intuitiv zu handeln, weil ich mir trotz stark ausgeprägter Intuition viele Jahre das intuitive Entscheiden versagt habe – ich war durch das Offenbaren meiner Gefühlswelt sehr häufig in Zwangslagen geraten, hatte mich in die Ecke gedrängt gefühlt und dann geschahen Dinge, die mit uncool noch wohlmeinend beschrieben sind. Unschöne Szenen. Ziemlich kaputt.

Aber obwohl das Wort nicht gesprochen wurde, geschweige denn: geflüstert; ich mir Julias Stimme wohl nur dazu denke, zu diesem angeblich von ihr geschriebenen Wort – noch nicht einmal handgeschrieben, sondern ein aus dem Irgendwo heruntergeladener Datensatz, der in der Geräteschrift des iPhones lediglich dargestellt wird –, beflügelt es mich, diese niedliche Gruppe von Zeichen, aneinandergeschmiegt hinter dem anmutig sich windenden S, bewacht von einem stolzen Rufzeichen: Sehr!

Wir müssen was über die Anmut der iPhone-Benutzeroberfläche machen, schlage ich in der Besprechung mit meinen Mitarbeitern vor. Der Einspruch lautet: Hatten die doch im Zeitmagazin. Egal, sage ich. Wir machen es noch mal. Nur besser. Ich schreibe es selbst.

Mir fallen noch etwa acht bis elf dringende Themen ein – und zwar in jenem Moment, wo kommen diese Eingebungen denn auf einmal her? –, deren Killerpotenzial, wie es aussieht, momentan lediglich von mir selbst erkannt wird. Auch das ist egal, finde ich. Und zwar laut. Journalismus kann keine demokratische Veranstaltung sein. Als euer Ressortleiter empfehle ich von daher die umgehende Umsetzung folgender Geschichten mit garantiertem Killerpotenzial:

Erstens: eine Reportage über die größte Algenfarm außerhalb Japans. Befindet sich in Nordspanien. Das Restaurant Kronengrill bezieht das Meeresgemüse für den schmackhaften wie nährstoffhaltigen Algensalat von dort. Zweitens: eine ausführliche Verkostung der Vernissagenweine sämtlicher Galerien, die wir erwähnenswert finden – und zwar die Roten wie die Weißen. Das Protokoll muss bereits während der Verkostung, sozusagen under the influence getippt werden. Und dann exakt so abgedruckt. Den ganzen Wahnsinn einszueins. Drittens sollten wir hurtig jemanden an die Südspitze Italiens entsenden, samt großer Spesenanweisung, die Recherche hat es in sich. Wie Carine Roitfeld mir auf der Calvin-Klein-Aftershowparty erzählte, haben Gucci, Prada, Versace et cetera dort mittlerweile eigene Supertanker innerhalb der Dreimeilenzone vor Anker liegen. Unter Deck sitzen die chinesischen Leiharbeiter dicht an dicht und nähen Handtaschen und Jeans im Akkord. Die aufs Festland in die Fabriken einzuschleusen wäre selbst in Italien problematisch. So aber, da die schwimmenden Fertigungsstätten noch innerhalb des italienischen Herrschaftsgebietes liegen, darf immer noch Made in Italy auf den Etiketten stehen. Dazu starten wir auf der Partnerschaftsseite eine groß angelegte Serie, Arbeitstitel: Things we do for love. Dazu müssen wir einfach nur Paare finden, die ihre Kennenlerngeschichten erzählen. Mir ist es egal, ob man die Paare kennt oder nicht – wenn die Geschichte gut ist, wird das uninteressant. Und dann brauchen wir schnellstmöglich einen Essay über den Trend zur Verlangsamung. Nicht unbedingt Wandern und Slow Food, sondern diese neuartige Musik, die ich in New York gehört habe von diesem Nicolas Jaar. Das hat seinen Ursprung in der Hustensaftszene von – Houston, Texas, wie Klaus Stockhausen erzählt. Den Nachruf auf Kai können wir ebenfalls einarbeiten. – Du hast Drogen genommen, stellt Lorraine fest, die, wie mir gerade erst auffällt, ihren dunklen Pagenkopf gegen eine gebleichte Kurzhaarfrisur mit Seitenscheitel eingetauscht hat. Erin, bislang in einer Nische zwischen gläserner Wand, Garderobenständer und meinem von dort herabhängenden Pilotenparka eingedöst, findet ihr Interesse durch das geheime Wort geweckt. Sie bekräftigt die Dringlichkeit eines solchen Essays, eventuell sogar angereichert durch eine Betrachtung des Farbspektrums Lila – freilich vor allem, um ihr Spezialgebiet, Leben und Werk der Germaine Dulac, nach vorne zu bringen. Die Lieblingsfilmregisseurin von Virginia Woolf habe bereits in den Zwanzigerjahren das Blinzeln der Augen ihrer Tänzerprotagonistin absichtsvoll verlangsamt, um, so Erins Theorie: die Merkmale deren Existenz in der Zeit zu betonen.

Aha! (Lorraine)

Sie trug ausschließlich Männerkleidung (Erin). Ein Tomboy avant la lettre, Lorraine!

So machen wirs also (ich). Es ist zehn nach zwei, ich verweise auf ein wichtiges Telefonat.

Eine Null und zehn Ziffern in Folge, keinerlei erkennbares System. Wahrscheinlich gibt es Hunderte weiblicher Menschen, deren Stimmbild derart gewellt ist und mit Namen Julia Speer. Vor ein paar Jahren las ich auf edge.org den Text eines russischen Physikers, der seine Überlegungen zu einem Phänomen einleitete mit einer These: Genau jetzt gibt es im Universum noch eine unbestimmte Anzahl von Planeten, auf denen ebenfalls George W. Bush Präsident der Vereinigten Staaten von Amerika ist.

Das Phänomen, auf das er dann zu sprechen kam, ist mir entfallen.

Spe-her?

Die Melodie ist anders als jene, die der Zimmerwirt aus den Vokalen ihres Namens komponiert hatte. Ganz anders! Ich muss lachen. Sie muss auch lachen. Übergangslos herrscht die Fröhlichkeit wieder, so als hätte es das Zerwürfnis, den schlimmen Schmerz und die Trennungswut nie gegeben. Ich will mich hinlegen, während wir miteinander sprechen, so wohl fühle ich mich; geborgen in der Gegenwart ihrer Stimme – und es ist mir egal, dass die Wände meines Büros ganz aus Glas gemacht sind samt der Tür. Und dass auf dem Gang vor meiner Tür ständig Menschen auf und ab gehen, da am Ende des Ganges der Balkon liegt, auf dem geraucht werden darf. Ich strecke mich auf der Platte meines Schreibtisches aus.

Was machst du da, fragt Julia.

Ich lege mich hin.

Ach so. Wo bist du denn?

Im Büro.

Wie lustig!

Wir sind ganz jung, so fühlt es sich an, wenn ich ihre Stimme höre, wenn wir reden. Wir sind jung und fröhlich, es ist niemand sonst da. Die Sonne scheint, der Garten hat eine schattige Ecke. Wir tragen T-Shirts und darunter nichts. Das fühlt sich schön an, weil nichts zwickt und man den Wind spürt auf der Haut. So ist das Gefühl, wenn wir miteinander sprechen: Streicheln mit Stimmen. Anfassen von Gehirn zu Gehirn. Worüber wir sprechen, ist beinahe egal. Oft brechen die Sätze ab und wir müssen lachen und es beginnt der andere mit etwas anderem von vorn. Der Wind streicht wieder um den Ginsterbusch, die Zehen schieben den losen, warmen Sand beiseite und scharren sich tiefer in die verdichtete, feuchte dunklere Schicht. Ich kann die warmen Piniennadeln riechen. Aber dann, mit einem Mal, ich weiß nicht, wie wir uns verirren konnten, wird es kalt. Julia sagt, dass ich bitte verstehen muss: in den nächsten vier Wochen, wenn sie Skiferien macht, dürfen wir weder telefonieren noch uns heimlich schreiben. Julia sagt, sonst kann sie sich nicht konzentrieren auf die Beziehung zu ihrem Mann. Und dann, sagt Julia, geht es ihr schlecht. Ich wünschte, sie würde aufhören, von ihrem Mann zu sprechen, denn dabei geht es mir schlecht. Aber Julia hört nicht auf. Gleich mehrfach nennt sie seinen Namen – Frederick ist so wichtig für mich. Ohne Frederick sterbe ich. Ich will mich nicht von Frederick trennen, auf gar keinen Fall. Und ich kann ihr nicht sagen, dass ich das alles nicht hören will, weil es mich nichts angeht, was soll ich denn dazu auch sagen? Natürlich will ich nichts lieber, als dass sie Frederick verlässt. Aber natürlich liegt mir nichts mehr am Herzen, als dass es Julia nicht schlecht geht, sondern nur gut. Weil sie nur gut ist, weil ihre Stimme mich streichelt und wärmt, selbst wenn sie, wie jetzt, von Frederick spricht. Aber es ist ihre Stimme, die das erzählt. Julia ist die böse Vogelmama, die mir Dunkles füttert. Und obwohl ich es gar nicht haben will, sperre ich den Schnabel auf.

Das Telefonieren nimmt uns beide derart mit, es strengt furchtbar an, das Stillsein und dem Rauschen des anderen lauschen tut wohl – bis Julia plötzlich hektisch wird: Oh, ich muss Schluss machen!

Und legt einfach auf.

Tut mir leid, das war zu abrupt. Scheiße!, steht in der Nachricht, die ich einen Wimpernschlag später von ihr erhalte.

Ich liege noch immer auf meinem Schreibtisch.

Es war sehr schön, mit dir zu sprechen, schreibt sie kurz darauf.

Der Tag endet mit einer Konversation, die einzig aus dem Austausch bretonischer Ortsnamen besteht. In dem nachmittäglichen Gespräch hatten wir festgestellt, jeweils viele Ferien an der französischen Atlantikküste verbracht zu haben. Später, viel später würden wir uns an diesen seltsam chiffrierten Schriftwechsel erinnern und Julia würde mich fragen: Wie kommt man auf so was.

Und ich würde sagen: Aus Liebe.

Und wie immer, obwohl es noch eine Weile hin sein wird, werde ich mich auch dann noch nicht daran gewöhnt haben, wird Julia darauf nichts erwidern. Kein Aha, auch kein Quatsch, kein Genau. Obwohl sie es war, die die Frage gestellt hat, wird sie die Antwort für sich stehen lassen (und für mich), so als sei ihr das zu brenzlig geworden und sie fürchte, sich sozusagen die Finger zu verbrennen mit jedem weiteren Wort. Und dennoch.

Als ich die Pension Zum Goldenen Reiter betrete, schiebt mir der Zimmerwirt einen Briefumschlag mit dem Aufdruck der Senta Kustermann Public Relation über den Tresen. Ich trenne die Klebenaht vorsichtig auf, während ich die Treppe hinaufsteige. Darin finde ich einen Mietbeleg der Self-Storage-Einheit am Westhafen: vier Kubikmeter – ist das nun viel oder wenig Habseligkeit?

An der Badezimmerwand über dem Waschbecken, wo heute früh noch der Spiegel hing, sind jetzt nur noch vier silberne Halteklammern zu sehen.

Besitz belastet, sagt der Zimmerwirt und schenkt ein. Stunden später bin ich allein, der Wein schläfert nicht ein wie gewohnt, zum Lesen bin ich wiederum zu betrunken, Fernsehen halte ich in keinem Gemütszustand aus. Also liege ich wach herum und eigentlich warte ich bloß ab, dass es wieder hell wird. Da brummt das iPhone, es ist eine Nachricht von Julia. Sie schreibt: Ich weiß, ich habe dir gesagt, du sollst mir nicht mehr schreiben, aber es ist mir wichtig, dir zu sagen, dass ich den Gedanken nicht ertrage, dass es dir schlecht gehen könnte – ist das pervers?

Das ist pervers, schreibe ich zurück. Ich bin es auch. Ihre Antwort, unverzüglich: Ich auch.

Damit begann das Schweigen. Und: Natürlich habe ich die Auswirkungen eines längeren Kommunikationsembargos unterschätzt. Und zwar ziemlich. Und wie!

Noch bin ich sozusagen vollgetankt mit einer anständigen Zahl von EMails, dazu ein mehrstündiges Telefongespräch. Als besonders nahrhaft wird sich der zunehmend als identitätsstiftend verehrte Austausch der bretonischen Ortsnamen bewähren. Doch schützt selbst die Überdosis nicht vor dem Comedown, der unweigerlich mit dem Einsetzen der Dämmerung des nächsten Tages, ein Freitag, beginnt. Und für mich ist es nun nicht die Eule, die im Grau in Grau ihre Schwingen breitet. Der Schmerz des Vermissens fährt seine Geräte aus.

Man kann das alles wissen. Man kann sich, durchaus sogar laut und zudem noch vor dem Spiegel stehend, einzureden versuchen: Ich weiß, dass mein Herz nichts als ein muskuläres Hohlorgan ist, das mit rhythmischen Kontraktionen das Blut durch meinen Körper pumpt und so die Durchblutung aller Organe sichert. Und trotzdem spüre ich an dessen Sitz, etwas links versetzt von der Mitte meiner Brust, das Zentrum des Schmerzes. Dort vermisse ich sie. Um es noch verwirrender zu beschreiben: An der Stelle, wo mein muskuläres Hohlorgan pumpenderweise für die Durchblutung aller meiner Organe sorgt, dort vermisse ich ihre Worte. Dort spüre ich den Mangel, den Hunger, die ausbleibende Müdigkeit und den großen Durst. Egal, was man weiß. Es ist einfach so.

Das Sehnen haust an einem anderen Ort: Vom Ursprung meines rechten Leistenkanals, dabei dessen Verlauf über die Rippenbögen fortführend bis knapp unter die Achselhöhle dieser Körperseite erstreckt sich, das behaupte ich so, als hätte es Immanuel Kant nie gegeben, das Organ der Seele. Ich kann es mir nicht anders vorstellen, als dass es die Form einer Sprechblase hat. Allerdings in die Höhe gezerrt und somit ganz schmal – ja: wenn die schreiende Figur in Edvard Munchs Bild eine Sprechblase hätte, dann sähe diese exakt so aus, wie dieses Organ der Seele in der rechten Seite meines Rumpfes. Dort spüre ich bei einsetzender Dämmerung einen dumpfen Schmerz, ein blind beharrliches Drücken gegen mein Innenleben, dem ich nur Abhilfe schaffen kann, wenn ich mir die Hand in die Beuge stütze und laut ausatme. Dazu kommt der gehirnliche Schmerz: mein Denken, das obsessiv um Julia kreist. Beileibe nicht zwanghaft, das wäre viel zu einfach, in einem Sinne von: leicht nachvollziehbar, bald auszublenden; es läuft raffinierter ab, nämlich so, dass meinem Bewusstsein auf unbestimmte Zeit ein Subchannel zur Verfügung gestellt wurde, in dem nichts anderes abläuft als Denken an Julia. An manchen Tagen sind das amorphe, sozusagen gesichtslose Denkströme, die ich lediglich als mit Julia befasst decodiere; Details oder konkrete Informationen sehe ich nicht. Dann gibt es Phasen, die ich als extrem anstrengend erlebe, in denen dieser Subchannel die Oberhand gewinnt über meine gesamten Hirnfunktionen und sozusagen Mainstream wird. Dann meine ich, Julia in der Menge zu erkennen, schrecke auf, wenn jemand in der Konferenz diesen Vornamen fallen lässt, etwas von einem länglich geformten Kriegsgerät namens Speer vorträgt, wenn es um Philosophie geht, um

Tomboys, Doc Martens und und und. An solchen Tagen ist mein Wahrnehmungsapparat mit verspiegelten Scheuklappen beschlagen. Aus den Kopfhörern dringt nur noch der Herzschmerz zu mir durch. Ich bin zu nichts anderem fähig, als auf dem Rücken herumzuliegen und mir die Seite zu halten. Die ganze Dauer des Embargos über schlafe ich so gut wie keine einzige Nacht.

Ich kann mir nicht vorstellen, dass es ihr besser geht, doch ich weiß es nicht sicher, da sie schweigt. Charles Baudelaire vergleicht die Liebe mit einer Folter oder einer chirurgischen Operation – wahlweise. Er schreibt: Selbst wenn die beiden Liebenden voll äußerster Leidenschaft und voll wechselseitigem Verlangens wären, einer von beiden wird doch immer ruhiger oder weniger besessen sein als der andere. Dieser oder diese ist dann der operierende Arzt oder der Henker; der andere ist der Patient, das Opfer.

Ich kann es mir nicht anders vorstellen, als dass Julia meine Gehirnchirurgin ist – ohne Mundschutz bitte, bitte.

Ich stelle mir vor, wie Julia in navyfarbenen Jetskihosen über einen tief verschneiten Abhang schwingt. Ich stelle mir Julia vor.

So vergehen achtundzwanzig Tage.

Hinter den Bergen

Gleich ist es acht Uhr, aber der Sonnenaufgang lässt heute ungewöhnlich lange auf sich warten. Ich stehe vor einem Regal in Maxims Bibliothek und lasse meinen Blick, wie man es so schön nichtssagend sagt: ruhen auf den Rücken einer Reihe von Inleinengebundenen. Denn ich will wirklich: meine müden Augen ruhen lassen. Meine Lider fühlen sich geschwollen an und da ist dieses wohlige Brennen, immer dann, wenn ich sie zuklappe – allein der Schlaf will dann nicht kommen. Ich läge wach hinter geschlossenen Lidern. Angesichts dieser Komplexität verwundert es mich auch kein bisschen, dass Schlaflosigkeit – ebenso wie Depression – in Filmen nicht oder wenn, dann grundfalsch dargestellt wird – ich erinnere mich an einen namens Insomnia, in dem, glaube ich, Robert de Niro einen Polizisten spielt, der im nördlichsten Finnland ein Verbrechen aufklären muss. Auf jeden Fall hat er schon vor dem Antritt seiner Reise ein Schlafproblem, doch am Polarkreis oben wird es zur Erzählzeit nie dunkel und dadurch verschlimmert es sich – er schläft überhaupt nicht mehr. Aber, und mittlerweile kann ich kompetent mitreden: Wie soll man diesen Zustand darstellen? Die dunklen Halbmonde unter den Augen verstärken sich nach einer mehrtägigen Konsolidierungsphase nicht weiter dramatisch. In dem redaktionseigenen Schrank mit Warenproben der Kosmetikindustrie habe ich ein Produkt mit Wirkstoffen des weißen

Lotus gefunden, mit dem ich die dunklen Stellen mehrmals täglich bestreiche. Die Salbe heißt Belle de Jour. Dass ich im Stehen einschlafe, an einen Türrahmen gelehnt sogar, wie es in Filmen gezeigt wird, ist mir bislang, nach vier Wochen noch immer nicht passiert. Sekundenschlaf auf der Rückbank eines Taxis, aus dem ich durch den Schmerz meines ruckartig nach vorne gekippten Kopfes hochschrecke: klar. Aber das kam auch in Friedenszeiten vor. Noch immer schlagen mir beim Öffnen von Schubladen daraus keine Flammen entgegen, wie es im Wikipediaeintrag zur Schlaflosigkeit als Symptom aufgeführt wird. Auch sonst keinerlei Halluzinationen – wenn ich davon absehe, dass ich zusammenschrecke und verwirrt werde, sobald ich irgendwo eine kleine Frau mit kurzen Haaren zu sichten meine; oder wann immer ich ein Lachen höre, das mutig klingt und befreit. Oder jemand in gleich welchem Zusammenhang das Wort ausspricht: Julia. Oder, wie neulich Abend im Kronengrill, aus dem Fenster auf das neue Bürohaus schräg gegenüber deutet: Wie findest du eigentlich das Gebäude des jungen Speer?

Das Zusammenschrecken eventuell (wobei das in den allermeisten Fällen auch schon scheiße aussieht), die Verwirrung, vor allem aber der vorherige Zustand, die seltsame Abwesenheit, die aus Schlaflosigkeit und dem Leiden am Schmerz des Vermissens entsteht – es ist eine Form der Depression, ganz gewiss, und wie will man die darstellen? Im Tischgespräch gestern hatte Katja von den Dreharbeiten mit Frank Giering erzählt, der in ihrem Film eine Figur verkörpert, die an Liebeskummer leidet. Wir alle verehren ihn. Katja hat nun zu erzählen, wie Frank Giering solche Gefühlszustände herüberzubringen schafft, ohne dass man ihm produktionsseitig mit Tricks zur Wirkung verhilft: Er hat diese immens hängenden Augenlider, sagt Katja. Jeder

Schauspieler könnte ein Scharnier benennen, aus dem heraus er seine Kunst von der Person abhebt – bei Frank sind es die Lider. Umso interessanter, dass Romuald Karmakar mit ihm dieses Jon-Fosse-Buch verfilmt hat, das da heißt: Die Nacht singt ihre Lieder – mit i-e.

Darüber lachen wir, noch, denn keiner von uns kann ahnen, dass Frank Giering drei Monate später an einem geplatzten Gefäß sterben würde. Sein Vater würde der einzige Zeuge seines Ablebens sein, bis der Notarzt endlich eintrifft, ist es bereits zu spät. Der hinterbliebene Vater wird den Boulevardzeitungen meines Verlagshauses ein Interview nach dem anderen geben, sodass die Einzelheiten genauestens dokumentiert worden sind: Demnach meldet Frank Giering im Rahmen einer nachmittäglichen Zusammenkunft mit dem Vater zunächst Unwohlsein, kurz darauf bläht sich sein Bauchraum auf (aufgrund innerer Blutungen), wenig später: Exitus. Frank Giering wird mit achtunddreißig, knapp neununddreißig Jahren sterben.

In Katjas Film spielt Frank Giering einen weltberühmten Fotografen, der zum Arirang-Festival nach Pjöngjang gereist ist, um dort eins seiner aufwendigen Tableaus zu produzieren. Die ameisenhaft verwuselte Kulisse aus Tausenden Statisten, die extrem befremdliche Kultur der ausgebluteten Gesellschaft Nordkoreas sowie sein Jetlag umgeben ihn als Unwirklichkeit, in deren Mitte er sich wie das melancholische Auge eines zäh wirbelnden Sturms erlebt. Er ist verliebt. Unglücklich verliebt, wie man so sagt. Seine Liebe bleibt unerfüllt. Es gibt nicht allzu viele Regisseure auf der Welt, die solche Seelenzustände in Bildern erzählen können. Und obwohl ich mir nicht allzu viel aus Filmen mache, bin ich gespannt, wie Katja es löst. Persönlich rate ich beinahe generell zum Einsatz einer Off-Stimme, aber ich weiß eben auch, dass in Kreisen der Filmfreunde die Off-Stimme als Taschenspielerei diskreditiert wird (ausgerechnet in diesem Genre!) Ich erinnere mich an eine Auseinandersetzung mit Julius Grützke, der mir mit eben diesem Argument klarzumachen versuchte, weshalb es sich bei Casino um einen schlechten Film handeln soll: Eben weil es Martin Scorsese nicht gelungen sei, die Geschichte ohne einen stummen Erzähler zu – na ja: erzählen. Das wird dem Filmemacher dann seitens der Freunde des Films als Impotenz ausgelegt. Für gut befunden wird dagegen: im Dialog, oder wie es dann heißt, aus den Figuren heraus zu erzählen. Das würde im Falle Casino einen schätzungsweise doppelt so langen Film ergeben. Und Casino ist bereits lang. Casablanca hingegen ließe sich durch den verstärkten Einsatz der Off-Stimme problemlos raffen.

Julius Grützke würde dann zwar behaupten können, hiermit würde dem Rest des Films jegliche Spannung genommen – egal. In meiner Szene, die im Morgengrauen vor dem Regal in Maxims Bibliothek spielt, erzählt die Stimme: Auch in dieser Nacht hatte er kein Auge zugetan. An die Schlaflosigkeit hat er sich in den letzten Wochen gewöhnt – soweit sich ein Mensch daran jemals gewöhnen kann. Doch etwas ist anders an diesem frühen Aprilmorgen des Jahres 2010: Anders als in den übrigen schlaflos durchwachten Nächten der letzten Wochen, war ihm der Grund für sein Wachliegen während dieser Nachtstunden fühlbar gemacht: Er hatte gespürt, wie Julia Speer, diese von ihm über alles geliebte Frau, die sich vier Wochen lang in klösterlicher Weltabgewandtheit hinter den Bergen vor ihm verborgen hatte, wie diese ihm kostbare und köstliche Frau nun in einem Schlafwagen liegend in die Peripherie Brandenburgs eingefahren wurde. Halle an der Saale war soeben passiert worden, es kommen jetzt Muldenstein am Schmerzbach und Bitterfeld – das Rattern der Eisenbahn über die Schwellen unter den Gleisen, es ist zu seinem Herzschlag geworden. Julia Speer war eine Schmetterlingspuppe; ein Trupp Ameisen transportierte sie in den Bau.

Die Montage zeigt eine schwarz-weiß gefilmte Europakarte, auf der eine Linie sich von den französischen Alpen aus über Genf und den Schwarzwald auf Berlin zubewegt; die unvermeidlichen Aufnahmen von Gleisen und Bahnschwellen und Radachsen und Abteilwagen in voller Fahrt.

Ich halte das iPhone in einer rechten Hosentasche umfasst wie einen Faustkeil und denke bittebittebitte! Das erste Vibrieren meldet eine EMail aus der Geschenkabteilung des iTunes Stores betreffs: J hat dir ein iTunes-Geschenk gesendet. Dabei handelt es sich um Joga von Björk. Ich kenne das Stück, es befindet sich auf der Platte mit dem Cover von Alexander McQueen und ist auch sonst derart heftig, dass ich jedes Mal den Raum verlasse, wenn es läuft, um es mir sozusagen aus einem Sicherheitsabstand anzuhören; habe ich Ohrhörer drin, wenn der iPod es mir shuffelt, nehme ich zumindest einen der beiden Stöpsel heraus.

Ich bin dabei, eine Antwort einzutippen, da vibriert es erneut: Ich bin sehr froh, wieder hier zu sein! J

Und ich erst!, schreibe ich im Überschwang zurück (mein Herz klopft laut, dabei sind es nur Buchstaben).

Meinst du, wir sollten uns niemals wiedersehen? Erscheint als Nächstes auf dem Display.

Auf gar keinen Fall!

Wirklich nicht? Ihre Frage: Nie wieder?

Das kommt mir seltsam vor. Ich schubse die neuen Nachrichten über die Oberfläche des Displays, bis die fragliche erscheint: jemals steht dort. Nicht: niemals.

Meinst du, wir sollten uns jemals wiedersehen?

Ich bin dumm, da hatte sie damals schon recht. Schreibst

du dir mit deiner Schönen?, fragt Katja, die mit den Kindern im angrenzenden Zimmer erschienen ist.

Ich antworte übereifrig, das Missverständnis hat mich unter Stress gesetzt. Meine Antwort dürfte Klarheit schaffen, aber ihre Antwort darauf lässt auf sich warten. Duscht sie? Klar! Nach einer solchen Strapaze im Nachtzug duscht man doch erst mal und zieht sich komplett neu an. Wie lange duscht Julia denn so?

Warum telefoniert ihr eigentlich nicht, fragt Katja. Stimmt. Seltsam eigentlich, habe ich mich so noch gar nicht gefragt. Julia und ich haben eine selbstverständliche Kommunikationsstruktur – so erscheint es mir zumindest. Selbstverständlich vor allem, da sie sich entwickelt hat. Wir haben noch nie ein Wort darüber verlieren müssen – organisierenderweise –, alles kam wie von selbst. In den nächsten Wochen und Monaten würden wir zwar noch einige Kanäle alternativ zu SMS, EMail und Telefongesprächen eröffnen und betreiben. Doch der Austausch von Getipptem über unsere iPhones, später auch unsere iPads, würde weiterhin den bei Weitem überwiegenden Teil unserer unendlichen Zwiesprache ausmachen. Anfang Juni würde ich interessehalber den Schriftwechsel ausdrucken, der dann mehrere Tausend Din-A4-Blätter bedecken wird. Es wird die Zeit sein, da das Erscheinen des dicken Prachtbandes der Firmengeschichte von Prada kurz bevorsteht. Und ich werde bei allen mit unseren Themen betrauten Redakteuren die Versandboxen der Vorabexemplare einsammeln und darin die Stapel loser Blätter verpackt nach Hause schaffen. Sieben dieser Schachteln aus mattschwarzer Pappe werde ich mit ausgedruckter EMail befüllen. In den Kopfzeilen steht nie etwas anderes als: Untitled oder Ohne Betreff. Ich werde diese schweren Schachteln in zwei Schubladen meiner Kommode verstauen, die ich dann nämlich besitzen werde. Julias Kommentar, als ich ihr ein Foto der Briefstapel schicke: Kompletter Irrsinn. Danach drucken wir nie wieder aus.

Von meinem Platz auf dem Fenstersims zwischen den Regalen sehe ich durch ein Zimmer voller Sitzgelegenheiten in den übernächsten Raum auf die von Flügeltüren gerahmte Szene, in der Katja mit den beiden Kindern zu sehen ist, die den Tisch für das Frühstück decken. Die Lampe mit dem honiggelben Schirm wird angeknipst und alles erscheint nun wie in einem flandrischen Gemälde erleuchtet. Es ist dies Licht und es ist die, ja: Friedlichkeit, die dieser Anblick ausstrahlt. Mir wird dagegen meine Aufgewühltheit so deutlich; mir wird in gewaltigen Buchstaben klargemacht, dass ich Frieden will, dass ich eine Pause brauche. Und dass ich mir diese Pause verdient habe. Ich habe wieder Tränen in den Augen, weil ich weiß, dass ich Julia meine mit dieser Pause. Ich weiß, dass ich erst Frieden haben werde, wenn ich mit Julia zusammenleben kann. Und das will ich unbedingt. Und zugleich ahne ich, dass es nicht leicht sein wird, das zu erreichen. Weil es kein Ziel ist, weil es keinen Weg dorthin gibt, sondern weil es geschehen muss. Und weinen muss ich wohl, weil ich überhaupt keine Ahnung habe, was ich denn nur dazu tun könnte, damit es geschieht.

Auf Flughäfen, sagt Katja. Beim Umsteigen, beim Warten auf einen Anschlussflug, wenn ein, zwei Stunden, manchmal auch viel weniger Zeit war, um sich kurz zu sehen. Maxim ist dann egal wohin gekommen – einmal sogar ins schreckliche Spanien, immer nur, nur um mich zu sehen. Damit *wir* uns sehen konnten, denn ich war ja nicht frei. Oder Zugfahrten, wenn ich zu einem Vortrag eingeladen war, manchmal auch nur in der S-Bahn vom Zentrum aufs Studiogelände – immerhin fast eine Stunde gemeinsam, nur wir. Wir haben uns in Zwischenräumen getroffen, wir haben die ganzen Jahre in dieser Zwischenwelt gelebt – irgendwann konnte ich keine Telefonzellen mehr sehen.

Sie sagt diesen Satz exakt so, wie Maxim einst zu mir. Aber es wirkt nicht, als sei er Bestandteil einer Anekdote – es bedeutet wohl den Punkt ihrer Übereinkunft, als ihre Gefühle deckungsgleich wurden. Mir ist bewusst, dass ich furchtbar aussehe. Katjas Gesicht sieht auch müde aus, aber da ist ein schwer zu beschreibender Zug von Zufriedenheit, nein: Abwesenheit von Traurigkeit. Sie wirkt stark im Gegensatz zu mir. Und sie ist es tatsächlich, denn als ich frage, warum Maxim nicht mit den Kindern aufgestanden ist, sagt sie: Das würde er gerne, aber er kann nicht, denn er braucht viel mehr Schlaf als ich. Sie sagt das ohne Bedauern. Sie bringt es so vor, dass das Bedauern dieser Situation auf seiner Seite erscheint. Sie hält eine Fürsprache und ich habe niemanden, der für mich sprechen kann.

Später am Tisch befragen sie mich in Gegenwart der schmausenden Kinder, wie es mir in den letzten Wochen ergangen ist, und sie tun es auf diese behutsame und mich ergreifend freundschaftliche Art, mitfühlend, ohne Seitenblicke auszutauschen, es gibt ihrerseits noch nicht einmal einen Impuls dazu, den sie unterdrücken müssten. Ich gebe zu, dass es schwer war. Schwerer als alles Schwere zuvor. Aber ich verschweige die Mengen an Betäubungsmitteln und Alkohol, ich verschweige die grässliche Einsamkeit, die in dem Zimmer im Goldenen Reiter lauert, die Unumgänglichkeit des Zimmerwirts und insgesamt die Zerknirschung, das schlechte Gewissen, das Gefühl der Unreinheit, das mich besitzt nach den Exzessen mit Erin und dem Zimmerwirt, die mir die durchwachten Stunden dort zwar nicht leichter gemacht haben, aber zumindest fühllos. Und ich bekomme gerade schon wieder ein schlechtes Gewissen, weil ich ausgerechnet vor den einzigen Freunden, die ich habe, derart wesentliche Ereignisse verschweige, aber es geht nicht anders. Da ist eine große Sperre. Es geht wirklich nicht. Ich habe eine unbegründete Angst davor, dass sie sich um mich Sorgen machen, dergestalt, dass ich entmündigt werde und in ein Krankenhaus eingeliefert (ich lasse ebenfalls unerwähnt, dass ich vorgestern in der großen Konferenz zuerst einen Heulkrampf bekam, um irgendwann ohnmächtig zu werden, was im Verlauf des Tages dazu geführt hat, dass der Betriebsarzt mich als dringenden Fall an eine Praxis für Radiologie überwies, wo im Wartezimmer lauter Leute mit Pandabäraugen in den bleichen Gesichtern herumsaßen und eine trübe Zuckersoße aus Plastikbechern schlürften und man mich dort in einen PET-Scanner schob, weil der Betriebsarzt wohl Grund zur Annahme hatte, mit meinem Gehirn sei etwas nicht in Ordnung – seitdem trage ich eine Packung violetter Schmerztabletten mit mir herum. Falls es akut werden sollte); um Entscheidendes schwerer als meine ständige Angst vor Entmündigung und einem für Verrückterklärtwerden wiegt meine Furcht, Katja und Maxim könnten aus meinem Verhalten schließen, dass Julia nicht gut für mich ist. Dass ein Konflikt entsteht, weil ihre Freundschaft zu mir wichtiger ist als meine Gefühle zu ihr. Konkret: Dass sie mir Julia wegnehmen werden, um mich zu retten – nur ich kann wissen, dass dies für mich das genaue Gegenteil einer Rettung bedeutete. Und es gibt noch einen oberflächlichen Grund für mein Verschweigen von Tatsachen, das eigentlich ein Lügen ist: Ich kann hier im lauschigen Grunewald beim Schein der Honiglampe, mit tropfnassen Kieferstämmen vor den Fenstern nicht vom Leben im schwarzen Verhau der schlimmen Stadt berichten. Da stehen Möbel auf der Terrasse und ein Schirm. Im Rasen hüpft eine Amsel auf und ab, die Kinder haben ihre iPhones hervorgeholt und spielen Doodle Jump (ich mag das kleine Männchen mit der Trötennase und mehr noch mag ich das Geräusch, das diese App während des Spielens produziert) – mit meiner Wirklichkeit verglichen kommt mir hier alles unwirklich vor.

Ich habe Zeit verschwendet, weil sie mir unerträglich wurde ohne ein Wort von Julia. Ich habe ganze Wochen abgetötet, weil sie mir nutzlos waren, ohne Julia. An diesem Tisch sitzend wird mir klar, dass diese Wochen aber an sich nicht leer waren. Es waren Wochen meiner Lebenszeit. Ich habe mich selbst abzutöten versucht. Habt ihr eigentlich schon, fragt Katja und lässt das Satzende leer, aber als nichts von mir kommt: Habt ihr schon einmal miteinander geschlafen?

Müsst ihr unbedingt machen, sagt Maxim.

Katja sagt: Das verändert alles.

Unter den Linden

Ich kann mich erinnern, dass es in der Nacht vor meinen Geburtstagen so war. Wenn ich bereits wusste, dass ich das gelbe Fahrrad bekommen würde. Die Rastlosigkeit und das Nicht mehr warten können kommen mir identisch vor. Ich weiß nicht, womit ich mich beschäftigt habe – weder trank ich noch habe ich geraucht, denn ich wollte so wohlriechend und hübsch wie nur möglich sein, wenn wir uns zum ersten Mal seit der halben Ewigkeit wiedersehen. Ich bin unfassbar nervös und eine viertel Stunde zu früh an dem verabredeten Treffpunkt zu Füßen der Schillerstatue inmitten des großen Platzes. Stets bin ich pünktlich, das war schon immer so, es ist wie ein Fluch, denn selbst wenn ich mir sozusagen Mühe gebe, einen Umweg nehme oder absichtlich eine Bahn sausen lasse, fügt es sich am Ende doch wieder so, dass ich der Erste sein werde. Es sind eine Menge Menschen um mich herum, die sich fotografieren, oder die Bauten – das Konzerthaus, den Französischen Dom –, sie handeln und bewegen sich an den Rändern meines Gesichtsfeldes, ich halte meinen Blick auf die Straße gerichtet, die an dem Platz vorbeiführt, und als ich die Person auf dem marineblauen Fahrrad sichte, wende ich mich ab, als hätte ich mich an dem Anblick verbrüht. Ich vollziehe das Abstellen und Umwickeln des Laternenpfostens mit dem Fahrradschloss in Gedanken mit und schaue erst wieder in die Richtung, aus der ich Julias

Kommen vermute, als ich diese Tätigkeiten für erledigt empfinde. Sie ist nur wenige Meter weiter vorangekommen als gedacht. Es dauert zermürbend lange, bis sie mir gegenübersteht. Wir schauen uns an und sagen nichts – oder etwas Dummes wie Na?, es entzieht sich meiner Kontrolle, in mir ist es plötzlich sehr still und mir fällt rein gar nichts mehr ein.

Komm, sagt Julia, und es fühlt sich an, als hätte sie meine Hand genommen, aber wir berühren uns nicht. Lass uns bitte fortgehen von hier.

Im Gehen kann ich normalerweise am besten denken. Ja, es ist sogar so, dass die Geschwindigkeit meiner Schritte die Frequenz meiner Einfälle reguliert. Nun gehen wir nebeneinanderher und ich muss immer wieder den Impuls unterdrücken, meine Hände hinter dem Rücken ineinanderzulegen, weil ich gerade nicht mehr weiß, wohin mit ihnen. Natürlich würde ich Julia gerne anfassen, aber irgendetwas hält mich zurück. Nach einigen Metern fängt sie an zu sprechen, es beginnt mit einer Erzählung eines Tages auf der Skipiste, eine gefährliche Abfahrt, die sie meistern konnte, worüber sie so glücklich war, dass sie schreien wollte, und das habe sie dann auch getan. Dann berichtet sie von der Fahrt in dem Nachtzug und wie seltsam es war, in die Stadt einzufahren, weil sie, mit jedem weiteren Meter auf Berlin zufahrend, richtiggehend spüren konnte, wie das An mich denken müssen an Raum gewann. Ich beobachte sie scheu von der Seite und betrachte ihr schönes Gesicht mit den dunklen Augenbrauen und Wimpern und ihre Gesichtsfarbe, sie hatte es mir warnenderweise vorab schon geschrieben, aber sie ist wirklich sonnenverbrannt. Ich finde sie wahnsinnig attraktiv, und als sie sagt: Als ich zu Hause angelangt war und meine Sachen auspackte, wollte ich eigentlich noch an einem Aufsatz arbeiten. Dann merke ich: Mein Denkvermögen setzt vollkommen aus.

Ich bin Julia so dankbar für dieses Geständnis, denn nun ist es mir möglich, ihr zu gestehen, wie sehr ich sie vermisst habe, wie sehr sie mir gefehlt hat und all dies. Und dabei schaut sie mich aus den Augenwinkeln an, es ist dieser Blick von schräg unten zu meinen Augen herauf, den ich vom Nebeneinander auf den Fahrrädern fahren her kenne und der mir der liebste ist. Aber noch bleiben wir nicht stehen, wir überqueren den Boulevard Unter den Linden, wir gehen am Hauptgebäude der Universität vorbei und erreichen den Park vor dem Alten Museum. Es ist ein warmer Frühlingsnachmittag und es lagern schon Menschen auf dem Rasen rund um den Springbrunnen, der noch nicht wieder in Betrieb genommen worden ist. Mittlerweile ist unser Gespräch von einer Art, dass keiner von uns beiden noch genau mitbekommt, worum es sich dreht, das Gespräch ist die Erzählerstimme aus dem Off zu dieser Szene des Spaziergangs, sie spricht Blindtext: Lorem ipsum dolor sit amet consetetur.

Dazu sieht man die plappernden und lachenden Gesichter der Gehenden, sie sehen beide glücklich aus. Eine Lobotomie fühlt sich bestimmt ganz ähnlich an. Zur Abwechslung tut ein Gehirn voller Watte ganz gut.

An einem Geländer, darunter dunkles Wasser und ein Schiff der Polizei, bleiben wir wie auf ein Zeichen der Regie hin stehen und Julia nimmt mich fest in die Arme. Sie umschlingt mich und ich wünsche mir, ich könnte sie noch viel fester drücken, mich selbst durch sie hindurch gewissermaßen. So als wäre ich Nudelteig und sie ein Sieb. Die Watte ist gewichen, nun weiß ich, was ich will, und wir küssen uns. Lang. Sehr sehr lang. Da sind Hunderte von Spaziergängern, die meisten davon gehen in Paaren und Julia deutet auf zwei ältere Personen, die identisch gekleidet sind. Vor jedem anderen Menschen, vor allem vor jeder anderen Frau hätte ich nun versucht, eine pointierte Bemerkung zum Partnerlook anzubringen. Zu Julia sage ich: Ich finde das sehr schön. Weil es die Wahrheit ist. Und weil, wie ich durch Julias Hilfe herausfinden werde, Wahrheit mit Wahrheit belohnt wird. Woraus ein schönes, ein reines weil – eben wahres Lebensgefühl entsteht.

Julia schaut mich an, sie hat große Augen, ihr Gesicht wirkt kindlich, sie sagt: Es darf dir nie schlecht gehen, versprochen.

Dir auch nicht.

Und sie umschlingt mich wieder und sagt: Fest versprochen!

Es ist ein Versprechen. Eine geheime Ehe, die nie gebrochen werden kann.

Auf dem Weg zu Purple Brain befrage ich sie nach ihrer Arbeit, aber die Off-Stimme hat wieder übernommen und in mir wächst auch ein Gefühl der Ängstlichkeit, weil mir die Lage des Institutes wie auf einem inneren Stadtplan vor Augen steht und ich darauf visualisiere, wie die noch verbleibende Strecke, ihrerseits nichts als ein Sinnbild der noch verbleibenden Zeit, von uns aufgegessen wird, gehenderweise. Ich hoffe sehr, dass mein Hochgefühl dieses Mal etwas vorhalten wird, bevor ich sie wieder derart schlimm vermissen muss. In einem Hofeingang küssen wir uns ein letztes Mal, dann muss sie los. Ich bitte sie, dass wir uns am Abend noch einmal wiedersehen, aber sie schaut mich an, sehr ernst, und sagt: Ich weiß nicht, wie das gehen soll.

Und das ist seltsam, denn obwohl sie mir damit sagt, dass wir uns nicht sehen können, wenn wir wollen, bin ich von ihr verzaubert. Bei jedem Menschen, der mir einen Wunsch nicht erfüllen will oder kann, mache und tue ich alles, um meinen Willen durchzusetzen. Wenn Julia etwas nicht will, kann ich das verstehen. Es ist mir sozusagen wichtiger, dass es ihr gut geht. Meine Wünsche erscheinen klein vor diesem einen, dem unausgesprochenen: Ich will immer Sorge dafür tragen dürfen, dass es Julia gut gehen wird.

Mein Hochgefühl hält eine ganze Nacht hindurch an. In der Frühe fliege ich zum Springreitturnier nach Paris.

Paradise Found

Das iPhone vibriert in meiner rechten Hosentasche, während ich mich zwischen Pferdetransportern und Freunden des Springreitens hindurch auf den Presseeingang des Grand Palais zubewege. Der Schirm ist mir bei der Bedienung des Apparates hinderlich, ich plaziere ihn auf einem Papierkorb und gehe einfach weiter. Erin ist dran und sie zitiert scheinbar zusammenhangslos aus einem Band expressionistischer Lyrik, doch es stellt sich dann heraus, dass sie lediglich vorliest, was ich ihr in der vergangenen Nacht per SMS zukommen ließ.

Ich mache mir gar nicht erst die Mühe, mein Unglück zu beschönigen, und da Erin und ich ein Abkommen geschlossen haben, das da lautet: Julia Speer ist gut Punkt wer das bezweifelt oder gar negiert wird gnadenlos exkommuniziert –, schenkt sie sich ihrerseits jeglichen Kommentar und informiert mich, dass Betony Vernon in der Stadt ist. Und damit gibt sie sich als wahre Freundin zu erkennen. Ich schicke Betony eine Nachricht, dass ich sie sehen will, dringend, denn es geht mir sehr schlecht, die sie nach wenigen Minuten beantwortet, sodass ich mir den Vormittagswettbewerb sparen werde und mir ein Taxi nehmen kann ins Marais. Erin und ich haben Mrs Vernon im Herbst vor zwei Jahren kennengelernt. Das war während der mehrtägigen Recherchen zu einer Geschichte, die sehr viel später unter dem schönen Titel *Carine Roitfeld – zwei oder drei*

Tage im Leben einer Chefredakteurin der Paris Vogue erschienen war. Sie hatte uns mitgenommen zu einem Fotoshooting, bei dem eine Balenciaga-Kollektion inszeniert werden sollte, für die Nicolas Ghesquière sich seine Anregungen nicht wie sonst üblich auf dem Flohmarkt am Porte de Clignancourt geholt hatte, sondern bei der Turnierkluft der Florettfechter. Frau Roitfeld schwebte eine zusätzliche Perversion dieser an Prothesen und Zwangsjacken erinnernden Mode vor, die sie durch ein Zusammenbinden und Verdrehen der Gliedmaßen ihrer Models zu erreichen gedachte. Als Fesselkünstlerin war Betony Vernon gebucht: die faszinierende Erscheinung einer Frau, um einiges größer als ich, rothaarig, mit sehr runden, festen Brüsten und einem sehr hübschen Gesicht, dessen leichte Asymmetrie sie durch einen asymmetrischen Pony betont. Ich hatte mich bis dahin nie wirklich für Bondage interessiert. Für mich war diese sogenannte Szene mit den Peitschen und den Böcken und den aufgemalten Augenbrauen mit etwas Billigem behaftet. Aber erstens sieht sie um Klassen anders aus. Und als ich Mrs Vernon dabei beobachtete, wie sie mit ihren aus langen Seidenbahnen gewundenen Kordeln die menschlichen Körper in Fechtkluft zu Origami verarbeitete, wurde ich von dem heiligen Ernst, mit dem sie zu Werke ging, bestrickt. Ich hatte mich damals nicht getraut, sie anzusprechen. Ihre Arbeitskleidung bestand eben nicht aus diesen lächerlichen Korsettklamotten, wie man sie auf den Pornoseiten sehen muss, sondern war ihr aus matt schimmerndem Leder auf den Leib geschneidert. Man erklärte uns, dass sie einen sogenannten Salon betrieb namens Paradise Found. Sie war Amerikanerin, Tochter eines alleinerziehenden Hubschrauberpiloten, hatte das Goldschmiedehandwerk erlernt, um seltsame, kleine Objekte herzustellen, die sie Interfaces nannte, Schnittstellen, und eben nicht Sex Toys. Die Interfaces bestehen aus reinem Silber. Nur dieses Metall hat die unerklärliche Eigenschaft, sich beim Kontakt mit dem Körper um ein wenig mehr aufzuwärmen als die Temperatur der jeweiligen Person. Das alles erfuhr ich, weil ich ihr damals auf meiner roten Olivetti einen Brief geschrieben hatte, in dem ich sie um Aufnahme in ihren Salon bat. Wie sie mir bei meinem ersten Besuch in Paris erzählte, fand sie die Idee, auf einer Schreibmaschine zu tippen, wie auch meine schüchternen Formulierungen derart *kinky*, dass sie mich nicht ablehnen konnte. Ich sitze ihr gegenüber in dem grün tapezierten Empfangsraum in dem uralten Hinterhaus, das vor ein paar Hundert Jahren mal ein Kloster war. Ein sehr kleines Kloster wohl, für nur wenige Nonnen, es gibt nicht einmal einen Kreuzgang. Das Studio der Fotografin Bettina Rheims ist in einem ähnlichen Bau nur zwei Straßen weiter untergebracht. Die beiden russischen Frauen, die aufbrachen, als sie mich einließ, haben eine üppige Bonbonniere hinterlassen. Obwohl wir uns schon ein paar Mal getroffen haben, weiß ich noch immer nicht genau, was Betony mit ihren Kunden eigentlich macht. Sie sagt: I am a Philosopher of Sex and a Technician of Love.

Wieso eigentlich wie ein Schlosshund? Ich weine und weine und sie sagt, es ist okay, während sie sich eine Zigarette dreht mit dem Tabak aus dem orangefarbenen Päckchen, das noch immer genauso gestaltet ist, zumindest entspricht das meiner Erinnerung, wie damals, vor 25 Jahren, als ich mit dem Zeug das Rauchen angefangen habe. Auf dem Feldweg hinter dem Haus meiner Eltern. Dass Betony jetzt raucht, wundert mich, schließlich war sie es, die mir einst zur veganen Ernährung geraten hat, weil das die Produktion der Botenstoffe begünstigt, die wir genießen, wenn wir uns verlieben und erst recht dann beim Sex.

Aber da ich von denen anscheinend im Überfluss habe und ohnehin mein vegan versorgtes Blut seit Wochen zu einem Chemococktail verquirle, wird das bisschen Nikotin, die ödeste und blödeste aller Substanzen, auch nichts mehr ausrichten – und was für eine herrlich billige Freude das doch ist!

Wir rauchen und ich erzähle ihr alles, von Anfang an, von der Zahnpasta bis zu den Wochen der Entbehrung, und als ich schluchzen muss und nicht mehr reden kann, sagt Betony: Don't worry Honey. You are just in love.

Und ich schreie.

Weil es so ungerecht ist. Weil es unerträglich ist zu wissen, dass mir das jetzt, ausgerechnet jetzt erst widerfährt. Nach all diesen vielen Jahren der Abwesenheit des Glücks. Es ist so ungerecht, dass ich all die vielen Jahre keine Ahnung hatte, dass ich unglücklich war; ich war einfach nur und ich war mit den Zuständen zufrieden. Und die Zeit verging und irgendwie war immer irgendetwas zu tun und los. Und immer gab es irgendjemand an meiner sogenannten Seite und nie war ich allein und es war gut und es war in Ordnung und alles war an seinem Platz, wie es mir schien. Es war scheinbar auch gut, dass alle diese Frauen irgendwann wieder gingen. Dass dieses Lieben immer wieder von Neuem zu Ende ging und dann auch wieder losging, in der vertrauten Weise.

Und ausgerechnet jetzt, wo ich fühle, dass Julia nie mehr gehen soll und wird; wo ich aber gleichzeitig fühle, dass sie niemals, nie im Leben ankommen wird und ich von daher immer, immer, immer in diesem scheußlichen Zustand verbleiben muss – warum bloß! Warum ich? Und wieso muss es so ungerecht ablaufen, dass, was ich fühle, falsch ist für einen anderen Menschen, wo es sich doch nur richtig und gut und heilsam anfühlt für mich? Und das derart heftig, dass es mich besetzt hält und zunehmend zerstört? Warum bloß, warum hört es denn nicht einfach auf?

Da dies kein Besuch bei einer Freundin ist, sondern ich Betony konsultiere, bittet sie mich, sie die Wendeltreppe hinunter zu begleiten. Dort befindet sich sozusagen ihr Sprechzimmer: ein mit schwarzem Fußboden ausgelegter Raum mit schwarzen Sitzgelegenheiten vor silbernen Wänden. Es gibt einige Spiegel und eine flackernde Feuerstelle aus Chromstahl.

I can lower this to pure chemistry, sagt Betony. Hast du schon etwas vom VNO gehört? Es sind widersprüchliche Ansichten darüber im Umlauf, aber in der Nasenspitze sitzt bei vielen Menschen ein unterschiedlich stark ausgeprägtes Organ. Es lässt sich bei nahezu allen Tierarten finden, sogar bei Fischen, es wirkt dominant in den Entscheidungen der Partnerwahl. Dieses Organ wird während des Heranwachsens des menschlichen Embryos zwar vollends herangebildet, der herrschenden Lehre zufolge verkümmert es aber vom Augenblick der Geburt an nach und nach. Man nannte es auch Jacobson'sches Organ und es besteht aus einem Gebilde feiner Kanäle, in denen Flüssigkeiten steigen und fallen. Damit wittert der Mensch. Die rätselhafte Natur der Bindung von Mutter und Kind lässt sich damit zum Teil gut erklären – im Leib ist der Embryo neun Monate vom Duft seiner künftigen Mutter umgeben. Ich bin davon überzeugt, dass es viele Menschen gibt, bei denen dieses Organ eben nicht verkümmert, sondern intakt bleibt. Treffen zwei solcher Menschen aufeinander, kommt es zu einer heftigen Anziehung. So heftig womöglich, wie du es mir beschreibst. Du und Julia habt euch gewittert. Oder geflehmt, wie es bei Martin Heidegger heißt. Von Heidegger gibt es im Übrigen ein schönes Bild, das deinen Zustand in seiner ganzen Ambivalenz sehr schön beschreibt: Eine Biene lässt sich nieder auf dem Rand einer Petrischale, die mit einer süßen Flüssigkeit befüllt wurde. Die Biene streckt ihren Rüssel aus und beginnt diese Nahrung einzusaugen. Sie wird damit nicht aufhören. Selbst dann nicht, wenn wir ihr währenddessen, wie in diesem von Heidegger beschriebenen Experiment, den Hinterleib abtrennen. Die Biene fährt fort die Nahrung einzusaugen, die ihr nun aus dem Brustsegment ins Freie quillt. Heidegger nennt die Biene von dem Vorgang des Einsaugens benommen.

Sie spricht mir aus der Seele. Auf diese Weise fühle ich mich: von Julia benommen. Was soll ich nur tun? Betony erzählt, dass sie raucht, weil sie vor wenigen Wochen die Beziehung zu einem Mann beenden konnte, von dem sie auf solche Weise benommen war. Sie hatte ihn vor Jahren auf einer Ausstellungseröffnung kennengelernt. Von dem Augenblick, da seine Frau ihn vorgestellt hatte, konnte sie sich nicht mehr von ihm lösen. Vor allem gedanklich nicht. Sie sahen sich nicht oft, aber wenn, dann waren alle Qual der Sehnsucht, das luftabschnürende Gefühl der Verlassenheit schlagartig vergessen.

Wenn ich dich nur sehe, geht die Sonne auf – das hört und liest man tausend Male und denkt sich dabei: solch ein Kitsch! Auch das Wort mutterseelenallein, auch zu Tode betrübt sein, Stein und Bein schwören, wie auf Wolken gehen, dass einem das Herz in die Hose rutscht, man weiche Knie bekommt beim Anblick eines anderen – und mit einem Mal ist da diese Person, die alle noch so abgegriffenen Worte und Sätze mit Sinn erfüllt. Mit ihrer selbst gewissermaßen. Dann ist es wie in dem romantischen Gedicht: und mit einem geheimen Wort/fliegt das ganze falsche Wesen fort. Tja. Aber es blieb dann eben so. Und er schaffte es nicht, sich von seiner Ehefrau zu trennen. Und im Januar wachte ich auf, sagt Betony, es war wie in dem Film von Alain Resnais, wo der alte Pfarrer der Selbstmörderin aus unerfüllter Liebe Mut zusprechen will, indem er ihr von dem Morgen berichtet, als er den Verlust seiner Frau endlich überwunden hatte: Ich erwachte mit einem Gefühl, als hätte ich neue Schuhe bekommen.

Ich spüre, dass ich große Angst bekomme. Der Gedanke, Julia zu verlieren – in echt oder auch bloß gedanklich, ist derart schrecklich. Ich will auf gar keinen Fall neue Schuhe bekommen!

Try to enjoy it, sagt Betony. Und zündet sich eine Zigarette an. It's just love. It hurts as much as it heals.

Berlin

Vom Flughafen aus lasse ich mich direkt in den Verlag fahren. Ich weiß, wie ich aussehe – bei Betony habe ich zu lange in einen Spiegel gesehen; wo ich herkomme, sagen die Leute dazu: dem ist das Gesicht runtergefallen. Es ist mir scheißegal. Die Außenwirkung ist dennoch beeindruckend, man weicht vor mir zurück. Als meine Sekretärin hereinkommt, entfährt ihr ein Oh Gott. Ich gebe ihr einen weißen Luftpolsterumschlag, der mit der Adresse von Purple Brain beschriftet ist. Als der Bote eingetroffen ist, schickt J mir eine Nachricht, dass ihr dieses Parfum unendlich viel bedeutet. Sie kennt es nicht, natürlich nicht. Untitled wird erst zwei Monate später auf den Markt gebracht werden und in der bis dahin verbleibenden Zeit werden Julia Speer und ich die einzigen Menschen sein in Berlin, die nach Buchsbaum und Schierling duften. Das kann sie nicht wissen. Ich schreibe es ihr. Dass es ihr unendlich viel bedeutet, hat sie mir zuvor erklärt.

Wir sehen uns, ganz kurz, am selben Nachmittag. Wir vergraben unsere Nasen tief ineinander. Nie muss ich weinen, wenn Julia bei mir ist. Obwohl es mich wahrlich tief bewegt, sie zu küssen. In meinen Armen zu halten. Nur ansehen zu können allein genügt. In den wenigen Minuten, die uns bleiben, bis sie wieder gehen muss, erzähle ich ihr, wer Martin Margiela war. Ein Modeschöpfer aus Belgien, der in Antwerpen an der Königlichen Akademie studierte.

Aufgewachsen in einem Haus, in dem sich das Ateliergeschäft eines Perückenmachers befunden haben soll; allzu viel weiß man von ihm ja nicht, denn in den letzten Jahrzehnten hatte er sich der Öffentlichkeit komplett entzogen. Von ihm existiert, ähnlich wie von Thomas Pynchon, nur ein einziges Foto und selbst die Wahrhaftigkeit dieser Aufnahme wird seitens der Maison Martin Margiela bis dato weder dementiert noch bestätigt. Martin Margiela ist meine Obsession. Ich schäme mich plötzlich nicht mehr, Julia davon zu erzählen, weil ich fühlen kann, dass sie mich deshalb nicht für hohl halten wird. Dass er die Farbe Weiß zum Erkennungszeichen gewählt hat. Dass selbst seine Etiketten weiß sind und die Kleidungsstücke von außen nur an den vier weißen Stichen, mit denen diese Etiketten eingenäht wurden, zu erkennen sind. Dass er ursprünglich den Journalisten nicht abgeneigt war bis zu jenem Tag, an dem er in Paris seine Kollektion in einem eigens angemieteten Supermarkt vorführte – er hatte sich als Erster vom Prinzip der Laufstegpräsentation verabschiedet. Sein Konzept hatte Pausen vorgesehen, in denen die Models neu eingekleidet wurden. In diesen Wartezeiten ging er, Martin Margiela, zwischen den Journalisten herum, bereit, die Fragen zu beantworten. Auf einem Flohmarkt hatte er bizarr bauchig geformte Tassen aus weißem Steingut gefunden, die wohl aus dem 17. Jahrhundert stammten. In denen wurde den Wartenden Kaffee serviert. Es trug sich dann so zu, dass Anna Wintour in Begleitung des ekelhaften André Leon Talley hereinkam. Sie sprach wie immer kein Wort, trug Sonnenbrille zur perückenhaften Frisur. Nach kurzer Wartezeit schoss Herr Talley auf Martin Margiela zu: Was das denn sein solle, warum man sie warten ließe – Martin Margiela, groß wie A. Leon Talley, aber im Gegensatz zu ihm spindeldürr mit langen Fingern, bot Kaffee aus besagten Tassen an. Woraufhin Talley, der eine feuchte Aussprache hat, zischte: You don't want Anna Wintour to drink from one of your piss pots! Don't you know who you are talking to?

Und sie ihm daraufhin den Rücken kehrten – und einfach abhauten. Ohne seine Kollektion noch eines Blickes zu würdigen.

Da beschloss Martin Margiela, nie wieder mit diesen Leuten zu reden. Und davon waren nicht nur die Journalisten der amerikanischen Vogue betroffen, sondern alle Journalisten weltweit. Für einen Modeschöpfer am Beginn seiner Karriere entspricht das einem Selbstmordversuch. Aber Martin Margiela überlebte ihn nicht nur, die Verweigerungshaltung und das Geheimnisvolle trugen Wesentliches zu seinem Erfolg bei.

Das Erzählen wühlt mich auf, ich fühle, dass es Julia auch so geht. Sie spürt, dass dies die Früchte meiner intensiven und zähen Recherche sind, die ich noch nie publiziert habe und die ich auch nie publizieren werde. Als einer der wenigen sind mir auch die Umstände bekannt, unter denen Martin Margiela nach dem Verkauf seines Namens die Maison verlassen hat. Ich werde es niemandem verraten, aber vor Julia will ich kein einziges Geheimnis behalten: Er ließ jedem seiner Mitarbeiter eine Flasche Champagner überbringen und änderte zur selben Stunde die Nummer seines Mobiltelefons. Heute lässt er sich ausbilden zum Restaurator von Gemälden des 17. Jahrhunderts.

Wir schweigen lange. Sie verabschiedet sich von mir mit einem Kuss, mit dem ich noch lange sprechen kann. So spät wie nur möglich treffe ich im Goldenen Reiter ein. Der Zimmerwirt ist verreist, angeblich zu Weinproben, ich nehme das mit Erleichterung zur Kenntnis, denn ich möchte nicht angesprochen werden, will heute niemanden mehr sehen. Beim Auspacken der Tasche fällt mir aus dem Rattanregal ein Buch sozusagen in die Hände. Auf dem Vorsatz lese ich ein Gedicht von René Char:

> Es gibt einige unter uns, deren Wesen uns in ihren Bann schlagen kann.
> Wer sind sie?
> Ihr Code bleibt im Sinn des Lebens selbst beschlossen.
> Jedenfalls scheinen sie ihm nähergerückt.
> Gelebt zu haben wird zwar Ursache selbst ihres
> Todes sein. Zugleich aber werden sie allein durch
> die aufziehenden Horizonte jenes Morgens,
> den sie, wie auch du, nicht mehr erleben werden,
> durchleuchtet – sie aber beginnen dann zu strahlen.
> Wegzeiger ins Labyrinth echter Liebe!

Hinter geschlossenen Lidern wachend, erwarte ich den nächsten Tag.

Im achtzigsten Stockwerk

Über Nacht ist es Frühling geworden, Schwalben jagen mit dem Wind und ich stehe auf dem Balkon meines Stockwerks des Verlagsgebäudes, genauer gesagt stehe ich auf der Brüstung des Balkons. Mein Oberkörper klemmt zwischen zweien der senkrechten Streben, die in regelmäßigen Abständen zwischen Brüstungsoberfläche und Deckenvorsprung montiert sind, aber ich spüre keinen unüberwindlichen Widerstand, da geht sozusagen noch einiges, und weiter unten sehe ich die Straße und den Vorplatz mit den rechtwinklig eingefassten Erdflächen, aus denen Krüppelkiefern wachsen. In dem Vorgarten des Hauses, in dem ich die ersten zehn Jahre meines Lebens verbracht habe, gab es auch Krüppelkiefern. Als mir bewusst wird, was ich hier gerade mache und wozu es führen wird, verliere ich beinahe den Halt und muss mich nach innen fallen lassen, um nicht doch noch auf den Vorplatz abzustürzen. Der mit der blechverblendeten Rückwand des Raucherbalkons verschraubte Aschenbecher ist derart robust, dass er von der Wucht meines Aufpralls nicht abgerissen wird, sondern mir durch das T-Shirt hindurch den Rücken aufreißt. Das T-Shirt mit dem Aufdruck des Standard Hotel war mir in diesem Jahr das liebste. Nun ist es hin. Am Computer google ich eine Seite namens Therapie.de und suche mir anhand der Fotos eine Therapeutin aus, deren Gesicht nicht abstoßend wirkt, aber eben auch nicht so attraktiv, dass sie mir gefallen könnte. Unter zweien, die meine Kriterien erfüllen, nehme ich die mit dem Vornamen Julya.

Ihre Telefonstimme klingt sehr angenehm. Mir kommt es so vor, als spräche ich in ruhigem, charmantem Tonfall zu ihr – bis sie mich unterbricht: Ich kann an ihrer Stimme hören, dass ihr Zustand ernst ist. Haben Sie jetzt Zeit? Wir sollten uns unverzüglich sehen.

Ihre Praxis befindet sich in dem Hinterhof eines Gebäudes, über dem in Großbuchstaben steht: Praxis für Psychotherapie. Der Türöffner macht ein seltsames Geräusch, noch immer, nach so vielen Malen des Wartens auf dieses Geräusch kann ich es mir nicht vorstellen, aber wenn es dann laut wird, erkenne ich es sofort wieder.

Diese Julya ist sehr groß und blass, sie sieht wie Tilda Swinton aus, und sie überreicht mir ihre Hand zum Gruß wie einen angewärmten Tintenfisch.

Der Raum ist schlecht proportioniert, das Licht kommt von oben und es gibt keinerlei Krimskrams wie Fruchtbarkeitsstatuen oder chloroformierte Schmetterlinge. Ich lege meinen Parka auf die Liege und nehme Julya gegenüber in einem Sessel Platz. Sie nimmt einen Block, sie schreibt mit einem roten Stift – das hat kein System, sie wird in jeder Sitzung einen anderen verwenden. Anfänglich irritieren mich die wilden Bewegungen, mit denen sie den Stift über das Papier führt, denn was anderen durch Lippenablesen gelingt, schaffe ich beim Beobachten von Handschreibebewegungen: Doch bei Julya kann ich rein gar nichts entziffern. Malt sie bloß die Blätter voll, um ihre Aufmerksamkeit auf Touren zu halten? Bald schon ist mir das egal. Ich erzähle die ganze Geschichte. Anders als bei Betony lasse ich kaum noch etwas aus. Die weißen Augenbrauen der Therapeutin verlaufen von Natur aus in parabelartigen Bögen, als ich darauf zu sprechen komme, dass ich seit einiger Zeit alle Kleidungsstücke in doppelter Ausführung und somit einmal in Medium und einmal in sehr klein kaufe, damit wir dasselbe anziehen können; dass ich mich seit Monaten, wenn überhaupt, dann von Spaghetti mit Tomatensoße ernähre, weil das Julias Lieblingsgericht ist und das Bestellen, das Zubereiten und Aufessen dieses Gerichtes mich tröstet wie ein Schnuffeltuch; dass wir dasselbe Parfum benutzen; mittlerweile über tausend Musikstücke über den iTunes Store ausgetauscht haben; dass die Korrespondenz die Anzahl von fünftausend Emails überschritten hat; dass wir eine GPS-Funktion unserer iPhones dafür benutzen, jederzeit auf einer Satellitenkarte sehen zu können, wo der andere sich gerade aufhält – da zieht die Therapeutin ihre Augenbrauen noch um ein entscheidendes Stück weiter empor, sodass es aussieht, als lache sie gleich schallend los.

Aber das tut sie nicht. Und dafür bin ich extrem dankbar. Schließlich ist sie der erste Mensch, dem ich mich rückhaltlos offenbare. Und ein wildfremder Mensch ist sie noch dazu. Sie sagt: Das erscheint mir als unmöglicher Fall. Eigentlich ist eine Therapie dazu da, etwas wegzubekommen. Was Sie mir schildern, ist aber doch gut. Eigentlich. Das ist etwas, wovon fast alle hier träumen: Die große Liebe. Wir müssen herausfinden, warum es Ihnen dabei so schlecht geht.

Ich weiß das. Beziehungsweise: Ich meine zu wissen, warum. Weil ich nicht zusammen sein kann mit Julia. Weil sie verheiratet ist. Und ihren Mann nicht verlassen will.

Obwohl sie mich liebt.

Was sie mir freilich noch nie in Worten gesagt hat.

Aber ich fühle es.

Als die Therapeutin mich fragt, ob wir zusammen schlafen, und ich das wahrheitsgemäß verneine, findet sie den Fall doch interessant.

Sie fragt mich, ob ich das denn gar nicht will. Ich sage: O doch. Aber dass Julia sich sträubt. Warum ich das akzeptiere?

Weil sie sagt, dass sie dann nicht mehr mit Frederick zusammen sein könnte. Und dass dann eine Katastrophe über sie kommen wird. Und ich sage der Therapeutin, dass ich das auf gar keinen Fall will. Weil ich nicht will, dass es Julia schlecht geht.

Und daraufhin schaut sie mich an. Und wir sind eine Weile lang still.

Die Uhr läuft. Das ist eine ungewohnte, aber nicht unangenehme Situation für mich. Maxim und ich sind solche Punks, weil uns das Geld so etwas von überhaupt nicht interessiert. Und zwar nicht in dem Sinn, dass wir uns um Geld keine Gedanken machen müssten – im Gegenteil! Sondern, weil wir das wenige, was wir haben, sozusagen zähnefletschend und mit beiden Händen in diesen Ofen schmeißen, der freilich ebenso wenig existent ist wie dieses dem Bilde entsprechende Papiergeld, oder dieser Ofen, oder auch wir.

Die Therapeutin fragt: Was ist dieser Mann für ein Typ? Sie meint damit Frederick, und ich antworte ihr wahrheitsgemäß, dass ich keine Ahnung habe. Ich kenne seinen Namen, der sagt mir nix und that's it.

Aber sie haben ihn doch gegoogelt?

Ich erzähle ihr, dass Julia ihn mir als mir ähnlich beschrieben hat: dunkelhaarig, gut aussehend – versehen mit der Bitte: Bitte nicht picture-googeln!, und das einst mit einer Dringlichkeit, die selbst Persephone antiautoritär erscheinen ließe. Woraufhin ich es dann auch gelassen habe.

Sie schreibt nicht mehr. Schaut mich nur an. Die Bögen ihrer Brauen bleiben so, ihre Pupillen recht eng. Julya wirkt amüsiert.

Ich erzähle ihr, dass ich seither den Buchstaben J fotografiere, dass ich auf meiner Festplatte bereits Hunderte und Aberhunderte dieser Aufnahmen lagere; dass ich mir diese Dateien anschaue immer und immer wieder und dass sie mir Ruhe verleihen, Gewissheit – ich fange an zu weinen, ich sage: Frau Achermann, ich bin sehr krank. Ich leide an der Liebe zu Julia, sie schnürt mir die Luft ab, sie verdrängt alles aus mir. Ich bin wie diese Person aus dem Film von Baz Luhrmann, die eine schwarze Pistole aus ihrer Handtasche zieht und sich an die Stirn drückt: Ich sehne mich nach dem Tod!

Die Therapeutin beendet ihr Kritzeln, schaut mich an und sagt: Nächsten Montag, acht Uhr dreißig? Ich nicke und ziehe mich an. Was, wenn nicht das?

London

In den vergangenen Wochen hat sich zwischen Julia und mir ein erstaunliches Phänomen gebildet. Ich kann fühlen, was sie tut. Und sie kann fühlen, was ich mache. Das hat Vorteile. Es wirkt sich aber auch belastend aus. Ich wache sonntags auf und spüre, dass sie sich in einem anderen Bett befindet. Erhalte ich für Stunden an einem Freitagabend keine Nachricht von ihr, erscheint vor meinem inneren Auge eine Szene häuslicher Gemütlichkeit zu zweit. Mein Gehirn tut den Rest. Ich lebe mit ihnen. Ich will das eigentlich nicht. Das heißt: teilweise nicht. Ich will, dass dieser Typ, der mir gesichtslos bleiben soll, aus diesen Bildern verschwindet und durch mich ersetzt wird. Wie mache ich das?

In London wohne ich in Brown's Hotel in Mayfair – notabene das erste Hotel in London, es gehört mittlerweile zur Rocco Forte Group und die Zimmer sind wie in allen anderen Häusern der Kette in diesem überkandidelten Porno-Stil eingerichtet, der die Gäste sachte überfordert und dabei vollkommen willenlos macht. Der Anlass meiner Reise ist die Eröffnung des Louis Vuitton Flagshipstores auf der New Bond Street. Der wahre Grund für meine Reise ist, dass ich es zunehmend unerträglich finde, in derselben Stadt wie sie zu leben, ohne sie sehen zu dürfen. Dabei bringt die räumliche Distanz keinerlei Linderung, sondern macht mich derart unglücklich – es sind körperliche Schmerzen, die ich erleide. Ich weine dann ständig und scheinbar ohne Grund. Aber in der Fremde spricht mich keiner an. Ich darf und kann tageweise den Mund halten und es gibt nichts, was mich von meinem Denken an Julia trennt. Die Zeit vor sowie nach dem Ereignis selbst wurde großzügig kalkuliert, sodass mir mehr als ausreichend übrig bleibt, um mich auf meinem Zimmer zu verbarrikadieren, beim Roomservice die odd Spaghetti with Redsauce zu bestellen und dazu reichlich Sancerre, den Julia am liebsten trinkt, weil er, wie sie sagt, schmeckt wie das Ablutschen eines Diamantencolliers. Nach zwei Tagen bin ich derart fix und fertig, dass ich während des Fernsehens laut losheule, wenn nur irgendwo von einer Handpuppe des Kinderprogramms ein J ins Bild gerückt wird. Zudem hat Julia heute Geburtstag, also wage ich mich hinaus vor die Hoteltüre und damit gen Regent Street. Mein Ziel ist der Flagshipstore von Uniqlo, wo ich für uns karierte Flanellhemden kaufen will und dazu einige Teile aus der +J-Kollektion, die Jil Sander seit einiger Zeit für diesen japanischen Discounter entwirft. Und zunächst denke ich, es liegt an der für diese Jahreszeit ungewöhnlichen Hitze, dass ich eventuell zu dick angezogen bin, aber dann merke ich, dass meine Schwäche von innen her zunimmt: Mir wird, als ob jemand mir allmählich die Lebensenergie links herumdrehend entzieht. Ich schaffe es gerade noch in das dreistöckige Gebäude des Modehauses hinein, wo ich, im Untergeschoss, auf einer der Wartebänke zusammensinke und nichts mehr weiter tun kann. Das iPhone vibriert. Da steht eine Nachricht von Julia: Was ist mit dir? Ich habe ein ganz schlechtes Gefühl.

Julia ist für mich zu jemandem geworden: für Julia bin ich jemand. Ohne mich ist ihre Weltansicht nicht komplett. Das ist so ungewohnt wie schön. Ich kann damit nicht umgehen. Aber ich will.

Spät an diesem Tag, nach der Eröffnung, werden wir in schwarzen Wagen in das ehemalige Fundbüro der Stadt gefahren, dessen Innenleben für diesen einen Abend total umgestaltet wurde. Entstanden ist ein Labyrinth aus mit schwarzem Wildleder bespannten Wänden. Wir sehen gerade noch die Hand vor Augen, als wir uns in den vorgeschriebenen Zweiergruppen hindurchbewegen. In den Nischen sind kleine Szenen, sind Tableaux vivants eingerichtet. Ich nehme eine Opiumhöhle zur Kenntnis und ein Zugabteil aus den Zwanzigern, vor dem ich lange stehen bleibe, um danach alleine hineinzustolpern in einen Raum, in dem nur ein Grammophon spielt, eine Melodie, bloß altertümlicher, wie das schreckliche Sea of Love, und mir gleitet eine todbleiche Frau entgegen, nackt, mit kurz geschnittenen, dunklen Haaren, die mich an sich zieht und mit mir zu tanzen beginnt. Ich muss geschrien haben: Lass mich los!

Bitte.

Aber das nützte nichts. Ihre Haut, ihr Körper ist so kalt, ich fürchte mich. Und mit einem Mal steht da mein verloren geglaubter Gefährte! Er beugt sich über mich, wie ich, tränenüberströmt und nach Julia brüllend, mutterseelenallein in diesem düsteren Raum kauere. Und Adriano, Fashion Director bei L'Homme Officiel, sagt nur: Komm lass uns mal was essen gehn. In meiner Brusttasche würde mein Änderungsschneider Monate später einen handkalligrafierten Zettel aus pseudoaltem Papier finden, auf den die Nixe Forgive me/You owe me nothing/I surrender to you geschrieben hatte.

Wir nehmen unsere Tischkarten in scheckkartengroßen Etuis aus dem Leder von Wasserschlangen entgegen und betreten so ausgerüstet den großen Saal.

Mein Platz ist gegenüber von Kirsten Dunst und Gwyneth Paltrow, die mittlerweile derart gebotoxed ist, so als hätte man ihr eine Totenmaske auf ihre schönen Schultern geschraubt. Mir zur Seite wurde die Ehefrau des Investmentbankers gesetzt, der den Ausbau des Flagshipstores finanziert hat, weshalb sie sich noch während des Algensalats bemüßigt fühlt, sich mit mir an den Zahlen erregen zu wollen. Aus den Augenwinkeln nehme ich einen starken Zustrom von Gästen hinter einem Paravent aus schwarzem Molton wahr. In den ich mich mit einer vagen Entschuldigung einreihe. Dort, im Freien hinter einem Sichtschutz zur Straße hin, wird geraucht. Marc Jacobs, einen riesigen Brillanten im linken Ohrläppchen, bearbeitet seinen Blackberry. Ich ziehe mein iPhone hervor und rufe Julia an. Das Gespräch beginnt mit der Erzählung meines schrecklichen Erlebnisses mit der Wasserleiche und dauerte dann noch drei Stunden lang. Sie erzählt mir von einem schrecklichen Erlebnis, das ihr vor vierzehn Jahren in Äthiopien widerfahren war. Als ich zurück in den Saal komme, ist das Dinner vorüber.

Man hat mich nicht wirklich vermisst.

Princeton

In der jährlichen Umfrage auf edge.org antworteten die Wissenschaftler in jenem Jahr auf die Frage: Was wird unser Leben noch einmal richtiggehend verändern? Gestern, kurz bevor ich rausging, hat mir Kirsten Dunst durch ihre charmanten Zahnlücken hindurch dieses Wort zugeflüstert: Telepathy! Und ich rufe die Seite auf, während ich in der eigenen Welt des Terminals V des Flughafens Heathrow auf meinen Abflug nach Berlin TXL warte: Es gibt dort diesen Eintrag des Physikers Freeman Dyson, der berührenderweise eine Erfindung beschreibt, deren Wirkung weit nach dem Verstrichensein seiner Lebenszeit erst einsetzen wird. Ich schreibe ihm eine EMail mit der Bitte um ein Gespräch.

Ja, die Radiotelepathie, sagt Freeman Dyson, als ich ihn von Berlin aus anrufen kann. Ich habe eigentlich alles, was ich davon weiß, was ich davon erwarten will, in diesem kurzen Text beschrieben: In vermutlich achtzig Jahren werden wir technologisch wie medizinisch so weit sein, das menschliche Gehirn vermittels einer Operation mit einem Gespinst aus Mikrowellensensoren zu umschließen. Ein jeder dieser Sensoren wird dann die Schaltvorgänge eines ihm zugeordneten Neuronenkomplexes registrieren. Und versenden. An ein anderes Gehirn, das ebenfalls in einem solchen Sensorenpanzer verpackt sein wird. Steht diese Technologie also bereit, wird es uns möglich sein, das Bewusstsein eines Menschen an dessen radiotelepathischen Partner zu übermitteln. Erstmalig wird es den Einzelnen möglich werden, große Augen zu machen angesichts dessen, was es heißt, vom Gleichen zu sein. Ich selbst, ich bin weit in meinen Achtzigern, werde das nicht mehr schauen dürfen. Vielleicht ja meine Enkel. Aber ich träume heute schon von den Möglichkeiten, denn meine Radiotelepathie betrifft ja nicht nur die menschlichen Apparate – denken Sie an Tiere: Erfahren, wie es sich anfühlt, für eine Schwalbe, das Fliegen. Eine Giraffe, et cetera.

Ich unterbrach ihn mit meinem: Wie kamen Sie auf die Idee – waren Sie dabei sehr verliebt?

Und er: Ja. Die Idee zur Radiotelepathie kam mir nach der ersten Begegnung mit meiner Frau.

Dann entstand eine Pause. Da wir über Skype kommunizierten, gab es kein Rauschen, kein Knacken in der Leitung, das die früheren Überseegespräche noch als fragil ausgewiesen hatte. Mit einem Mal fuhr er fort: Ich wundere mich und zugleich auch nicht, dass Ihnen dieser Film nicht einfallen will. Es ist ein deutscher Film, UFA, aus unseliger Zeit. Ah, Sie kennen den *Opfergang* nicht. Veit Harlan war der Regisseur. Joseph Goebbels, das ist verbrieft, fand den Film nicht nur missraten, sondern verkommen. Konnte ihn aber nicht mehr verhindern. Man ist heute ja der Ansicht, eine Farce wie Inglourious Basterds sei badass. Schauen Sie sich Opfergang an – dann wissen Sie, was badass ist.

Wir verabschieden uns. In seinem Alter weiß man nun wirklich nicht, für wie lange.

Als ich das Verlagsgebäude verlasse, sind die Leute von der Plakatwerbung damit beschäftigt, weiße Poster in den Leuchtkästen zu befestigen. Sie werben für eine Ausstellung, die Maxim mit anderen Galeristen im Haus der Kulturen der Welt eröffnen wird. Das Konzept sieht Exponate und Installationen an der Schnittstelle zwischen Mode und Kunst vor. Auf dem Plakat ist nichts weiter zu sehen als schwarze Buchstaben, ein Zitat von Martin Margiela: We rather believe in an evolutionary process than in radical change. Ich fotografiere mit dem iPhone und leite das Bild an Maxim weiter. Im Gegenzug lädt er mich spontan zum Abendessen im Kreis der Familie ein. Als ich nach der unendlichen Taxifahrt im Grunewald eintreffe, steht er mit einem bedrückten Gesichtsausdruck im Rahmen der Haustür. Katja hat es soeben erfahren: Frank Giering ist tot. Als die Kinder im Bett sind, weinen wir alle. Und so schlimm es ist, ich finde das sehr schön. Wir können uns nicht trennen, ich bleibe über Nacht, und als Katja sich zurückgezogen hat, suchen Maxim und ich in ihrem Arbeitszimmer nach dem Opfergang. Maxim hat ihn vor langer Zeit mit ihr zusammen angesehen, sein Gedächtnis ist bekanntermaßen schlecht, aber so, dass ich immer einen Restverdacht hege, er tut bloß so. Ich schaue mir das Durcheinander auf Ks Schreibtisch an und mit einem Mal taucht das Wort liebevoll auf. Ja, ich schaue liebevoll auf Katjas Stifte und Zettel und auf ihren Computer. Ich frage mich, ob das so ist, weil ich Katjas Arbeitsplatz mit dem von Julia assoziiere. Weil ich so verliebt bin in Julias Gehirn.

Als ich aufstehe, sehe ich auf dem Haufen meiner Kleider eine goldene DVD, die mit weißem Edding beschriftet ist. Die muss Maxim mir hingelegt haben, als ich schon schlief. Das Haus ist leer. In der Küche macht die Haushaltshilfe ihre Geräusche. Die Amseln zwitschern aus dem dunklen Eibengebüsch. Klammheimlich ziehe ich die Türe ins Schloss.

Weil ich mich dringend umziehen will, schaue ich noch im Goldenen Reiter vorbei. Die Tür zu meinem Zimmer steht einen Spalt offen, die Rezeption war verwaist, ich ahne nichts Gutes. Auf meinem Bett rutschen zwei unförmige nackte Menschen aufeinander herum. Ich halte mir die Augen zu und gehe rückwärts, aber es ist schon zu spät: Der eine Mensch kommt auf mich zu und streckt mir seinen Ellenbogen entgegen, den ich seiner Ansicht nach wohl ergreifen soll, wie zum Gruß: Ich bin der Boris! In einem Comic bestünden seine Augen aus konzentrischen Kreisen in Rot und Grün.

Hau ab, sage ich in für meine Verhältnisse ungewöhnlicher Heftigkeit. Und gehe im selben Moment.

Muldensteinstrasse

Maxim hat mir Geld gegeben, damit ich mir einen Makler nehmen kann. Gleich die erste Wohnung, die der mir zeigt, gefällt mir ausgesprochen gut. So gut, dass ich es zuerst nicht fassen kann: zwei sehr große und symmetrisch angelegte Zimmer, eine schmucklose Küche mit allem, was ich seit Längerem schon nicht mehr brauche. Das Beste aber ist das Bad. Seit ich reise, frage ich mich, weshalb die zweckdienlichen wie komfortablen Badezimmer nur in Hotels vorzufinden sind. In den meisten Wohnungen, die ich kenne oder selbst bewohnt habe, ist das Badezimmer der scheußlichste Raum. Man tritt dann ein und fühlt sich abkommandiert: duschen oder pinkeln – wird's bald? Dieses Badezimmer hingegen ist geradezu riesig groß. Man nimmt die sogenannte Sanitärausstattung erst auf den zweiten Blick wahr.

Warum ist denn das Badezimmer so schön groß?

Der Makler zwinkert: Weil man auf den Partys in diesem Viertel die meiste Zeit im Badezimmer verbringt.

Überhaupt dieses Viertel: das reinste Idyll! Für Berliner Verhältnisse extrem klein und aus der Satellitenperspektive betrachtet wie ein Tortenstück geformt, verläuft einmal quer hindurch und somit auf den direkt angrenzenden Park zu die schöne Muldensteinstraße. Erinnert das Straßenbild ansonsten etwas an Hamburg und dann wieder Köln, erstrahlt die Muldensteinstraße besonders an ihrem talwärts sich neigenden Ende in geradezu Haidhausener Pracht. Die Fassaden der Häuser aus der Gründerzeit wurden bis aufs i-Tüpfelchen saniert und in den historischen Farben bemalt, beim ungläubig dreinschauenden Hinauf und wieder Herunter und gleich wieder Hinaufwandeln des Boulevards fühlt man sich wie in einer Dekoration aus Playmobil 1900. Zu diesem schönen Eindruck verleitet auch die eben dort entlehnte, eher monothematisch zu nennende Ladenkultur. In New York lässt sie sich beschreiben durch die Abfolge Citibank, Duane Reade, Citibank, Vitamin Shoppe, Duane Reade. In der Muldensteinstraße wird diese Sequenz durch die Einzelhändler transponiert: Blumenladen, Kindermode, Pizzeria, Buchladen, Thai, Café, Kindermode, Gartenmode und so geht es dahin. Alles sieht gleich aus – aber gleich gut. Die Männer sehen sich zum Verwechseln ähnlich, für ihre Frauen, die sich mehr oder weniger überwiegend für die Wasch-und-Rubbel-Frisur entschieden haben, muss es manchmal so sein, als hätten sie einen dunkelblauen Passat auf einem Ikeaparkplatz abgestellt und während des Einkaufs vergessen, wo denn genau. Viel Spaß beim Suchen!

Ich setze mich in ein Café und lausche den Gesprächen. Wie in einem richtigen Dorf geht es ausschließlich um Privates. Um Klatsch und um wer mit wem, warum und wann denn eigentlich. Und ich denke: Ja! Ja! Ja! An diesem Kurort werde ich lange Zeit bleiben. Ich fühle mich zum ersten Mal seit so vielen Jahren aufgehoben und daheim – ich komme ja vom Land. Natürlich hat diese überbordende Harmonie und Schönheit auch etwas Ambivalentes, da hat Julia schon recht, die ebenfalls hier zu Hause ist. Meine Therapeutin findet den Umzug gut: Sie fangen an, Grenzen zu ziehen. Julia findet das auch gut (dass ich jetzt im selben Viertel wohne wie sie).

KüPa

Es ist das Jahr, in dem es viele Monate lang geheißen hat, dass es dieses Mal nichts mehr werden wird mit dem Sommer. Dass der Sommer nicht mehr kommt. Und dann kommt er plötzlich. Und wie! Als ich am frühen Morgen die Muldensteinstraße hinuntergehe, stoße ich mit der Stiefelspitze gegen ein herumliegendes Brötchen, das dadurch zu Staub zerfällt. Ich setze mich vor ein Café und entwerfe auf dem iPad eine Einladung für eine Wohnungseinweihung, die ich an allerhand Leute verschicke. Die erste Antwort bekomme ich von Julia, die bedauert, nicht kommen zu können. Sie befürchtet einige der Anwesenden zu kennen und dass diese dann falsche Schlüsse ziehen könnten. Damit meint sie freilich die richtigen. Aber sie fragt, ob sie nicht etwas eher an dem Samstag vorbeikommen könnte. Ich meine: Was für eine Frage! Natürlich! Na klar.

Es ist ein extrem seltsames Gefühl, als sie dann vor meiner Tür steht. Aufrecht, abwartend, gesammelt, wie man so sagt, ich ziehe sie freudig herein. Sie presst sich mit dem Rücken an die Wand und schaut mich aus ihren schönen Augen an. Und dann lachen wir beide und sie sagt: Na? Und da ist der Goldzahn. Ich freue mich so sehr. Julia ist ja ein sehr neugieriger Mensch, trotz dieser mich manchmal an den Rand meiner Kräfte bringenden Schüchternheit. Sie inspiziert die Räume und ich kann fühlen, was in ihr vorgeht: Ich habe alles, wirklich alles weiß streichen lassen und es gibt auch nur weiße Möbel – sie findet das schön und sie würde sehr gerne hier leben mit mir. In der Küche entdeckt sie die Kristalle und die Präzisionswaage mit Digitalanzeige und sie fragt mich mit ihrer schönen Hand auf die Substanz weisend, was das denn sei? Weil ich fühlen kann, dass sie es tatsächlich nicht weiß, erkläre ich ihr, dass es sich um pharmazeutisch reines MDMA handelt, das Erin über ihren Kontakt bei Merck in der Schweiz beschafft hat. Julia schaut mich an mit einem Blick, der ihre Lust auf die substanzielle Erfahrung verrät. Sie hat es noch nie ausprobiert und fragt, was die Substanz bewirkt.

Schwer zu beschreiben. Ich schlage ihr vor, es einfach auszuprobieren. Unter dem Vorwand, mir rasch die Hände waschen zu gehen, schließe ich mich im Badezimmer ein, um Erin eine Nachricht zu schicken: Sag alles ab!

Wie es sich für eine echte Wissenschaftlerin gehört, hat Julia bereits ihren Kenntnisrückstand aufgegoogelt, als ich zurückkomme. Sie inspiziert die Waage – man darf nicht vergessen, dass diese schöne Frau einen silbernen Daumen hat. Mit ihrer Kreditkarte granuliere ich das Viertel eines Kristalls auf der Oberfläche des iPads. Julia wiegt eine Dosis von 360 Milligramm ab, die wir in erwärmtem Himbeersaft lösen. Als die Flüssigkeit in zwei gläsernen Espressotassen aufgeteilt ist, spreche ich den Wappenspruch der Alchimisten. Sie lacht und dann küssen wir uns. Julia sagt: Du bist so wunderschön. Du auch, sage ich. Aber warte bloß, wie schön du erst in einer Stunde sein wirst!

Wieso?

Der Kristall macht dich lieblich, er lässt mich tiefer in dich hineinschauen. Und ebenso dich in mich.

Famos, ich verstehe, sagt Julia, im Augenblick, wo man anfängt, sich mit einer Frau zu beschäftigen, sieht man sie nicht mehr so, wie sie wirklich ist, sondern so, wie man sie haben möchte. Du vergleichst die lieblichen Illusionen, die das beginnende Interesse schafft, mit diesen hübschen Kristallen. Und sehr trefflich bemerkst du, dass jene Illusionen nur in den Augen des verliebten jungen Mannes vorhanden sind.

So ist es, fuhr ich fort, darum erscheinen die Reden Verliebter vernünftigen Leuten so lächerlich, die das Wunder der Kristallbildung nicht begreifen.

Aha. Das nennst du also Kristallbildung! sagt Julia. Wohlan, bilde Kristalle um mich!

Prosit.

Im Sommer des Jahres 1989 stand ich in der Warteschlange vor dem Perkins Park in Stuttgart. Vom Killesberg aus sah man während des Wartens auf das Glitzern der Stadt dort unten, und Anthony, dieser schöne Mensch, der es damals durch sein Abbild auf den Anzeigen für Maxell Chrom-II-Kassetten zu Berühmtheit gebracht hatte, streckte mir auf seiner Fingerspitze eine Tablette hin, die ich mit dem Sekt aus seinem Glas hinunterspülen sollte. Auf meine Frage, was das denn sei, schob er mir seinen Zeigefinger zwischen die Lippen und sagte: Watch what happens. Anthony lebt längst nicht mehr. Auch Martin, sein Lebensgefährte, ist schon tot. Ich erzähle das Julia, während wir Musik hören und warten. Die vergleichsweise lange Irritationsphase ist charakteristisch für MDMA. Es dauert nicht gar so lange wie bei LSD, aber die Wartezeit, die Nervosität und das Nicht mehr erwarten können, man vergisst das immer wieder. Probiert man die Substanz zum ersten Mal, wie Julia, verzweifelt man schier in dieser langen Ungewissheit. Ich bin mir sicher, dass in meinem Gehirn ein übermäßiges Vorkommen an Serotonin zu finden ist. Alles schlägt bei mir rasch und zuverlässig an. Viel eher als Julia bemerke ich meine Verwirrtheit, Worte fehlen, ich kann einen Gedanken nicht mehr bis zum Ende formulieren. Ich fühle dennoch, wie sie sich Sorgen zu machen beginnt, dass sich bei ihr nichts tun wird. Dass es hippiemäßig klingt, ist mir jetzt egal, also nehme ich ihr Gesicht in meine Hände und sage: Du musst jetzt aufhören zu denken. Und Julia sagt: Okay. Wir schweigen eine Weile, küssen uns, bis sie mit einem Mal akzentfrei Madame Bovary zitiert: Ah! Voilà que ça commence!

Auch Welpen um die vierzig können umhertollen. Sie spürt nun zum ersten Mal diese eigentlich unbeschreibliche Empfindung, dass ihr Gehirn ganz sachte, bei leisestem Britzeln, in Butter gebraten wird. Ich schaue in ihre Augen und rate ihr, in den Spiegel zu sehen: Diese wunderschönen Pupillen – wir sind uns einig, gäbe es noch Belladonna, wir würden es jeden Tag einträufeln. Wie schön wir sind! Wie wunder-, wunder-, wunderschön Punkt Punkt Punkt Wie ist das schön!

Zeit vergeht, aber uns geht das nichts an. Es ist platt – wen kümmerts – was wir hier haben, ist das künstliche Paradies. Das KüPa, wie Julia es nennen will. In ihrer Fachsprache: eine Raum und Zeit transzendierende Präsenz. Es gibt keine Welt mehr außerhalb dieser weißen Wände und diese weiße Tür dort drüben, ich bitte Sie, mein Herr, beste Dame: die lachen wir aus! Unsere Körper sind flüssig geworden, süß und ganz golden – du schwitzt so schön, du bist so schön, was bist du bloß für ein wunderschöner Mensch! Wie gut, wie gut, wie gut das ist, dass es dich gibt! Ich wünsche mir so sehr, dich noch enger bei mir spüren zu können – Drück mich fest. So? Noch fester – So? Noch mehr? Ich glaube, das kann ich aber nicht. Macht doch nix! Ich liebe dich. So sehr! Ja! Ja. Ja? Ja.

Wir wachen auf, aneinandergepresst, versiegelt vom Schweiß und einer nie zuvor erfahrenen Adhäsion von

Haut an Haut. Zwischen jeder einzelnen Pore hat sich ein Vakuum gebildet. Ich betrachte ihren Körper zum ersten Mal. Es sind nur dreißig Prozent des Tageslichtes, die durch diese Spezialjalousie dringen, die ich mir für das raumhohe Fenster habe anfertigen lassen. Ich kann davon abstrahieren: Nicht nur bei mildem Licht betrachtet ist Julia Speer die schönste Frau der Welt.

Klar muss sie gehen. Das wirklich gute an einem wohldosierten Rausch ist die unendliche Ausgeruhtheit, die er einem nach der Ekstase noch für viele Tage schenkt. Ich lese und las viel über angebliche Depressionen, die solche Erlebnisse zwangsläufig nach sich ziehen. In meinem Fall hält das Hochgefühl sich mehr als drei Tage.

Istanbul

Ich stehe am Ufer des Bosporus, gleich bei dieser alten Uhr auf ihrem gemauerten Sockel, der ersten Uhr Istanbuls, wie man nicht erst weiß, seit Orhan Pamuk den Nobelpreis bekommen hat, und die schwer zu beschreibende Schönheit dieser letzten Weltstadt – sie hat mich schon wieder! Ich befinde mich auf dem Rückweg aus Beirut, wo ich mit Erin eine Recherche vorhatte, die so etwas von derart schiefging, dass mir noch immer die Worte dazu fehlen – müssen, denn die letzten zehn Tage stand ich, das werde ich in der ganzen sogenannten Tragweite erst erfassen, wenn sie mir die Schnappschüsse vorlegt, dergestalt unter Codein, dass es, bei weiter- oder fürderhin menschlichem Ermessen unmöglich ist, dass mein Beirut und das Beirut der in diesem Beirut lebenden oder auch nur befindlichen Beiruter auch nur irgendwie ein und dasselbe gewesen sein kann.

Ich lehne also an dieser Uhr, die, wie man seit Pamuk weiß, den heimlich Verliebten als Treffpunkt diente und dient, und entdecke, oder sie entdecken mich – Katja und Maxim.

Ihr hier!

Die Istanbul Biennale. Mir ist es peinlich, dass meine lieben Freunde mich in diesem Zustand antreffen: Meine Kreditkarte ist überzogen, ich habe seit Tagen nicht geduscht, mir wächst ein Bart.

Du rauchst?

Occasionally. Vor Jahren hatte ich eine Sprachkolumne in der Wochenendbeilage der Süddeutschen Zeitung. Der Beitrag, den ich noch heute gerne herzeige, hatte die Überschrift: Der, der sich auf Englisch schämt. Sie nehmen mich und mein Gepäck bei der Hand, ich habe eine solche Ehrfurcht vor der wortlosen Einigkeit dieses Paares und wir überlegen kein Stück, wohin wir uns setzen, wir begeben uns in die Obhut dieser lang gezogenen Zeltstadt vor dem Modernen Museum, wo sich die Stadtjugend niederlässt, um eine Wasserpfeife mit wahlweise Apfelgeschmack oder jenem nach Kirschen zu paffen. Süßigkeiten auf runden Tabletts aus Aluminium machen die Runde. Katja schenkt Raki ein und fragt: Was ist los?

Ich muss ihr nicht antworten, darin besteht der Gewinn einer Freundschaft. Sie berichtet mir von ihrem Lektüreerlebnis. Maxim liest langsam. Es dauert manchmal ein gutes Jahr, bis er einen mittelprächtigen Roman verarbeitet hat. Katja: Im Gegenteil. Oft gibt er ihr die Bücher, die sie für ihn verdauen soll. Auch das spricht für eine Paargemeinschaft. Unter anderem.

Und dennoch: ich sehe keinen Grund eine Paargemeinschaft allein für sich zu respektieren. Speziell im Falle Julias. Ich äußere mich überzeugt darin, der Mann für Julia zu sein (und sie meine Frau). Ich frage die Freunde um Rat. Und Maxim fällt ein Sammler ein, den er neulich über eine dubiose Person kennengelernt hat: sehr zuvorkommender Mensch, verdient sein Geld als Fabrikant von Brettspielen in der Gegend von Sydney. Tjaja, Australien.

Farewell

Ich wache auf und denke an Julia Speer. Das Letzte, woran ich denke, bevor ich in den unbewussten Zustand gleite, ist: Julia Speer. Je seltener ich sie zu Gesicht bekomme, desto häufiger meine ich sie im Straßenbild ausmachen zu können. Pfeift jemand, drehe ich mich um. Ich bin verrückt. Vielleicht bin ich es auch nicht, aber ich wäre es gern. So gern, denn dann müsste ich mir nicht mehr länger solche Sorgen um meinen Zustand machen. Gestern war Erin bei mir und sie hat mir zum Abschied eine Fünfzigerpackung mit Valium dagelassen, nicht ohne darauf hinzuweisen, dass es sich dabei insgesamt um die letale Dosis handelt.

Ich verbringe die Tage mit dem Studium sämtlicher Briefe und Nachrichten, die ich von Julia habe, und komme auf immer neue, interessante Ausreden, weshalb ich an diesem oder jenem Tag nicht mehr zur Arbeit erscheinen kann. Man glaubt mir schon lange nicht mehr.

Ich halte mich für einen klinischen Fall, aber meine Therapeutin meint, ich befände mich auf einem guten Weg. Kann ich ihr trauen? Soll ich überhaupt?

Als Julia mich anruft, um mir zu eröffnen, dass sie nach Australien umsiedeln wird, nehme ich das hin. Ich rufe noch einmal zurück, um ihr zu raten, das nicht zu tun. Sie sagt: Du treibst ein Tier in die Enge und dann darfst du dich nicht wundern – das beißt!

Ich mache dann einen großen Fehler, indem ich ihr rate,

Frederick alleine ziehen zu lassen. Sie sagt: Ich kann nicht leben ohne ihn.

*

Ich stand am Panoramafenster der Air France-Lounge des Flughafens Tegel, zu der ich mir mit einem First-Class-Ticket nach New York, das ich Erin schenken würde, Zutritt verschafft habe. Der iPod lief auf maximaler Lautstärke, Shakespears Sister, und ich konnte Teile meines Gesichts in der dunklen Scheibe erkennen, sie leuchteten wie Scheiben eines Kürbisses, es war ja auch schon wieder Oktober geworden, die Kürbisse wurden zu Grinselaternen geschnitzt und vor den Wohnungstüren erschienen die Kinder in kleinen Gemeinden und riefen nach Trick or Treat, vermutlich ohne genau Bescheid zu wissen, warum sie das tun sollten oder was uns ihr Schlachtruf bedeute.

Ich sah auf die im Grunde zierliche Röhre mit ihren im Grunde extrem dünnen Flügeln. Die Perforation durch die vielen Kabinenfenster, daraus drang trübe das Licht. Ich sah, wie der sogenannte Finger sich zurückzog. Die Kabinentür war verschlossen. Winzige Menschen in grellgelben Westen wuselten auf dem Schwarz um die Fahrgestelle herum. Den mir zur Verfügung stehenden Informationen zufolge hatten Julia und Frederick die Nachtmaschine noch kaum bestiegen, da vibrierte das iPhone in meiner rechten Hosentasche und in der blaugläsernen Blase, die auf dem schwarzen Display erschienen war, konnte ich ihre Nummer entziffern und darunter: My Dear, ich möchte so furchtbar gern erfahren, wie es dir geht: J

Bocca, baciata non perde ventura
anzi rinnova come fa la luna

VERDI, FALSTAFF

Sydney

Ich liege in meinem Bett im Hotel Solidor, ich schlafe nicht mehr, aber ich bin auch noch nicht wach; durch die geschlossenen Lider spüre ich, dass es in meinem Zimmer hell geworden ist, und zwar: viel zu hell – ich bin noch sehr müde. Extrem. Dass es draußen um diese Zeit bereits hell geworden ist, wird an dieser Lampe mit eingebautem Infrarotsensor liegen. Der Sensor überwacht den Innenhof (obwohl dort nur die Mülltonnen stehen und ein paar Fahrräder – n'importe quoi), manchmal bleibt er wie es heißt *stecken,* er geht dann eben nicht aus wie vorgesehen, sondern lässt die von ihm betreute Lampe weiterbrennen, noch viele Minuten lang. Ich kenne das, ich wohne schon seit einer Weile hier. Eigentlich sollte ich mich daran schon gewöhnt haben – aber heute ist es nicht nur zu hell, um weiterzuschlafen, sondern zudem noch laut. Da sind Stimmen um mich herum, ich höre auch andere Geräusche, aber es sind die Stimmen der Männer, die mich am Weiterschlafen hindern, dazu das Licht – gestern Mittag sind nebenan ein paar Franzosen eingezogen. Ich habe das nicht selbst gesehen, aber man hat mir davon erzählt. Angeblich sogar mit Hund, ein Schäferhund, vermutlich sind es jetzt diese Franzosen, die eine Party geben, da kann ich kaum etwas dagegen haben wollen und trotzdem: es ist noch Nacht, tiefe Nacht, die Nacht auf Montag. Mein Kopf tut weh und – mir ist ziemlich schlecht.

Wenn ich mich aufrichte, muss ich mich übergeben, das steht mir mit einem Mal klar vor Augen. Ich halte sie noch immer geschlossen – meine Augen –, obwohl, ich bin mir nicht sicher, denn mir klopft jemand mit der Hand auf die Brust, und das kann ich seltsamerweise sehen: also diese Hand und ein blaues T-Shirt. Und dazu eine Stimme, die meinen Namen ruft, ganz unangenehm, weil ich ihr zuhören muss: Verstehen Sie mich? Hallo! Sie hatten einen Unfall. Ihr Mittelgesicht ist gebrochen. Das ist – also wenn Sie sich einen Totenschädel vorstellen, dann sehen Sie doch an der Vorderseite, rund um die Augenhöhlen dort – Ich finde, dass diese Person sich umständlich ausdrückt. Also unterbreche ich jetzt, schließlich bin ich der Patient: Wir können das abkürzen, ich verstehe etwas von Anatomie. Sagen Sie mir doch einfach, wie es jetzt weitergeht.

Ich spüre, wie die Hand reglos bleibt auf meiner Brust. Und dann: Sie gehen mir bereits derart auf die Nerven, mit Ihnen will ich gar nicht mehr reden.

Als ich meine Augen wieder öffne, ist er nicht mehr da. Wo ist mein Fahrrad?

Wo ist mein Zeug?

Da ist ein Schlauch aus klarem Plastik, der in eine Kanüle mündet, die unter dem hochgeschobenen Ärmel meines blauen Sweatshirts kurz unterhalb der Armbeuge in der Innenseite meines Unterarms steckt. Ein vertrauter Anblick. Ich war noch nie im Krankenhaus, aber ich habe so viele Filme gesehen, in denen jemand im Krankenhaus liegt.

Und: Da ist etwas dran, die Person im blauen T-Shirt hat recht, die eine Hälfte meines Gesichts, die Kanülenseite ist gefühllos. Diese Gesichtsseite ist zudem geschwollen, die Haut spannt, und als ich dort das Auge ertasten will, bleibt etwas Klebriges an meinen Fingerspitzen.

Unfall, Totenkopf, Gesicht gebrochen – das Fahrrad: mein Gehirn! Ich denke an meinen Namen und er ist sofort da. Geboren wurde ich 1971. Ich weiß wo. Von hinten angefangen heißt Julia: Speer. Am Elften Zweiten Zweitausendzehn haben wir uns kennengelernt. Das ist jetzt ein Jahr und zwei Monate her. Ich muss an T. S. Elliot denken. Im April hat Julia gesagt: Es darf dir nie schlecht gehen – fest versprochen! Das war vor dem Alten Museum, in Berlin, Am Kupfergraben, Unter den Linden. Und ich tat es ebenso, ich habe es ihr auch versprochen. Schwörenderweise. Das ist jetzt ein Jahr her. Ich fühle dem Gedanken nach, wie wir uns kennengelernt haben. Und es kommt sofort: vor dem Bücherregal. Auf der dummen Party. Bei einem grünen Taschenbuch von Plotin. Dunkelgrün mit Schwarz.

Plo-tiehn! will meine innere Julia mir zur korrekten Aussprache verhelfen. So war das damals, genau so, und ich muss lächeln – innerlich, dort sehe ich Julias liebes Gesicht. Das allerliebste, das ich jemals schauen durfte – das war schon damals, gleich vor dem Bücherregal war das so. Und dann habe ich ihr zum Dank das Gesicht mit Zahnpasta vollgeschmiert im Badezimmer und sie hat mich aufgefordert, das zu entfernen. Küssenderweise.

Und ich denke an unser erstes Wiedersehen wenige Stunden danach in der Bar; an den Bus, mit dem sie danach wegfuhr und dem ich so lange hinterhergesehen habe, weil ich es nicht begreifen konnte, dass sie da tatsächlich drin ist; dass sie tatsächlich damit entfernt wird von mir, Julia; und an meine erste SMS an sie denke ich dann, die erste von Tausenden, in der doch bloß stand Im Zweifel für den Zweifel – und ihre Antwort weiß ich auswendig, sogar jetzt, immer noch. Ich denke an Paris, an das Springreitturnier, an die entführte Pferdeprinzessin und an Julias

Gesicht auf dem Bildschirm meines Computers dort im Hotel, an ihr besorgt blickendes Nachbild, und ich denke an New York, an das Standard Hotel, einen Lieblingsplatz auf der Welt und an ihre EMail, in der als Erwiderung auf das Mein Computer schaut mich an von mir stand: Und ich durch ihn und meinen hindurch dich an.

Ich sehe mich im Sommer darauf im Süden des Libanons sitzen, im Sommer der Krise, Sommer des Codeins: Da ist ein Tisch aufgebaut am Rande des Hafenbeckens und dort sehe ich mich, fassungslos weinend, einem Mann zusehen, der von seinem Boot aus Handgranaten in das wunderschön spiegelnde Wasser schmeißt, als seien es Bonbons, als sei das hier Karneval. Und im Anschluss das Nachtessen mit dem Drogenbaron an ein und demselben Tisch vor der Kulisse einer nun schwarz glänzenden Lagune mit dem darin umherschwappenden, vergifteten Mittelmeer.

Ich sehe mich in Mailand nach der Jil Sander-Show, vielleicht war es auch Burberry, jedenfalls im Bagutta dann auf der Suche nach der Toilette dort in einen dunklen Raum treten, in dem die Kellner um einen Tisch versammelt sitzen, um ichweißnichtwas zu verhandeln; dann: ich auf dem Flughafen von Amsterdam und dann sehe ich auch Stockholm und Den Gyldene Freden, die grau gestrichenen Wände dort, und ich sehe mich vor der alten Standuhr am Ufer des Bosporus in Istanbul, ich sehe Katja und Maxim und – ich sehe die Bilder von Julias Gesicht, alle, die ich besitze; ich kenne sie ja allesamt auswendig und auf jedem ist sie wunderschön; und ich sehe mich weinen, ich sehe mich gekrümmt auf Hotelbetten liegen, in diversen Badewannen und auf den Fußböden davor, ich sehe mich laut schluchzend und mit der flachen Hand gegen Wände schlagen, bis es brennt und ich aufhören muss, weil es so wehtut; ich sehe mich heimlich weinend auf den Rücksitzen irgendwelcher Autos (ich selbst habe keins), vollgeheult kauernd in Toilettenkabinen, als Letzter an den Bars diverser Restaurants, zu Hause, bei Freunden, auf Waldlichtungen, irgendwo – kaum habe ich testweise an Julia gedacht, um herauszufinden, ob mein Gehirn noch funktioniert, spult sich das vergangene Jahr ab wie der berüchtigte Film – bedeutet das nicht, dass ich jetzt sterben muss?

Ich habe keine Schmerzen. Selbst als ich diesem Mangel an Schmerzen hinterherfühle, ist dort noch immer: nichts.

Aber mir ist schlecht. Es ist extrem hell um mich herum. Das Licht kommt aus Deckenstrahlern. Die Wände sind gelb gestrichen und in den weißen Fensterrahmen glänzt es schwarz. Da ist eine andere Person, die auf einem fahrbaren Bett mir gegenüber abgestellt wurde. Ich liege ebenfalls auf einem solchen Bett – anzunehmenderweise. Sehen kann ich das nicht.

Die Person mir gegenüber liegt auf dem Rücken und bewegt sich nicht. Ein weiteres Bett steht an meinem Fußende. Ich kann einen Arm erkennen, abgewinkelt, der eine Kompresse auf dem Gesicht der dort liegenden Person gedrückt hält. Es ist der Arm dieser Person. Gesicht, Kompresse und Arm: ein und dieselbe Person. Ich befinde mich eindeutig in einer Krankenhaussituation. Aber noch immer in Australien – zumindest hoffentlich – und: meine Uhr! Es fällt mir schwer, den Blick scharf zu stellen. Mittlerweile ist es Montag, kurz vor ein Uhr in der Nacht. Was wird denn jetzt aus dem Treffen mit Julia?

Ich kenne diese Art Bett, auf dem ich liege. In der Kantine des Verlagshauses, für das ich ein paar Jahre gearbeitet habe, wurden auf solchen Stahlgestellen die Wannen mit den Suppen und Salaten herumgefahren. In der Ablage unter der Liegefläche kann ich meine Umhängetasche ertasten. Meine Sonnenbrille, meine Karten, das iPhone, Julias

Buch: es ist alles noch da. Mir wird nicht schwindlig, als ich mich aufsetze. Es ist niemand hier, der mich davon abhalten will, dass ich aufstehe. Ich halte mich an dem Stativ mit dem Infusionsbeutel fest und bewege mich schiebenderweise in Richtung der Glastüren. Dahinter ist es dunkel. Aus einem Türspalt streckt sich mir ein Gesicht entgegen und fragt, wo ich hinwill. Ich halte das Telefon hoch, er deutet in die Richtung der Glastüren, nach draußen, dort gibt es Empfang. Julia schaltet ihr iPhone nach Mitternacht in den Flugmodus, das weiß ich. Ich tippe eine SMS: Ich hatte einen Unfall und bin im Krankenhaus. Komm bitte: J

Wo bin ich hier eigentlich? Gute Frage. An dem Gebäude steht Radiology, sonst nichts. Da sind hohe Gebäude rings um die Rasenfläche, auf der ich stehe, die Fenster teilweise erleuchtet, aber es gibt keinen Schriftzug auf einem der Flachdächer. Haben Krankenhäuser überhaupt ihren Namen als Leuchtschrift auf den Dächern, oder machen das nur die Banken?

Der Pfleger sitzt noch immer hinter dem Türspalt. Er schreibt mir den Namen des Krankenhauses auf meinen Handrücken (Nichtschlauchseite). Ich schiebe das Stativ noch einmal durch die Glastüren und tippe noch eine Nachricht an Julia: Ich liege im Balmain Hospital. Dann spreche ich ihr die Neuigkeiten auf die Mailbox. Dann gehe ich zurück ins Bett.

Ich muss eingeschlafen sein oder etwas Ähnliches, denn es ist dunkel in dem Raum, in dem ich erwache. Und mein Zustand hat sich währenddessen ebenfalls verändert, denn ich werde von Schmerzen geweckt. Ich lasse die Augen offen stehen, weil ich hoffe, dass der Kopfschmerz davon erträglicher wird. Da steht noch ein Bett neben mir, die Person scheint zu schlafen, jedenfalls bewegt sie sich nicht. In der

Konsole über meinem Kopf ist ein glimmender Punkt, wie ein Zigarettenanzünder, ein Knopf, den ich drücke, weil eine Nachtschwester kommen soll. Die Schmerzen in meinem Kopf sind kaum auszuhalten. Wenn ich das Stöhnen unterdrücke, wird der Schmerz durch das gedämpfte Summen ebenfalls vermindert. So als sei dieser schmerzsignalisierende Teil meines Nervensystems an eine Membrane in meinem Rachen gekoppelt. Der Schmerz fühlt sich an, als sei zusätzlich zu meinem Gehirn noch eine schwere Kugel in meinen Schädel entlassen worden und eierte dort nun wie in einem Roulettekessel herum.

Dann werde ich wieder wach von einem anderen, einem ungewohnten Gefühl: als fege jemand meinen Unterarm von innen. Aber das ist bloß die Nachtschwester, die einen neuen Infusionsbeutel anschließt. Von ungefähr morgen Mittag an werde ich gelernt haben, dass die Kanüle in meinem Unterarm bis auf Weiteres darin zu verbleiben haben wird; dass man eine solche Installation im Krankenhaus-Jargon als Zugang bezeichnet – viel mehr solcher Jargon-Worte werde ich allerdings nicht in Erfahrung bringen können. Das liegt vermutlich daran, dass meine Verletzung nicht kompliziert genug ist. Vielleicht auch, weil ich mir ohnehin alles immer viel abenteuerlicher und grenzenloser vorstelle, als es dann in Wirklichkeit noch werden kann.

Ich klage über meine Schmerzen und die Schwester, deren Gesicht ich kaum erkenne, weil sie die gesamte Operation im Dunkeln durchführt wie eine israelische Soldatin, die ihre Uzi blind zerlegen und zusammensetzen lernt, drückt mir zum Abschied zwei Tabletten in die Handfläche und hilft mir den Hinterkopf anzuheben, sodass ich einen winzigen Schluck Wasser trinken kann zu den Tabletten – ich frage gar nicht, um was für welche es sich handelt; nicht nur weil es stockdunkel ist: Ich habe blindes

Vertrauen. Und noch immer großen Durst. Aber den Becher mit dem Wasser nimmt sie mit fort.

Es ist dieselbe Schwester, die mich später in dieser Nacht dabei erwischen wird, dass ich eigenmächtig mein Bett verlassen habe, um mir mein Gesicht im Spiegel anzusehen. Im Gegensatz zu meinem Gesicht erkenne ich die Schwester an ihren Umrissen wieder, von nun an sind die mit Farben und Formen gefüllt. Sie zieht die Badezimmertür auf ohne anzuklopfen und stemmt sich die Fäuste in die Hüften – so würde man das in einer Sitcom inszenieren und so ist es in echt.

Ihre Vorwürfe beziehen sich auf mein eigenmächtiges Verlassen des Bettes, ich hätte doch keine Ahnung, was mir dadurch zustoßen könnte – hierbei ergreift sie das Gestell, an dem der Infusionsbeutel hängt, mit der einen, meinen Arm, in den der Schlauch führt, mit der anderen Hand und beginnt sich rückwärts aus dem Raum zu bewegen. Und ich, angeleint gewissermaßen, kann nicht anders, als mit ihr zu gehen. Obwohl sie mit einer Art Bühnenflüstern recht durchdringend zu mir spricht und beim Ordnen meines Bettzeuges auch die Leseleuchte meiner Konsole anknipst, bleibt die Person neben mir reglos in ihrem Bett.

Durst ist bald das Einzige, was ich noch spüre, die Schmerzen sind weg, ich weiß nicht einmal mehr, dass es Schmerzen überhaupt gibt.

Drei Stunden später werde ich aus der durch ein Medikament namens Mesulid induzierten Bewusstlosigkeit erwachen, die Augen geschlossen, das Gehirn wird sozusagen zuerst angeknipst, und ich brauche nicht hinzusehen – ich spüre das Leichtgewicht ihrer Hand, ich kann ihre Hand ertasten, jeden einzelnen ihrer Finger, wie sie auf meiner Bettdecke liegen, ohne hinzufassen. Gerade so, als hätten sich während des Schlafens dort an meinem Unterleib, der sich unter dieser Stelle der Bettdecke befindet, meinen Fingerspitzen ähnliche Tastorgane gebildet, die – vielleicht wie Schneckenfühler – nackt und hochsensibel dazu imstande sind, durch Schichten des Bettzeugs hindurch zu lesen.

Mein Liebster, ich höre ihre Stimme, ich höre ein zartes Flüstern, ein mir liebes, eins, das nur mir allein gilt, eins, das so ganz anders ist als das der Nachtschwester – ich weiß gar nicht: sind meine Augen noch geschlossen oder schon offen –, ich kann ihre Tränen sehen, ich sehe Julias Gesicht.

Es dauert eine Weile, ich schaue sie an, ich schiebe meine rechte Hand unter ihre, ich spüre die vertraute Haut, die Unterseite ihrer Finger, die Schlankheit, ihre Länge. Ich schließe die Augen, um das noch besser, noch genauer fühlen zu können: was Julias Finger mir bedeuten. Und sie.

Ich versuche, sie mit dem Schlaucharm zu mir herunterzuziehen, sie hat Angst mir wehzutun, sie weint und flüstert: Vorsicht! Ich sage ihr, dass mir nichts wehtut. Allerdings weiß ich seit dem Alleingang ins Badezimmer, wie ich aussehe. Ich kann verstehen, dass Julia befürchtet, etwas könne zerbrechen an mir oder abbrechen. Meine linke Gesichtshälfte inklusive des Auges ist von dunklem Lila und sieht zudem danach aus, als platze sie gleich.

Mir war nicht bewusst, dass ich ihr Details meiner Verletzungen auf die Voicebox gesprochen hatte, aber Julia sagt, als sie meine Nachricht abhörte, habe ich davon geredet, dass mein Gesicht zerbrochen sei – und sie habe sich dann vorstellen müssen, vielleicht sei die eine Hälfte gelähmt.

Jetzt darf ich sie umarmen. Seit ich weiß nicht wie lange – na ja doch: zum ersten Mal seit fünf Monaten, drei Wochen und vier Tagen ziemlich genau schlinge ich meine Arme wieder um Julia, mein ein und alles, meine

Geliebte, meinen Seelenverwandten, meinen Lebensmenschen. Und zum ersten Mal nach dieser halben Ewigkeit legt Julia behutsam ihre Wange an die meine, die gesunde, und ich spüre ihre kindliche Haut und wie sie duftet – süß, nach Mandeln und nach Untitled, unserem Parfum. Und so bleiben wir eine ganze Weile und atmen, in mir weitet sich etwas, das findet in meinem Brustkorb statt. Es fühlt sich an, als blühe dort etwas auf, etwas von der Größe eines Hortensienblütenballens in etwa und auch von dieser Form. Ich kann die Volants dieses Ballens inwendig fühlen; sie zittern im Abendlicht eines langen Sommertages.

Leg dich neben mich, bitte ich Julia. Aber sie befürchtet, dass das nicht erlaubt sein wird.

Doch, doch, sage ich. Das ist eine Mutter-und-Kind-Station.

Aber ich bin doch gar keine Mutter, sagt Julia.

Aber ich bin jetzt ein Kind, sage ich. Und sie tut es. Mir ist noch nie etwas Gravierendes zugestoßen. Ein gebrochener Fuß, ein angeknackstes Handgelenk zu Schulzeiten, gewiss – selbst meinen Blinddarm, sogar die Mandeln habe ich noch. Ich habe nie Probleme mit den sogenannten Weisheitszähnen bekommen, weil die bei mir nie erschienen sind. Der Kieferorthopäde meinte, das gibt es nun manchmal, dass die Anlagen dazu nicht mehr vorhanden sind – schließlich gibt es die Menschheit nun lange genug, dass die Rudimente allmählich verschwinden. Dass ich mich vor ein paar Jahren sterilisieren ließ, zählt ebenso wenig zu den Unfällen, wie auch Brustvergrößerungen und Nasenverkleinerungen als Schönheitsoperationen bezeichnet werden – und schon klingt alles nur noch halb so schlimm! Dabei werden dafür dieselben Eingriffe durchgeführt, als wenn, sagen wir: jemandem die Nase mit der Faust zerbröselt wurde; oder ein Tumor aus dem Ober- oder Unterleib entfernt. Wahrscheinlich wird die Unterscheidung gemacht, weil man sich aus freiem Willen für die Operation entscheidet. Die Voraussetzung für den Unfall lautet auf sogenannte höhere Gewalt. Worauf ich mich hinsichtlich meiner zahlreich erlittenen Schnittverletzungen keineswegs herausreden will – an jeder einzelnen war ich selbst Schuld, hatte ich doch jedes Mal die Klinge aus freiem Willen zur Hand genommen. Und Schnittverletzungen hatte ich ständig, weil ich schon früh ein Faible für Messer und fürs Schnitzen, später: fürs Kochen entwickelt hatte. Aber, und das wurde in meiner Familie stets lobend hervorgehoben: bei mir heilte jeder Schnitt, selbst dieser eine, beim Versuch den Kern einer Avocado zu halbieren erlittene, der am linken Zeigefinger, der genäht werden musste, umstandslos und dazu in einer Geschwindigkeit, geradezu unheimlich, wäre Heilung nicht ein derart restlos positiv besetztes Phänomen. Wenn es, wie in meinem Fall, verblüffend schnell geht mit den Heilungsprozessen, wird ja doch ganz schön viel darüber nachgedacht (so als ginge es nicht mit den sogenannten rechten Dingen zu; als verschaffe sich da einer einen Wettbewerbsvorteil, spiele sozusagen falsch). Man will auch nicht unbedingt auf seine guten Gene oder die langen Telomere reduziert werden – vor allem nicht, wenn man, wie ich, diese Vorzüge nicht mehr vererben will.

Ich habe mich einfach davongestohlen, flüstert Julia. Sie richtet sich auf, so als hätte ich etwas erwidert, schaut mich an, schaut in das eine Auge, das mir noch geblieben ist: Es ging nicht anders – ich musste zu dir!

Was ist das eigentlich für eine Substanz, die zwischen uns hin- und herströmt und die zugleich in jedem von uns quillt wie aus dem Breitöpfchen in diesem Märchen, dessen Name mir gerade nicht einfallen will? Welchen Teil von uns hatten wir an den jeweils anderen verliehen, sodass es uns fortan beständig zueinander hinzog, gleich wie viel an Zeit – fünf Monate, drei Wochen, vier Tage –, egal wie viel des Raumes – sechzehntausend Kilometer Luftlinie zwischen Sydney und Berlin in dem Fall – sich auch zwischen uns gedrängt haben mochte. Worin bestand diese Verbindung, die sich durch nichts, nie abreißen ließ? Ich frage sie: Was, wenn mein Gesicht so bleibt? Die Erinnerung an mein Spiegelbild ist vage, dennoch schlimm genug – Wülste, wahrscheinlich das scheußlichste Wort der deutschen Sprache.

Du wirst dein schönes Antlitz zurückerhalten, sagt Julia. Du musst nur ein bisschen Geduld haben.

Ich merke, wie tapfer sie sein will, und das rührt mich zu Tränen. Sie sagt: Ilsa Lunds Gesicht war auch nicht symmetrisch.

Stimmt überhaupt! In der ganzen Filmgeschichte gibt es keine Schauspielerin mit noch schieferem Gesicht als Ingrid Bergman.

Und du siehst um so vieles hübscher aus, sagt Julia. Jetzt schon – bereits. Ich nehme ihr die Träne mit der Spitze meines Daumens aus dem Augenwinkel: Nicht weinen, du sollst nicht.

Vorhin, sagt Julia. Ich habe vorhin geweint, als ich dich suchen musste – das ist noch von vorhin.

Es wird Zeit für sie zu gehen. Ich kann das spüren, so wie ich alles spüren kann, was uns betrifft – eigentlich müssen wir nicht sprechen, wir wissen bereits alles, wenn wir uns sehen; wenn wir einander ansichtig werden dürfen. Und auch sonst, die Übertragung funktioniert auch ohne Bild. Das haben wir in den letzten Monaten immer wieder aufs Neue überraschend erfahren. Und dennoch reicht es nicht aus. Es genügt nicht, sich des anderen versichert zu wissen. Es reicht nicht, die von ihm gesandten

Zeilen wieder und wieder zu lesen. Die Fotos zu betrachten – selbst Videotelefonate: Als es sie noch nicht gab, stellte man sich das noch ganz großartig vor – in etwa so wie Laserstrahlen, die sich dann als weitaus weniger epochal herausgestellt haben. Es gibt da diesen einen Film von Rainer Werner Fassbinder – noch schlechter und hölzerner als alle anderen, in dem macht Eddie Constantine dauernd mit einem grotesk aussehenden Videofon herum, weil die Filmhandlung erkennbar aus der fernen Zukunft (vermutlich im Jahr 2000, dem Jahr des Laserstrahls!) erzählen soll –, jedenfalls wird in diesem Film natürlich nicht klar, worin das Problem der Videotelefoniererei bestehen wird: Man will den anderen auch anfassen können, sobald man ihn beim Sprechen sieht. Nicht jeden, klarerweise. Rainer Werner Fassbinder sogar auf gar keinen Fall! Aber Julia schon – viel und heftig. Wenn Skype also erst das Berührungstelefonat eingeführt haben wird – eventuell werden dann extreme Long-Distance-Beziehungen wie die unsere dadurch erträglich gemacht. Erträglicher zumindest. Solche Fahrradunfälle müssen erst noch erfunden werden, dass ich das vergessen kann: Julia ist verheiratet. Und zwar nicht mit mir.

Kommst du wieder?

Aber natürlich, sagt Julia. Und macht eine wunderschöne Bewegung mit ihrer Hand. Die Tür wird von einem Stoßdämpfer verlangsamt ins Schloss gedrückt. Dann ist es still.

Wenn man, wie ich, Krankenhäuser vor allem aus Filmen und Erzählungen kennt, stellt man sich den Krankenhausalltag komplett falsch vor. Ob im notorischen Emergency Room oder sogar in der vergleichsweise schläfrigen Serie aus meiner Kindheit, dem tschechischen Krankenhaus am Rande der Stadt: kaum kommt man ins Krankenhaus, so entsteht der Eindruck, wird man auf dem Bett hinübergefahren in eine andere Welt; eine Welt, in der, im krassen Gegensatz zum aseptischen Klima dort und dem hochgeschlossenen Aufzug ihrer Bewohner, rund um die Uhr allerhöchste Betriebsamkeit herrscht. Als Sinnbild dieser Emsigkeit bleiben dem unerfahrenen Zuschauer vor allem die Paddel der Defibrillatoren im Gedächtnis, mit denen die Eingelieferten schockartig wieder fit gemacht werden, sollten sie angesichts des ganzen Krankenhaustrubels zeitweilig ihr Bewusstsein verlieren.

Die Wirklichkeit sieht anders aus. Es geschieht so gut wie gar nichts im Krankenhaus. Von innen betrachtet ist ein Krankenhaus nichts weiter als eine Vierundzwanzig-Stunden-Werkstatt mit angeschlossenem Hochregallager für kaputte Körper. Man wird versorgt, dann in ein Bett gelegt und eingelagert. Und das halt so lange, bis man das Krankenhaus wieder aus eigener Kraft verlassen kann. Bis dahin liegt man herum. Und das erscheint selbst jemandem wie mir, der ansonsten seine Zeit am liebsten im Bett liegend verbringt, nur schwer erträglich – denn erstens ist es nicht mein Bett, noch nicht einmal mein Zimmer, zweitens kann ständig jemand hereinkommen, drittens bin ich in dem Zimmer noch nicht einmal allein.

Sie sieht dir sehr ähnlich. Eigentlich, will ich damit sagen. In guten Tagen – besseren. Mein Bettnachbar, er heißt Cyril, schaut mich an. Während er sich aus einer sehr kleinen Schachtel die Cornflakes in viel zu viel Milch kippt. Und obwohl es auf ihn den Eindruck macht, als habe er sich damit im Ton vergriffen, Julias wunderschönes Antlitz mit meinem violetten Baseballhandschuh gleichzusetzen, hat mir bislang noch niemand in ganz Australien etwas derart Liebenswertes gesagt! Dass Julia und ich uns ähnlich sehen, gehört zu den Dingen, von denen ich nicht genug bekommen kann. Darin schwingt für mich mit: ihr passt zusammen, seid füreinander bestimmt.

Cyril hat die merkwürdigste Augenfarbe, eine, die selbst ich noch nie gesehen habe – weder an einem Model noch auf Fotos, noch an irgendeinem Menschen auf der Welt. Sie lässt sich nur mit Lavendel beschreiben – exakt jene Mischung aus verblichenen Lilatönen und Asche. Die Wimpern sind lang, sogar noch länger als meine, von denen Julia schwärmt, dass es die längsten sind, die sie je an einem Mann gesehen hat. Cyrils Gesichtshaut ist karamellfarben, seine Haare blauschwarz – ich vermute: indisches Elternhaus.

Es stellt sich heraus, dass er Julia für meine Schwester hält. Als ich das von mir weise, ihm im Gegenzug klarzumachen versuche, dass es sich bei der Art unserer Verbindung sogar um das glatte Gegenteil handelt, dass wir Liebende sind, wiegt er auf die für Inder typische Weise den Kopf – so gut es eben geht, wenn man dabei auf dem Rücken liegt und sich dabei mit jemandem unterhält, der im Bett neben einem liegt. Obwohl das in der Krankenhauswelt vermutlich zum guten Ton gehört, habe ich Cyril noch nicht gefragt, womit er darniederliegt. Ich meine: Bei mir ist das ja offensichtlich, leiderdings. Er wirkt, von dem, was ich bislang zu sehen bekam, unversehrt. Da mir die Erfahrung fehlt, nehme ich an, dass man die Frage nach dem Leiden eleganterweise in den Austausch der übrigen Informationen integriert, während man sich einander vorstellt. Und dabei fällt mir auf, dass ich nicht gerne sagen will, dass mein Gesicht zerbrochen ist. Ich weiß nicht warum, aber das hört sich unwiderruflich an. Nicht wieder gutzumachen. Fuß gebrochen, Arm gebrochen: kein Problem. Aber das Gesicht?

Cyril quält scheinbar was mit der Zunge, und mit –

Blut! Na klar, in der Krankenhauswelt darf Blut niemals fehlen – aber quälendes Zungenblut? Gibt es das überhaupt? Jedenfalls hört sich, was er mir zu sagen versucht, nach deutschen Worten an. Wie alle Inder spricht er, als halte er dabei eine kleine Murmel unter der Zungenspitze gefangen. Da sind kleinere Missverständnisse gewissermaßen eingebaut. Und wenn ich diesen Umstand berücksichtige: sagte er dann nicht eher etwas von quälendem Lungenblut?

Magst du Thomas Mann etwa nicht? Cyril fragt das jetzt schon zum zweiten Mal und ich, in Gedanken noch von seinen wund gehusteten Lungen sozusagen: beflügelt, bringe nur heraus, dass mir der Zauberberg einfach zu langatmig scheint –, und will mich gerade für diese Taktlosigkeit entschuldigen, da zwitscht er durch die Backenzähne. So habe ich sie mir nämlich immer vorgestellt – Katia und Klaus. Beziehungsweise: Es fiel mir ein, als sie hereinkam – Julia? Du schliefst da noch. Da war ein Klopfen an der Tür, das war leise und zugleich unnachgiebig – verstehst du: so. Und dann: so. Und dann, als nichts weiter geschah, sagte ich: herein. Ich nehme an, sie hätte die Tür sonst nicht geöffnet. So schätze ich sie nun ein. Jetzt, wo ich euch gesehen habe.

Ja? Was hast du denn gesehen? Normalerweise fällt es mir nicht leicht, ins locker-flockige Plaudern zu kommen, aber hier geht es um mein absolutes Lieblingsthema! Denn ob nun allein und in sogenannter stummer Zwiesprache, ob mit anderen: Über nichts auf der Welt spreche ich derart gern wie über Julia Speer. Und es zählt dabei jede Kleinigkeit: Beschreibe es mir genau. Wir sagen übrigens nie Was hast du gestern gemacht?, sondern: Was habe ich verpasst? Er macht wieder diese Kopfbewegung, die für ihn eben nicht Nein bedeutet, sondern Zustimmung. Und er hat sofort begriffen, um was es in diesem Spiel, das Julia und ich füreinander erfunden haben, geht: Cyril beschreibt mir präzise, wie sich auf seine Aufforderung hin die Tür unendlich langsam um zunächst nur einen Spalt aufschob. Allein wie er das Niedergedrücktwerden der Türklinke beschreibt, die Veränderungen der Lichtreflexe auf diesem metallenen Gegenstand – das hätte ich, das hätte Julia, selbst Vermeer hätte das nicht besser beschreiben können! Ihr dunkler Blick: Cyril belässt es bei diesem Bild – es ist alles gesagt. Er erzählt all dies sozusagen in Echtzeit, bis er den Moment erreicht hat, an dem ihm aufging, dass sie ihm wie eine zierlichere Version seines Zimmergenossen erschien – er sagt es so: Ich dachte: Seine Seele kehrt zurück.

Als Julia mich später wie versprochen besuchen kommt, hat er sich Ohrhörer eingesetzt und hört mit geschlossenen Augen Musik.

Es ist schon beinahe dunkel, das übrige Sonnenlicht bringt die gelben Vorhänge zum Leuchten. Ich erzähle ihr, was Cyril über uns gesagt hat, *die starke geschwisterliche Verbundenheit,* die er empfunden haben will, als er uns am Vormittag zusammen erlebt hat. Julia lächelt. Aber mit dem Lächeln ist etwas anders als sonst. Da ist etwas, das sie mir sagen will, etwas, das sie zurückhält, ich kann das spüren, was ist es bloß? Ich beklage mich, dass es wegen dieser Sache mit dem Unfall nun nicht zu unserer Verabredung kommen konnte, die wir an diesem Sonntag – war das wirklich erst gestern? – getroffen hatten. Julia sagt, dass das nichts ändert – ich müsse mich nur erst einmal ausruhen, wieder gesund werden. Die Verabredung kann warten. Was ist es denn, was sie mir sagen will? Die Ärzte wollen mich morgen früh gleich operieren. Unter der kaputten Augenhöhle verläuft ein wichtiger Nervenstrang, der momentan durch die Knochenbrüche abgeklemmt wird. Wenn der abstirbt, hat man mir klargemacht, bleibt diese Gesichtshälfte womöglich für immer ohne Gefühl – so wie jetzt.

Du fühlst nichts?

Ich ahme Cyrils Kopfbewegung nach.

Kein bisschen? Wie ein eingeschlafener Fuß. Das heißt also: Ich fühle Taubheit – Küss mich mal, bitte.

Ihr dunkler Blick! Sie verlagert ihr Gewicht, behutsam beugt sie sich über mich, ohne mein Auge aus dem Blick zu verlieren, ich sehe ihre wunderschönen Lippen – ich kann nicht anders: ich schließe meine Augen. Zuerst spüre ich ihren Duft, dann das sanfte Gefühl, ich versuche es, so gut es geht, mit meinen tauben Lippen zu erwidern – es fühlt sich komisch an – Das fühlt sich komisch an, sagt Julia. Hast du Angst vor der Operation?

Ich versuche ihr in möglichst neutralem Ton zu schildern, was mir der Chirurg vorhin bei der Visite als sein Vorhaben geschildert hat. Und obwohl ich seinen robusten Bauarbeiterton eliminiert habe, geht es dabei halt noch immer um mein Gesicht, was ihm und den Kollegen nachvollziehbarerweise lediglich als Baustelle erscheint. Und so wird Julia bereits bei der ersten Erwähnung der geplanten Repositionierungen und Schraubungen ganz durchsichtig und ich lasse das. Was mir größere Sorge bereitet, ist die Vollnarkose: Was, wenn ich nicht mehr derselbe bin, der daraus erwacht? Was, wenn ich Julia dann nicht mehr wiedersehen kann – weil ich sie nicht mehr wiedererkennen kann?

Julias Hand ist so schlank, dass mein Zeigefinger und der kleine von ihr unbedeckt bleiben. Sie streicht mit den Fingerspitzen über meinen Handrücken, während sie spricht: Ich könnte deine Hände unter tausenden finden. Du hast mir einmal geschrieben, dass deine Augen das einzige sind an deinem Körper, das du selbst schön finden kannst – das ist bei mir auch so. Aber an dir finde ich alles schön, deine Augen besonders, stimmt schon. Und so wäre das auch für dich, in dem von dir beschriebenen Fall. Keine Narkose wird das auslöschen können.

Und sie meint, was sie sagt, das kann ich spüren: Das ist doch ein Abenteuer, du gehst dorthin, wo ich noch nie war – und du wirst zurückkehren, das verspreche ich dir – fest versprochen!

Aber die Bewusstlosigkeit ist kein Ort und kein Land, sage ich. Ich reise also nirgendwohin. Und trotzdem kann es sein, dass ich nicht mehr zurückkomme.

Du kommst aber zurück, sagt Julia. Ich weiß das. Weil ich es will.

Wir kennen uns jetzt über ein Jahr. Gesehen haben wir uns nicht oft. In manchen Zeiten ein Mal in der Woche, manchmal weniger. Es gab Durststrecken. Ich frage sie, ob das eigentlich brutto zählt oder netto, diese Zeit, über ein Jahr, die wir uns nun kennen. Und Julia sagt: Brutto natürlich. Denn aus meinem Bewusstsein warst du keinen einzigen Moment lang fort.

Dass ich eventuell stärker angeschlagen bin, als ich es in ihrer Gegenwart spüren kann, merke ich unter anderem daran, dass ich ihr gar nicht widersprechen will. Ich bin, wie ich es heute früh im Mesulidnebel gesagt hatte: Ein Kind. Zumindest ein bisschen – vertraut habe ich ihr ja immer schon, obwohl das für mich nicht immer leicht zu verstehen war, warum ich das will (ihr vertrauen). Aber nun ist es anders: Ich verstehe, warum es heißt, dass man an jemandes Lippen hängt; dass man der Worte eines anderen bedarf wie Wasser, Luft oder Brot. All das trifft nun plötzlich auf mich zu und es liegt nicht daran, dass ich hier, dass wir in Australien sind, weit weg von Berlin und beinahe so weit von New York oder Los Angeles, wo die anderen Freunde wohnen. Dass ich alles schlucken will, was Julia mir vorsetzt – und das gern, liebend gern –, liegt nicht daran, dass ich hier in der Fremde ganz auf sie gestellt bin, wie es heißt: auf Gedeih und Verderb. Nein, was Julia sagt, birgt eine Botschaft. Jemand könnte uns den Ton abdrehen, oder mir die Ohren zustöpseln wie drüben Cyril – Julias Botschaft käme aller Widrigkeiten zum Trotz bei mir an.

Ich muss eingeschlafen sein, denn als ich geweckt werde, ist sie nicht mehr da. Auf meinem Tablett liegen zwei Tabletten: mein Frühstück. Dazu ein halber Becher stilles Wasser. Obwohl ich eigentlich nur solches mit Kohlensäure mag und am allerliebsten Badoit, weil nur Badoit diese unnachahmlich großen Blasen hat, nehme ich den Schluck zu mir, denn ich habe einen Riesendurst.

Die gelbe der beiden Tabletten wird mich angenehm gleichgültig machen, darauf hat mich der Anästhesist hingewiesen und dabei ein Gesicht gemacht, als dürfe er neidisch sein auf diese Erfahrung, die er mir damit beschert. Was die violette bewirken wird, habe ich vergessen. Dann kommt eine Schwester und schiebt mich aus dem Zimmer. Cyril scheint noch zu schlafen, sein rechter Unterarm liegt ihm quer über den Augen. Der Anblick ist mir vertraut. Ich weiß gar nicht: Ist es draußen überhaupt schon hell? Ich habe vergessen, nachzusehen. Diese Filmeinstellung: Die Kamera liegt sozusagen auf dem Rücken, das Objektiv steil nach oben gerichtet, so zeigt sie das monotone Vorüberziehen eines Bandes aus Neonröhren an der Decke des Krankenhausflures – es gibt sie tatsächlich. Das Licht dort oben ist ziemlich gelb. In den Filmen wird das Bild irgendwann unscharf. Wenn die Sinne zu schwinden beginnen.

Das gibt es in Wirklichkeit nicht. Und der Operationsraum ist ziemlich schäbig und klein. Ein Saal ist es nicht. Als die unscharfen Leute in Blau reinkommen, müsste es eigentlich eng werden – wird es aber seltsamerweise nicht. Mir ist, als würde ich selbst fortwährend kleiner, und mir fällt dieser Satz ein: If you make yourself very small you can externalize almost everything. Der Anästhesist drückt den Inhalt einer dicken Spritze durch den Zugang in meinen Arm. Dabei nickt er mir aufmunternd zu: Na, dann erzählen Sie mal: Was hat Sie denn nach Australien geführt?

Das ist ja leider eine längere Geschichte.

Und jetzt wird das Licht hinter seinem Kopf ziemlich hell.

Ich will unbedingt zurückkommen.

Ungeteilt

Ein halbes Jahr nachdem Julia die Abendmaschine nach Australien bestiegen hatte, konnte ich nicht mehr anders, da war ich so weit. Ich hatte bis zu dieser Stunde, da Idee und Kauf des Flugscheins eins geworden waren, alles versucht, um getrennt von Julia weiterzuleben. Es ging nicht – genauer gesagt: wahrscheinlich ging das schon; zu jener Zeit gab es ja bereits sieben Milliarden Erdbewohner, die ihre Leben ohne Julia hinkriegten. Bloß ich schaffte das halt nicht. Schon in der Zeit, da Julia und ich noch in derselben Stadt lebten, ging es mir an den Tagen, an denen wir uns nicht sehen konnten, nicht gerade gut. In den Oktoberwochen nach ihrem Abflug verschlechterte sich meine Situation.

Was da genau geschah, ist schwer zu beschreiben. Es geht um die Seele. Vielleicht ja so: Wenn mir etwas zustößt, dauert es ziemlich lang, bis ich begreife, was mir zugestoßen ist. Stößt mich beispielsweise auf einer Party jemand mit dem Ellenbogen an, sodass mir eventuell vor Schreck mein Glas aus der Hand fällt, denke ich drei Tage später Unverschämtheit! Hätte sich wenigstens entschuldigen können. Und von diesem Moment an wird es, passe ich nicht sehr gut auf meine Gedankengänge auf, rasch uferlos. Dann frage ich mich zum Beispiel, ob ich eventuell so aussehe, als ob man sich bei mir nicht zu entschuldigen brauchte. Ob diese Person mich vielleicht absichtlich gestoßen hat. Ob ich andere Menschen aggressiv mache mit der Art, wie ich rede, zu laut bin, oder ob es eventuell doch an meinem Aussehen liegt; habe ich den Ellenbogenstoß provoziert? Ist das auch anderen aufgefallen, werde ich deshalb nicht mehr so häufig eingeladen – und immer so fort. Meine Therapeutin, die ich nun schon beinahe so lange kenne wie Julia, hat mir den fatalen Verlauf solcher Gedankengänge bewusst gemacht. Aber an dem Umstand, dass mir erst lange nach dem Gestoßenwordensein sozusagen aufgeht, dass ich gestoßen wurde, daran konnte meine Therapeutin nichts ändern. Die völlig zu Recht für fatal befundenen Gedankengänge (den Begriff des Grübelns finde ich hässlich) können aber deshalb überhaupt erst entstehen: Da die mich stoßende Person längst nicht mehr da sein wird, wenn der von ihr verursachte Stoß in meinem Bewusstsein eintrifft, führe ich die Auseinandersetzung gezwungenermaßen mit mir selbst.

Ich habe nie wieder einem Flugzeug hinterhergeschaut, wie es, wie diese tatterige Metallröhre mit den viel zu schmalen Flügeln auf ihren viel zu kleinen Rädern an ihre Abflugstelle rollt. Ich stand dort, ich lehnte gegen die auskragende Panoramascheibe einer Lounge des Flughafens Tegel. In meiner Erinnerung halte ich mich mit ausgebreiteten Armen und gespreizten Fingern an der Scheibe fest wie eines dieser Plüschtiere, die man sich mit Saugnäpfen an die Autoscheibe pappt. Und ich hörte Musik. Shakespears Sister, Hymne der Oknophilen. Und ich habe nicht geweint. Das will etwas heißen, denn seit ich Julia kenne, heule ich ständig und wegen allem und jedem. Später saß ich in einem Taxi, in dem es schlecht roch, und es war mir egal. Ich hielt das iPhone in der Hand wie ein Küken und las wieder und wieder die Worte, die Julia mir noch aus dem Flugzeug geschickt hatte, bevor sie ihr iPhone in den

Flugmodus stellen musste: My Dear, ich würde so furchtbar gerne erfahren, wie es dir geht: J

Da ich in den Monaten zuvor bereits so lang und heftig gelitten hatte, kannte ich mich allmählich aus in meiner Gefühlswelt; das war kein Dickicht mehr, und längst noch kein Vorgarten – aber dass die wenigen Worte von Julia ausreichten, um mir Hoffnung zu geben: dessen konnte ich mir sicher sein. Irrwitzige Hoffnung in diesem Fall. Geradezu Wahnsinn! Denn während mich der Fahrer auf der Rückbank seiner schlecht riechenden Fahrgastzelle mit ungefähren fünfzig Stundenkilometern vom Flughafen zurück in das Viertel an der schönen Muldensteinstraße kutschierte, hatte Julia bald schon ihre Reisegeschwindigkeit von annähernd Schallgeschwindigkeit erreicht.

Oh ja, Australien gab es wirklich. Und es kam nächtens, auf Silberschwingen herbei.

In dieser Nacht schlief ich nicht. Zweimal zog ich mich wieder an und lief quer durch das Viertel bis zu ihrem Haus. Ich stand dort unten neben einem Altkleidercontainer und schaute hinauf zu ihren Fenstern. Zu den dunklen Fenstern, hinter denen Julias dunkle Wohnung lag. Eine Wohnung, die einst Julias Wohnung war. Am Tag zuvor noch. Jetzt stand sie leer.

Als es heller wurde, gab ich die Versuche des Einschlafens auf und schaute auf das Fußballfeld vor meinem Küchenfenster. Die Bäume würden nun bald die Blätter abwerfen. Ich konnte das riechen, der Duft von Teesatz war überall. Winter ohne Julia hatte ich schon einige erlebt. Genau neununddreißig. Aber dieser würde gnadenlos werden, fürchterlich. Das wurde mir schlagartig klar. Und ich bekam weiche Knie. Genau so, wie man das liest in Gedichten oder schlechten Romanen und Reportagen oder wenn es in Filmen die eine der anderen sagt – und dann passiert es einem selbst, ich bekam es zu spüren und gleichzeitig wurde mir bewusst, dass ich mich bislang über diese Gefühlsäußerungen aus Unkenntnis lustig gemacht hatte. Da schämte ich mich. Ich musste mich setzen und empfand etwas Ungewohntes. Das war die Demut. Zum ersten Mal in meinem Leben. Unaufgefordert. Ich hätte es nie und nimmer für möglich gehalten, zu einem solch kleinlauten Gefühl überhaupt fähig zu sein. So etwas aus der Mode Gekommenes wie Demut empfinden zu können. Und von dort aus ging es noch weiter. Ich empfand: Diese Romane und Lieder waren nicht allesamt schlecht. Flugzeuge im Bauch, um ein besonders krasses Beispiel zu nennen, ist ganz und gar nicht schlecht. Die Singstimme gefiel mir noch immer nicht, aber sie sang mir nun – aus dem Herzen. Der Text drückte meinen Schmerz aus – obwohl er vom Leiden an einem anders gelagerten Problem zu berichten hatte – egal. Scheißegal, sagte ich. Ich sagte es laut und ich nickte. Und auf eine völlig abstruse Weise sah ich Julia, die Augen, ihr liebes Gesicht, wie sie aus ihrem lufthansafarbenen Sitz über den Wolken auf mich herniederschaute. Und wie sie lächelte – voller Güte. Liebevoll.

Das von mir gelegentlich verspottete Phänomen der Verklärung war mir jetzt auch schon so lieb wie die Demut und die gefühlvollen Lieder, die ich in meiner Unerfahrenheit als Kitsch verachtet hatte. Dabei berichteten diese lediglich aus Welten, die mir bis dahin fremd gewesen waren und fern: aus der Welt der Leidenden, dem Reich der Liebenden, dem Garten der Sehnsucht und was es dort noch so alles geben mochte. Ich fürchtete mich vor der Reichhaltigkeit meines sich entfaltenden Gefühlslebens. Ich wünschte mir Gnade – war ich doch zum ersten Mal verliebt. Und ausgerechnet jetzt, wo ich im Alter von vierzig Jahren meine große Liebe gefunden hatte, Julia, meine

Schwester im Geiste, im Wesen, meine Seelenverwandte, wird sie, wird Julia an den allerentlegensten, hinterletzten Winkel des Planeten entführt – Australien. Zigzehntausend Kilometer weit weg.

Mit einem Mal war mir, als würden mir die Knochen mit Salbe gefüllt.

Es war nicht der letzte Zusammenbruch in dieser ersten Zeit unserer Getrenntheit, den Tagen, als mir bewusst wurde, dass Julia nicht nur tatsächlich fort war, sondern sie auch tatsächlich ganz und gar nicht bald wieder zurückkehren würde. Die Tage verliefen nun nach einer eigenartigen Dramaturgie. Das Aufwachen war das Schlimmste. Am ersten Morgen glaubte ich, an einem schlimmen Kater zu leiden. Bis mir einfiel, dass ich in der Nacht zuvor gar keinen Alkohol getrunken hatte. Meine Therapeutin hatte mir bereits in der Sitzung vor Julias Abreise dringend zur Abstinenz geraten, da sie, wir sprachen offen darüber, befürchtete, dass ich sonst die Hemmung verlieren könnte, einen weiteren Selbstmord zu versuchen – und bei diesem Mal sozusagen Glück haben. Und das wollten wir beide nicht. Obwohl ich also nüchtern zu Bett gegangen war, fühlte ich mich in den Minuten nach dem Augenaufmachen von einem starken Schwindelgefühl erfasst – wohlgemerkt: da lag ich noch immer, hatte noch nicht einmal das Aufrichten versucht –, dass ich vor lauter Schwindeligsein meine Augendeckel wieder zuklappte, aber auch im Dunkeln schwirrte mir der Kopf. Etwas Ähnliches hatte ich mal bei einem kleinen Streit mit Julia erlebt, als sie, da war es warm und nachts und Sommer, erschreckt durch meine lauten Worte auf ihr Fahrrad gesprungen war, es dabei anschiebend, und mir im Davonfahren über die linke Schulter zurufend gedroht hatte: Dann können wir uns nie mehr wiedersehen! Und ganz anders als meine beschriebene Art der langen Leitung brauchte diese Drohung nur wenige Teraflops, damit mir klar war: das meint sie ernst! Oder die Konsequenz der Drohung erschien mir als ernst zu nehmend, jedenfalls wurde ich da auch von einem Schwindel ergriffen, der auf gar keinen Fall von den zuvor im dämmrigen Park geteilten Dosenbieren herrührte, sondern direkt aus mir entsprungen war. Ich schaffte es nur gerade so bis in meine Wohnung, sackte dort auf einem Stuhl zusammen, zur Betätigung des Lichtschalters fehlte mir die Kraft. Ich schrieb Julia im Dunkeln eine SMS: Mir geht es furchtbar.

Sie schrieb: Mir auch!

Mir ist ganz schwindlig.

Mir auch.

Was ist das?

Und sie schrieb zwei Worte: Angst. Psyche. Seltsamerweise wirkte das wie Zuspruch auf mich, das bedrohliche Gefühl wurde durch die Gegenwart Julias in Form dieser Nachrichten sofort gemildert. Ich glaube, ich konnte danach sogar schlafen, jedenfalls schaffte ich es von der Küche ins Bett. Und am nächsten Morgen haben wir uns gegenseitig unseres Wohlergehens versichert, ein paar Tage später konnten wir uns wiedersehen und alles war wieder gut. Gelähmt vom Schwindelgefühl, das auf mir lastend und zugleich in mir als ein ellipsoides Sausen war, blieb ich fügsam liegen und erwartete das Abklingen. Und wie es zu Beginn von Casablanca tönt: und wartete und wartete und wartete und – wartete. Ab und an öffnete ich die Augen. Da begriff ich zum ersten Mal die Trostlosigkeit. Was damit gemeint war.

Nicht ganz so häufig, aber beinahe, hatte ich behauptet, mich verliebt zu haben, verliebt gewesen zu sein, und war es halt doch nie bis zu jenem Abend im Februar 2010, als mich Julia Speer in einer mir fremden Wohnung vor dem Bücherregal ansprach. Hätte sie mich gefragt, wie mir die

Einrichtung dieser Wohnung gefalle – anstelle ihrer Bemerkung über das Buch in meiner Hand –, ich hätte wohl trostlos gesagt. Aber nicht nur Wohnungseinrichtungen, auch Städte und Landschaften, Filme, Songs, ja sogar Modekollektionen (einst schrieb ich über Mode, es ist noch nicht lange her) konnten meiner Meinung nach trostlos sein. Seit dem Erwachen an dem Morgen nach Julias Abreise war ich eines Besseren belehrt – von wem? Keine Ahnung, von mir selbst vermutlich. Ich lag auf dem Bett und es kam mir in den Sinn – und zwar gefahren, wie ein Güterzug mit viel zu vielen Waggons. Zudem befand ich mich viel zu nah an der Abschrankung des Bahnübergangs, sodass ich den Himmel nicht mehr sehen konnte und auch nicht den Grund, auf dem ich, so war zu hoffen, stand, bloß noch die in vollkommener Geräuschlosigkeit vorüberdröhnenden Waggonflächen, von denen ich ablesen musste: Trostlosigkeit. Nie wieder würde ich dieses Wort anders als mit dem gebotenen Respekt verwenden. Trostlosigkeit ist etwas ernst zu nehmendes. Sehr! Hotelzimmereinrichtungen, Filme, der Geschmack fremder Leute: nicht.

Ich brauchte ein Zeichen, eine Handreichung Julias. Dann, das spürte ich als eine Gewissheit: ginge es mir besser. Blitzartig. Aber der Schwindel und die Trostlosigkeit, unter der ich zu leiden begann (ja sicher, das war erst der Beginn meiner Zeit des großen Kummers), waren Anzeichen meiner Hoffnungslosigkeit. Ich wusste doch, dass ich frühestens am nächsten Tag mit der ersehnten Kleinigkeit, mit der Handreichung Julias rechnen durfte. Denn die Reise war lang. Und so ganz anders als ein Blitz, der längst vorüber ist, während man ihn noch beim Namen nennt. Mit ihrer letzten Nachricht hatte Julia ein elastisches Band an mir befestigt, das sie nun auf ihrer Flugbahn mit sich zog und zog und zog. Das Band wurde haarfein und noch dünner ausgezogen, sodass es mich nie würde tragen können – in meinem Liegen wurde ich von der Angst gequält, dass dieses Band irgendwann reißen könnte. Die Zeit verging anders, was mir lang schien, waren doch bloß Minuten gewesen. Aber als es dämmerte, war ich vom plötzlichen Aufziehen des Abends überrascht. Und nicht bloß mein Zeitgefühl war verändert. In meinem Empfindarium hatte sich ein für mich lebenswichtiger Regler verstellt.

Musik war für mich schon immer von immenser Bedeutung. Musik war, stärker als Lesen und alles andere, meine insgeheime Leidenschaft, und ich verdanke dem Hören von Musik etliche als selig machend empfundene Stunden. Bis ich Julia traf, hörte ich am liebsten alleine Musik. Anfangs stellte ich wie so viele Jungs gerne Kassetten zusammen, entweder für meinen Walkman, oder ich verschenkte sie an Mädchen, das kam allerdings nicht oft vor. Denn ich musste schon früh feststellen, dass die Mädchen, die ich verehrte, deren Geschmack ich in vielem teilte, leider nur Musik hörten, die ich wiederum grässlich fand. Es war eigentlich erst Julia – sie war die erste Frau mit ausgezeichnetem Musikgeschmack. Ausgezeichnet heißt in dem Fall: identischer Geschmack. Mit Julia habe ich viel Musik gehört. Wir haben Tausende von Musikdateien ausgetauscht. Ich habe ihr Wiedergabelisten für das iPhone und für ihr iPad zusammengestellt. Musik war ein Kleber. Ganz, ganz wichtig für uns. Ich habe an diesem Tag natürlich versucht, Musik zu hören. Vielleicht wollte ich dadurch ihre Anwesenheit simulieren, ich wollte mir einfach etwas Gutes tun. Aber das wirklich Schrecklichste, was ich je erlebt habe, war: ich konnte die Musik nicht mehr empfinden. Ich hörte Geräusche; wenn ich sie lauter stellte, wurde es Lärm. Aber in meiner Seele tat sich nichts. Und ich habe es wirklich und tapfer und geduldig mit diversen Stücken ausprobiert. Nicht einmal bei unserem Lied, Trying Your Luck von den Strokes, regte sich auch nur irgendwas. Dass es Seelenblindheit gibt, davon hatte ich gelesen. Allerdings wird die Agnosie durch eine Verletzung des Gehirns hervorgerufen, nicht durch den Verlust der Liebsten. Dennoch befürchtete ich, eben davon seelentaub geworden zu sein.

Ihr Leiden wird Sie nun tiefer in Ihre Psychologie hineinführen, als ich das mit den Mitteln der Psychologie vermag, sagte meine Therapeutin, die ich in meiner Verzweiflung telefonisch zu konsultieren verlangt hatte. Auch kein Trost. Sie gab sich alle Mühe, die von mir beschriebenen Leiden hinfortzuerklären – das hat auch etwas Rührendes, wenn man sich lang und gut kennt: zu durchschauen, wie der andere sich anstrengt, nur damit es einem etwas besser geht; damit man ein kleines bisschen weniger leiden muss –, aber die Wahrheit schimmerte durch ihre Therapeutensätze. Und die Wahrheit besagte: Es hilft dir nichts.

Sie haben sich eine ganze Welt um diese Frau herum aufgebaut – und diese Welt bricht jetzt zusammen. Wir telefonierten etwas über eine Stunde. Sie ist eine gute Zuhörerin. Als sie das Gespräch beenden musste, weil ein anderer Patient an der Reihe war, fühlte ich mich alleingelassen. Mutterseelenallein. Noch so ein Wort. Aber auch das hatte seine Berechtigung, es bezeichnete tatsächlich ein Gefühl, ein ganz fürchterliches. Ich dachte an das Lied Sehnsucht von Purple Schulz, es wurde dunkel, ich schlief nicht ein. Wie lange war es her, dass ich etwas gegessen hatte? Ich fühlte nichts, weder Hunger noch Appetit; was ich zuletzt gegessen hatte, wollte mir auch nicht mehr einfallen. In der Dunkelheit hielt ich das iPhone fest, obwohl ich wusste, dass Julia mir die geringe Handreichung nicht geben konnte – aber in meiner Vorstellung war Julia in diesem Gerät drin. Da waren ihre Emails drin und meine. Die

Fotos, die wir gemacht und ausgetauscht hatten, die Songs. Die Kommentare zu den Fotos, die Kommentare zu den Songs. In dem Gerät war, wenn schon nicht sie, nicht ich, doch unsere ganze Welt.

Auch nach einer schlaflos verbrachten Nacht gibt es einen bestimmten Moment, an dem einem klar wird, dass die Nacht nun vorüber ist. Und in diesem Moment wurde mir ebenso klar, dass Julia noch immer das Erste war, an das ich am Morgen dachte. Wie Julia ja auch noch immer das Letzte war, woran ich dachte, bevor ich hinüberglitt in den Schlaf – wenn ich den Aufgang zur Rutschbahn denn fand. Kaum hatte ich diese Feststellung gemacht, fühlte ich neue Verzweiflung, denn es war ja nun alles anders; und es wäre ja alles halb so schlimm mit dem Vermissen, wenn das Vermissen Augen hätte, eine Intelligenz dazu, wenigstens einen Sinn – aber so funktioniert das eben leider nicht. Das Vermissen ist blind, es ließ mich an der Abwesenheit Julias leiden, obwohl es doch klar war, dass diese Abwesenheit nicht zu beheben war. Wozu also noch vermissen? Zu allen anderen Zeiten, gleich wie krisenhaft oder schlimm es um uns, um unsere Beziehung auch gestanden hatte, jedenfalls hatte ich da immer noch einen Grund gehabt zur Hoffnung, dass ich sie irgendwo irgendwann wiedersehen durfte. Irgendwie hatte sich das ja auch immer machen lassen. Und die manchmal arg langen Abstände zwischen unseren Treffen hatte ich mit Sehnsucht, mit liebenden Gedanken und vielen Nachrichten und Bildern und Songs aufgefüllt. Die sangen und sprachen und erzählten alle von meinem Sehnen nach Julia, von meiner Liebe zu ihr. Nun wurde mir beides in zunehmend weitere Ferne gerückt. Fliegenderweise. Man kann sich keine Vorstellung davon machen, wie sich der Verlust der Hoffnung anfühlt. Wie Hoffnungslosigkeit wirkt.

Ich lag, noch immer vom Schwindel niedergehalten, und mein Denken bewegte sich auf einer dem Gang des Schwindels ähnlichen ellipsoiden Bahn: Julia Julia Julia geliebte Julia. Ihre Augen, wie sie mich anschaut, wenn unsere Fahrräder nebeneinander vor einer Verkehrsampel anhalten. Julia, sie ist zierlich, sie schaut von links unten. Ihr dunkler Blick. Wenn ihr die Sonne direkt ins Gesicht scheint, bekommen ihre Augen einen Honigton, rings um die Pupille des einen treten dunklere Punkte hervor, die wie Sternbilder angeordnet sind, und dann sieht es für mich so aus, als habe jemand die Honigscheiben mit Zimt bestäubt – so köstlich ist mir ihr Schauen. So sehr liebe ich es, ihr in die betörenden Augen zu sehen. So sehr liebte ich das, musste es heißen, denn es war ja vorbei. Nie wieder in die Sonne mit ihr, keine Spaziergänge, nie wieder Fahrrad. Die Ampeln gab es weiterhin.

Ich erinnerte mich an einen frühen Abend, da durfte ich sie von zu Hause abholen. Ich meine, das war sowieso das erste Mal, dass ich überhaupt ihre Wohnung betrat. Das muss noch im Februar gewesen sein, denn die Erinnerungsbilder zeigen uns in Winterbekleidung und Julia stülpte sich eine Mütze aus himbeerfarbener Wolle über ihren wunderschön geformten Kopf und ich starrte sie an, ich konnte nichts sagen, nur schauen und nicht einmal denken, was mein Gehirn da mit den Bildern machte: es befand. Ich fand Julia niedlich, ich fand sie süß, wie ein Stück Schokolade, wie Eiscreme – egal, dass es kalt war draußen –, ich verstand nun, es klickerte, weshalb man sagt: Du siehst zum Anbeißen aus. Es wird dieselbe Lust gemacht. Ob Keks, ob Mädchen: man will sie in den Mund nehmen und auf der Zunge spüren. Ich stand da in dem Flur der ehelichen Wohnung wie ein Humanprimat und sie spürte wohl, wie sehr ich Lust auf sie hatte. Und da machte sie etwas Faszinierendes: Sie klimperte ganz kurz mit ihren Wimpern, so von schräg unten, die Mütze auf dem Kopf, im Begriff zur Tür zu gehen, und dieser Klimperblick, den ich zuvor noch nie gesehen hatte an ihr, traf mich mit einer physischen Wucht, wie ich das noch nie zuvor beim Angeschautwerden erlebt hatte. Weil mir in dem Moment schlagartig bewusst wurde, dass sie ganz genau wusste, wie es um mich stand – in Sachen meines Verliebtseins und meines ihr Verfallenseins. Weil wir eben keine Kleinkinder waren, die in all ihrer Unschuld, so ganz versehentlich, sich ineinander verlieben und noch keinen Schimmer davon haben, was mit ihnen geschieht und wozu. Das heißt: In meinem Fall traf das schon recht eigentlich zu, ich hatte tatsächlich kaum Ahnung, sonst hätte ich mich nie darauf eingelassen, als sie mir an unserem ersten Abend ihre Karte gab und dabei darauf hinwies, unabänderlicherweise gebunden zu sein. Nicht allein diesen Umstand hatte ich unterschätzt.

Gesetzt den Fall, es gäbe da eine Tablette, die könnte dir den Kummer nehmen, ja: du würdest nicht nur den Kummer vergessen, sondern mich auch und dass wir uns je begegnet sind – würdest du sie schlucken wollen?

Ich verneinte. Protestierenderweise. Und zwar ohne auch nur nachzudenken – Julia vergessen? Eine fürchterliche Vorstellung. Der Tod.

Ich übrigens auch nicht, sagte Julia. Auf gar keinen Fall!

Nie wieder Julias Lachen hören – und wenn dann nur am Telefon. Julias lautes, mutiges Lachen. Sie lacht so gern und ich habe sie immer gern zum Lachen gebracht. Ich konnte das gut. Ich kann es immer noch. Sogar jetzt. Man sagt doch – die Liebesratgeberliteratur ist voll davon: Humor ist das Wichtigste. Aber eben leider nicht wichtig genug. Frederick ist das Wichtigste, sagte Julia. Hin und wieder. Immer tat mir das weh. Julia sagt, dass es unterschiedliche Empfindungsweisen für Schmerzen gibt. Verlust eines Partners und Verlust eines Zahnes schmerzen jeweils anders als zum Beispiel Verlust eines Auges – jeweils gibt es eine spezifisch psychologische Komplikation, die den Schmerz zu charakterisieren hilft.

Und es tut sozusagen doppelt weh, nun, da ich diesen Satz erinnerte – also nicht doppelt stark, sondern zweifach, zwei unterschiedlich motivierte Schmerzgefühle empfand ich (so als litte ich bereits unter Zahnschmerzen und hätte mir zudem noch mit einem Hammer auf den Daumen gehauen).

Demzufolge rührte der Daumenschmerz im derart übertragenen Sinn von meinem Dummheit offenbarenden Plan her, einen australischen Brettspielfabrikanten überreden zu lassen, eine deutsche Fachkraft anzuwerben; verbunden mit dem lässlichen Haken eines Umzuges nach dem schönen, aber halt auch ganz schön abgelegenen Australien. Und trotz alledem, trotz des zigfach von Julia geäußerten Frederick ist das Wichtigste, davon auszugehen, dass er ginge und sie in Berlin bleiben möge. Auf der Grundlage der schwindligen Tatsache, dass Julia ein paar Mal ähnlich überzeugend geäußert hatte: Ich könnte niemals wegziehen aus Berlin.

Konnte sie eben doch. Weil Berlin nicht das Wichtigste war.

Im Biosupermarkt oder in der Straßenbahn hörte ich oft, dass eine Person zur anderen sagte *Mein Leben ist eine Katastrophe*. Manchmal sogar echte Katastrophe, um sich von den vielen anderen Katastrophenlebensläufen ringsum abzusetzen. Sorgen um die betreffende Person musste ich mir allerdings noch nie machen, denn die fatale Aussage ward eingebettet in ein Lamento von globalem Ausmaß bei vergleichsweise flachem Niveau: Kinderprobleme, Jobprobleme, Wohnsituation, Streit mit diesem oder jenem, das Wetter. Die Nichtigkeiten wurden pedantisch zur Katastrophe getürmt. Ich empfand es genau umgekehrt: mein Leben an sich war ganz und gar unkatastrophal, geradezu gut.

Aber.

Die Katastrophe meines Lebens war eindeutig zu benennen. Und ich ließ sie zu keiner Sekunde aus dem Blick – oder sie mich: dass Julia Speer und ich uns zu spät kennengelernt hatten. Alles stimmte, alles war gut. Es war einfach bloß zu spät.

Das Denken und das Niedergehaltenwerden vom Schwindelgefühl verbrauchten bereits so viel meiner Energie, dass schon der bloße Gedanke an gleich welche darüber hinaus gerichteten Aktivitäten bedrohlich schien. Geschweige denn, irgendetwas davon in Angriff zu nehmen. Etwas anziehen – in meiner Vorstellung waren sämtliche zu dieser Operation notwendigen Bewegungen und Handgriffe in aggressiver Absicht gegen meinen schutzlosen Körper gerichtet. Die Idee des kalten oder warmen Wassers, wie es durch eine Vielzahl winziger Düsen komprimiert auf meine nackte Haut gespritzt würde, machte mir das Duschen unmöglich. Mir mit einem mit Lamellen von Klingen besetzten Rasierer die Bartstoppeln aus dem Gesicht zu kratzen war ebenso fürchterlich, wie die Vorstellung, meine Wohnung, gar das Haus zu verlassen. Mich den Blicken anderer auszusetzen. Ihnen Rede und Antwort zu stehen.

Als es auf neun Uhr zuging, tätigte ich genau einen Anruf, um meiner Sekretärin das vor einiger Zeit verabredete Losungswort durchzugeben. Dieses Verfahren hatten wir auf Anraten meiner Therapeutin ausgeheckt, um mir für den Fall einer Depression die Kontaktaufnahme zur Außenwelt möglich zu machen. Durch die Übertragung des Wortes wusste meine Sekretärin nun, dass ich in den nächsten Tagen nicht im Verlag erscheinen würde. Auf meine Sekretärin konnte ich mich verlassen, wie die Mehrzahl meiner Mitarbeiter war sie loyal. Zwar hatte es im Verlauf der Zeit mit Julia einige aufsehenerregende Zusammenbrüche und Krisen während der Arbeitszeit gegeben, doch hatten sich das die Kollegen, die nicht in meinem Ressort tätig waren, mit meinem Drogenmissbrauch erklärt, der mir angedichtet worden war. Alkoholismus oder Drogenmissbrauch waren eher mit den Statuten des Verlages in Einklang zu bringen als sogenannte psychische Probleme. Von daher waren die Notlügen meiner Sekretärin innerhalb der verlagseigenen Moral einzusehen. Und selbst wenn ich zu diesem Zeitpunkt bereits geahnt haben könnte, dass ich in wenigen Wochen vor allem für mich selbst überraschend meinen Job verloren haben würde – angesichts der großen Katastrophe, dem Verlust meiner Seelenverwandten, meiner eindeutig großen Liebe: on s'en fout, wie man in Südfrankreich, wie es dort Philippe, der Wirt der Petit Bar an der Biegung der Ortsdurchfahrt von Cagnes-sur-Mer, allabendlich und von Herzen tief empfunden seinen unverschämten Gästen entgegenbringt.

Bis ich allerdings, am Ende des nächsten Jahres, dort unter Philippes Gästen, den arbeitslosen Fischern von Cagnes-sur-Mer würde sitzen können, musste noch einiges geschehen. An jenem zweiten Morgen nach Julias Abflug hatte ich davon weder Ahnung, natürlich, noch Hoffnung, dass sich in meinem Leben überhaupt noch etwas ereignen würde. Ich fühlte mich sogar zu schwach, um zu Überzeugungen zu kommen; auf eine dem Schwindelgefühl ähnliche schwummerige Weise war mir bewusst gemacht, dass ich an einem möglichen Ende meiner Geschichte angelangt war.

Den Selbstmordgedanken nickte ich wortlos grüßend, ohne aufzusehen zu, so als seien das die namenlosen

Stammgäste in einem Café. Es war schon beinahe wieder dunkel, da bekam ich die erste Nachricht von Julia. Die erste Zeile wurde mir in der Vorschau auf dem gleißend aufleuchtenden Display des Gerätes angezeigt. Ich entsperrte den Bildschirm ohne hinzusehen, um mich an der gesamten Nachricht erfreuen zu können, ohne mir diese Freude schon im Vorhinein gemindert zu haben, da ich den ersten Satz schon im Vorschaumodus gelesen hatte. Ich war ganz ruhig, äußerlich, doch in meinen Ohren sauste es, als sich die gläserne Blase öffnete und ich sofort sah, dass es sich um eine Nachricht von erheblichem Umfang handelte. Sie rekapitulierte die Reise, beschrieb mir das Wetter, den Strand und die Stadt. Sie schrieb, dass sie sich in ein paar Tagen ausführlicher würde melden können, einstweilen gäbe es eine Menge herauszufinden, zu entdecken und tun. Ich sollte nicht traurig sein: Deine J

Wie wenig doch von einem Menschen in seinen Zeilen steckt. Und dann ist es doch eine ganz schöne Menge, die er schafft, herüberzubringen, zigzehntausend Kilometer mit ein paar Buchstaben, Punkt, Komma, Strich. Fix und fertig, das Telefon in der Hand, schlief ich ein.

Adam Phillips sagt: Lovers, of course, are notoriously frantic epistemologists, second only to paranoiacs (and analysts) as readers of signs and wonders.

Ich erwachte aus einem Traum. Noch nie zuvor hatte ich einen solchen Traum erlebt – was nicht mit der Dramaturgie des Traumgeschehens begründet war, auch nicht mit dem Personal –, es war die Machart, die Produktionsweise des Traumes an sich. In jener Nacht träumte ich von Julia dreidimensional. Jedenfalls schien mir das so zu sein. Mit dem verstörenden Effekt, dass mir lange Zeit nicht bewusst werden konnte, dass ich träumte, dass ich noch geträumt hatte. Mit wiederum dem nur noch weiter verstörenden Effekt dieses Effektes, dass mir, als ich begriff, dass ich träumte, bewusst wurde, dass ich diesen Traum tatsächlich als Wirklichkeit wahrgenommen hatte. Selbst das Licht, in dem ich Julia neben meinem Bett stehend gesehen hatte, war ein der Wirklichkeit entnommenes Frühlicht gewesen, ein diesiges Blaugrau, gemischt aus der Dunkelheit, in die das Licht der aufgehenden Sonne niedersinkt. Ich empfand mich als hellwach und zugleich stumm vor Glück. Mein rechter Arm lag angewinkelt neben meinem Gesicht, ich hätte sie leichterdings berühren können, so nah bei mir stand dort Julia, um eine Drittelumdrehung abgewandt. Sie war nackt. Und bückte sich in einer fließenden Bewegung, um vom Boden ihren Büstenhalter aufzunehmen. Mit niedergeschlagenem Blick – ich sah ihre langen dunklen Wimpern im Profil – ordnete sie die verknäuelten Tragebänder und das erlaubte mir für eine wie es mir schien sehr lange Zeit, mich mit der Betrachtung ihres Körpers, ihrer wunderschönen Brüste zu beschäftigen. Julia hat die schönsten Brüste, die ich jemals sehen durfte – das war mir schon vor dem Anblick klar, aber es ist dann sogleich doppelt schön, wenn ich etwas in meiner Vorstellung als schön Aufbewahrtes direkt vor meinen Augen zu sehen bekomme (und so war es für mich ja in diesem Moment: als träumte ich dies alles nicht, sondern als stünde dort Julia, und als läge ich dort – was dann auch einzig der Tatsache entsprach – und als ob all das, was zwischen mir und ihr gerade noch zu sehen und zu spüren war, die Welt also, ebenfalls Wirklichkeit war). Die doppelte Schönheit entstand aus der Freude darüber, dass Julias Brüste schön waren, sowie aus der Freude über mich selbst, dass meine Vorstellungen von der Schönheit ihrer Brüste realistisch waren. Dass ich ein wahrhaftiges Interesse an ihr hegte. Eben da verschränkte sie ihre zierlichen Unterarme hinter dem Rücken, um den Büstenhalter zu schließen, und begleitet wurde dieser Moment von einem langen dunklen Blick, den sie mir schenkte. Mehr als hundert Mal bestimmt hatte ich gehört oder gelesen, dass ein Blick noch mehr sagt als tausend Worte – Julia brachte es mit ihrem fertig, in mir unsere ganze Geschichte heraufzubeschwören. Vom Bücherregal in der fremden Wohnung bis zur Verhüllung ihrer geliebten Brüste – ich ließ meinen Blick abwärtsschweifen, doch sie war verschwunden und beugte sich von der anderen Seite des Bettes her über mich, sodass ich mit sanftem Druck ihre Weichheit auf meiner Brust zu spüren bekam, während sie meinen noch immer angewinkelten Unterarm umfasste. Behutsam führte sie ihre Haarspitzen über meine Stirn und über meine geschlossenen Lider, durch die hindurch ich ihr Gesicht mit den großen dunklen Augen ganz nahe vor mir sah. Ich fühlte, wie ihre geliebten Lippen sich auf meine legten. Wie Julia, die beste Küsserin, die ich kannte, den Auflagedruck ihrer Lippen um ein Minimales verstärkte, sodass ich die Kühle ihrer Lippen schmecken konnte und meine Lust, ihr meine Zunge in den Mund zu schieben, gewaltig wurde. Aber nun zog sie sich zurück, gerade genug, um einen Abstand einzunehmen, aus dem ich ihren Gesichtsausdruck erkennen konnte, ohne zu schielen: Da lächelte sie mich an. Und mit diesem Lächeln sagte sie: Schau, so viel Freude mache ich dir, solche Lust kann ich dir bereiten.

Dass sie sich ihrer Wirkung derart sicher war, vor allem willens war, dieses Potenzial zum Einsatz zu bringen, machte mich rasend vor Begierde. Sie legte ihre Lippen erneut auf die meinen, öffnete sie und schob mir ihre geliebte Zunge in den Mund. Ich spürte, wie ich das Bewusstsein zu verlieren drohte, als ich an ihrer Zunge, ihren Lippen zu saugen begann. Das war an dem Morgen vor ein paar Wochen gewesen, dem Morgen nach der Nacht, als wir die Kristalle gegessen hatten. Und als mir das eingefallen war, als ich beim Betrachten der küssenden Julia beginnen konnte, Überlegungen über die Entstehung dieser Erinnerung anzustellen, wurde mir bewusst, dass ich das alles träumte. Absichtlich vermeide ich es zu sagen: nur. Denn unter allen Träumen von Julia, die ich jemals haben durfte, war dieser etwas ganz Besonderes. Wie eine Belohnung. Nicht even better than the real thing, aber sehr nahe dran.

Lange lag ich nur da und versuchte, so viel wie nur möglich von dem verfliegenden Traumgeschehen in detaillierte Erinnerungen zu bannen. Von außen betrachtet mag das so ausgesehen haben, als sei ich wie betäubt – doch das Gegenteil war der Fall (beziehungsweise: wer weiß, wie es in einem aussieht, der betäubt wurde und reglos liegt – kann doch paradoxerweise gut sein, dass der munter vor sich hindenkt). Ich war froh: durch das Traumgeschehen in seiner Bedeutung vertieft, konnte ich mir nun sicher sein, dass ich Julias Brüste nie im Leben vergessen würde. Dass sie nun mir gehörten. Oder dies Gefühl, wie schön sie küsst. Wie sie sich anfühlt. Das schöne Gewicht ihres Körpers, wenn sie sich auf mich legt. Das schöne Gewicht ihrer Brüste, wenn sie diese sanft mir entgegenpresst. Den Geschmack ihrer Zunge, ihrer schlanken Finger. Ihren Duft.

Der im Traum auferstandene Morgen nach dieser Nacht, das war der Beginn einer Zeit gewesen, als ich mir die Haare wochenlang mit Gummihandschuhen gewaschen hatte, um bloß nichts von Julias kostbarem Duft zu verlieren.

Die Dauer solcher Gedanken lässt sich in der Niederschrift schlecht ermessen. Die lineare Form der Sätze entspricht nicht etwa deren gedachtem Ebenbild. Was der Satz repräsentiert, ist abstrakt. Allein die gedankliche Beschäftigung mit dem, was ich von Julia in diesem Traum sah, was wir darin miteinander erlebten, nahm alle Stunden dieses Tages ein, bis es dunkel war. Da es schöne Gedanken waren, gelang es mir auch zum ersten Mal, aufzustehen. Und nach Einbruch der Dämmerung das Haus zu verlassen. Ich ging die Straße hinunter und bog dann ab in die Muldensteinstraße, zu Julias Haus. Ich war so benommen von den schönen Gedanken, vom Nachschmecken des Traumes, dass ich sogar den Mut hatte, ganz nah an ihrer Haustüre vorbeizustreichen, dort sogar für einen Augenblick innezuhalten und mir das Klingelschild zu besehen. Dort las ich Speer und das Lesen ihres Namens gab mir ein Gefühl, so als hätte ich bereits dort geklingelt. Ich tat es dann nicht. Es wäre wohl nichts dabei gewesen, die Wohnung stand ja leer, aber das hätte ich nie übers Herz gebracht. Die Vorstellung der einsam vor sich hinklingelnden Türglocke in der leeren dunklen Wohnung. Die Sinnlosigkeit des kleinen Apparates dort oben rührte mich zu Tränen und dann näherte sich auch noch jemand aus dem Treppenhaus und ich ging rasch fort. Im Park war es still. Kaum Spaziergänger auf den vom Regen dunkel überglänzten Wegen, es war noch immer nicht kalt geworden, der Teesatzgeruch kroch aus dem Gebüsch und ich sah die Jogger, die mir mit schimmernden Stirnen entgegentrotteten, verständnislos an. Ich ging den gewundenen Weg auf die kleine Anhöhe hinauf, dort auf der von Bänken umstandenen Lichtung setzte ich mich auf die klammen Leisten dieser einen, auf der wir an Julias Geburtstag eine Nachmittagsstunde eng umschlungen gesessen hatten. Und uns viel geküsst. Julia hatte damals den einzigen Satz gesagt. Er lautete: Küssen ist gut. Ich konnte die Sterne nicht sehen. Vor dem Nachthimmel trieben braungelbe Nebelschwaden. Und davor verhingen die Tränen meine Sicht. Da war die Spitze des Fernsehturms, den wir beide so gerne mochten. Ein verspiegeltes Mikrofon mit einem roten Leuchtstäbchen drin. Wann immer ich am Fernsehturm vorbeigegangen oder geradelt bin, hatte ich ein Foto für sie gemacht und ihr zugesandt. Das mussten Hunderte gewesen sein, denn man kam hier ja ziemlich oft am Fernsehturm vorbei. Die leuchtend rote Spitze war vage im Nebel zu sehen. Noch der kleinste Rest des roten Leuchtens erinnerte mich an sie. Der Fernsehturm, wie alles, wie die Bank, wie die Lichtung, wie der Weg auf die Anhöhe hinauf, der Park, das Viertel, die Muldensteinstraße, mein Haus und Julias Haus, ja selbst der Papierkorb aus Blech, gegen den Julia einst beim Küssen mit der Spitze ihres Stiefels gestoßen war – all diese kleinen und großen Nichtigkeiten, die nun mit einem Mal zu schweigen begonnen hatten, sie waren allesamt Teile unserer Welt.

Julia hatte mir beigebracht, wie man die Welt zum Sprechen bringt. Nun war sie fort und es war schrecklich still. Von außen betrachtet, war alles beim Alten, hatte sie alles hiergelassen. Das Haus, die Straße, der Fernsehturm und das Klingelschild: es war nach wie vor alles vorhanden und heil. Aber es war eben nicht so, als hätte mir jemand bloß ein Stück aus dem Kuchen gestohlen; der Kuchen war ganz geblieben. Nur war ihm über Nacht sein Aroma entzogen. Das Aufleuchten des Telefondisplays war diffus durch den Stoff meiner Hose zu sehen. Ich nahm es heraus und erkannte an Form und Länge des Schriftzuges in der Absenderkennung, dass es eine Nachricht von Julia war. Ein Foto eines großen goldenen J, das auf einer sonnenbeschienenen Fassade montiert war und einen schönen Schatten warf.

Dazu nur ein Satz: Hier ist es schön: Deine J

Up up and away

Am Vorabend des Tages, an dem das nächste große Ding passieren sollte, zerstritt ich mich mit Erin. Eigentlich hatten wir vorgehabt, etwas zu Abend zu essen, das heißt: Sie hatte mir vorgeschlagen, dass wir das machen sollten, und mir wiederum hatte die Kraft gefehlt, ihr zu widersprechen. Als sie dann vor der Tür stand, fragte sie während des Begrüßungsküssens: Verrätst du mir, was du genommen hast? Zwar hatte ich zuvor im Badezimmer einigen Aufwand mit Belle de Jour betrieben, um eben nicht leidend auszusehen, aber der Kummer war wohl derart mächtig, dass er sich mit den Mitteln der Kosmetik nicht mehr überdecken ließ, also log ich: Heroin.

Sieht dir gar nicht ähnlich, sagte sie und schob sich an mir vorbei. Kann es sein, dass du noch dünner geworden bist? Da bereute ich es schon sehr, mich auf diesen gemeinsamen Abend überhaupt eingelassen zu haben. Die letzten Tage waren zwar quälend verlaufen, doch immerhin hatte ich mich unbeobachtet meinem Leiden hingeben dürfen. Da ich das Telefon nicht bedient hatte und das Haus nur bei Dunkelheit verlassen, dürfte es mehrere Tage her gewesen sein, dass ich mit einer Person ganze Sätze gewechselt hatte. Als ich mich Hallo sagen hörte, Heroin und *kann sein,* war mir meine Stimme fremd. Während Erin Töpfe aus den Schränken nahm, Wasser aufdrehte und eine Dose Tomaten öffnete, fiel es mir schwer, die Unterhaltung mit ihr aufrechtzuerhalten. Das tat mir leid, denn bis zu dem Moment, da ich ihr die Tür geöffnet hatte, stellte ich mir den gemeinsamen Abend irgendwie wohltuend vor. Es dauerte eine Weile, da begriff ich, wieso: In meiner Vorstellung hatte eine einfühlsame Erin mir gegenüber Platz genommen und hörte mir aufmerksam zu, während ich ihr detailliert von meinem Kummer mit Julia berichtete. Diese Szene war in meiner Vorstellung von undefinierter Länge, das Gefühl signalisierte das Ausmaß dieser Wohltat jedoch ungefähr über die gesamte Strecke des gemeinsamen Abends mit Erin gebreitet. Meine Blockade kam anscheinend von daher, dass Erin mitnichten auf Julia zu sprechen kam, ja, sie hatte den Namen bislang – wie mir schien: auffällig – ignoriert. Keine Frage, ob ich Nachricht von ihr hatte. Nichts. Als Erin auf ihrem Wecker den Timer für das Nudelwasser einstellte und mich dabei konzentriert nach meiner Meinung zur mittleren Garzeit dieser Nudelsorte befragte, verfestigte sich die Blockade, nun spürte ich Wut angesichts ihrer Ignoranz.

Wozu soll ich dich provozieren wollen?, fragte sie und zog am Korkenzieher, den sie nicht tief genug in den Flaschenhals eingedreht hatte, brach das obere Stück des Korkens heraus, reichte mir die Flasche und den Apparat: Kannst du jetzt mal?

Ich versuchte ihr meine Lage zu beschreiben, aber zu meiner anfänglich bemerkten Wortfindungsproblematik kam die starke Irritation der in meiner Gegenwart weintrinkenden Person. Als sie das erste Glas in zwei Schlucken leerte, rang ich mit der Versuchung, sie ebenfalls um eines zu bitten. Meine Eingebung besagte, die dämpfende Wirkung des Rotweins dürfte auch mir Gutes tun. Im Sinne einer Verbreiterung. Mithilfe ein paar Gläsern vom Zwölfprozentigen diesen nunmehr seit Tagen erlittenen Zustand zu unterbrechen, in dem ich mich ganz und gar zugespitzt auf das Vermissen von Julia erlebte. Also fing ich zu trinken an. Bei der Hälfte des zweiten Glases schloss ich einen Pakt mit mir selbst: Auf keinen Fall Kokain – denn mir war klar, wohin das führen würde. Der Alkohol an sich tat mir allerdings gut. Mein Kopf fühlte sich leichter an, so als seien die schwarzen und schweren Dinge fürs Erste in den Keller geräumt, und ich kam endlich wieder in den Genuss friedlicher Weiten.

Die Nudeln schienen Erin ganz ordentlich geraten. Ich verspürte zwar keinen Appetit, wollte mich aber auch nicht so bald übergeben müssen, also aß ich einen ganzen Teller davon, um eine Grundlage für den Alkohol nachzureichen. In Äthiopien äße man jetzt mit den Händen, fiel Erin ihre schwere silberne Gabel drehend ein. Endlich ein Thema! Was zwischen drei Finger passte, wurde Gursha genannt. So hieß auch das Trinkgeld. Freunde fütterten sich gegenseitig auf diese Weise. So weit kam es aber nicht.

Erin nahm meine Genesung mit Behagen zur Kenntnis. Im Wesen war sie eine Wiedergängerin Florence Nightingales, eine unermüdliche Nachtschwester, deren Wappen, das Kreuz, aus fünf Spiegelplättchen einer Discokugel gefügt war. Nachdem sie sich eine Zigarette angezündet hatte, deren Glut mit einer Prise Kokain gewürzt wurde, verabreichte sie mir eine dritte Dosis Ethanol, die mir im gemütlichen Schein des Dunstabzugshaubenlämpchens als purpurfarben erschien. Wie sollte etwas, das eine derart gute Wirkung in mir hervorrufen konnte, schlecht für mich sein können?

Wir sollten mal wieder ausgehen, sagte Erin. In einer solchen Situation brächte es nichts, sich zurückzuziehen – wobei sie diesen Drang freilich nachvollziehen konnte. Dagegen müsste ich jedoch mit letzter Kraft angehen. Ich stellte fest, dass ich es gerade für wahrscheinlich hielt, dass ich ein Ausgehen unter massiven Gaben Heroins tatsächlich für attraktiv befand, vermutete aber sicherheitshalber öffentlich, dass ich es nicht fertigbrächte, unter Menschen zu gehen. Daraufhin bot Erin mir ihre Hilfe an und es stellte sich heraus, dass sie mir als sogenannte Palliativmaßnahme eine Frau zuzuführen gedachte, die in einer Neuköllner Bar am Tresen arbeitete: klein und dunkel, kurzes Haar, schöne Zähne, gut gebaut – eigentlich wie Julia. Und ich, in meinem zur Friedlichkeit erweiterten Zustand, hielt mich noch an dem niedlichen Reim der zuletzt vernommenen Zeilen auf, deren Gehalt in meinem verschleppt arbeitenden Bewusstsein aber noch nicht zusammengesetzt war, als diese Nachricht bereits von der weniger komplexen überholt wurde: Fuck the pain away! Das hatte Erin hervorgebracht. Und zwar gerade eben, als ich gedanklich noch mit ihrem Reim beschäftigt war. Sinnierenderweise.

Sie rauchte. Erins Mund ließ Zigarettenrauch hervorquellen. Erins Augen schauten mich an. Bambi on Drugs, schwarz wie der Spiegel eines dunklen Worts, ich konnte mich darin gespiegelt finden. Erins Augenbrauen zogen sich über Erins Nasenwurzel zusammen.

Ich hatte gesprochen.

Was?

Ich starrte sie an.

Mit *Was soll ich zurücknehmen?* präzisierte Erin die Frage.

Die Aufforderung zum Fremdgehen. Den unziemlichen Vergleich. Eigentlich alles. Julia geht sie nichts an.

Aber wir sind doch befreundet! Ich wiederhole meine Warnung, dass jeder, der Schlechtes über Julia denkt und dies auch noch äußert, von mir exkommuniziert würde. Doch Erin sagte: Es tut mir weh, dich derart leiden sehen zu müssen. Und ich wünschte mir, ich könnte irgendetwas tun, dass du zumindest mal wieder lächelst.

Wäre ich nüchtern gewesen, hätte mich das extrem berührt. Ich hätte mich an Erins flache Brust geworfen und meine Arme um ihre knochige Taille geschlungen und sie hätte mir den Hinterkopf gestreichelt und alles wäre gut gewesen. Vielleicht hätte ich ihr das schöne Bild gezeigt, das Julia mir geschickt hatte, das mit dem goldenen J im Sonnenschein. Wir hätten über die Locatordaten der Bilddatei den Ort des Buchstabens bestimmen lassen können und uns dann mit Google Street View in der Altstadt Sydneys längs der Darling Street umgeschaut (wie ich es in den vergangenen Tagen und Nächten ausgiebig getan hatte). Und spätestens dann wäre alles wieder gut geworden. Wir hätten die winzigen Kleinigkeiten, die scheinbaren Nebensachen, auf die es doch ankam, identifiziert und gedeutet – und ganz sicher wäre es mir dann wieder gut gegangen. Zumindest beinahe. Zumindest besser.

Denn solcherweise medikamentiert sagte ich nach einem weiteren Schluck in die waagerecht an meine Lippen angedockte Glocke des Glases hinein: Das weiß ich zu schätzen. Könntest du das etwas näher ausführen – also wie du dir das denkst, mit meinem Wohlergehen?

Dass du endlich aufgibst. Du musst doch jetzt endlich verstehen: diese Frau will ihren Mann nicht verlassen.

In Filmen wäre es jetzt still geworden. Damit der Zuschauer sich gleich darauf umso mehr erschrickt, wenn das große Anbrüllen und Flaschenumschmeißen und Türenzuschlagen beginnt.

Keiner von uns beiden erschrak, dafür schrien wir viel zu laut. Und als Erin mit der Tür schlug, lag ich noch zwischen den Scherben der Flasche auf dem Küchenboden, weil ich über meinen eigenen Stuhl gestolpert war.

Wahrscheinlich weil ich betrunken war, musste ich an Senta Kustermann denken. An die schreckliche Nacht, als wir uns trennten, weil ich ihr erzählen wollte, dass ich mich in Julia Speer verliebt hatte. Weil ich es mir von der Seele reden wollte, wie man so sagt. Weil mein guter Freund Maxim gesagt hatte, so ein schlechtes Gewissen könnte wie eine verschleppte Grippe wirken: das ziehe aufs Herz. Dennoch war das, zehn Tage, nachdem ich Julia Speer kennengelernt hatte, zu früh, wie einige meinten – eventuell fand das sogar Senta Kustermann selbst: dass es noch zu früh war, um eine derart radikale Entscheidung zu treffen. Es würde noch ein weiteres Jahr dauern, dann fiele mir im Monoprix von Nizza eine Packung Tee (Verveine mit Minze) in die Hände, auf deren hübsch bedruckter Pappe stand: On ne change jamais une équipe qui gagne.

Hingegen gab es einige, unter anderem auch den Wirt der Pension zum Goldenen Reiter, die Verständnis gehabt hätten, wenn ich Senta K. eine Weile konventionell betrogen hätte; beispielsweise um herauszufinden, ob es sich überhaupt lohnte, die eine für die andere zu verlassen. Ein ökonomisches Argument und von Wirtschaftlichkeit hatte ich keine Ahnung. Ich schrieb über Mode, da ging es um den Moment. Um die Schönheit. Und um Gefühl. Um das mit Leidenschaft empfundene Gefühl, dies oder das besitzen zu müssen; unvernünftigerweise. Weil man weiß, dass man erst mit dem Kleidungsstück bekleidet als derjenige erscheinen kann, als der man verstanden werden will. Ich schrieb für Leser, die Schönheit überall suchten, die der Schönheit erliegen wollten. Sei es der Schönheit eines schönen Wortes wie küssenderweise. Leute, die sich voreinander entblößt fanden, wenn sie sich, der Einladung zu einem Kuss nachgekommen, hinter den Wahrnehmungen ihrer Erscheinungen begegnet waren. Vor allem: Wie hätte ich Senta mit Julia konventionell betrügen können, wenn doch alles an meiner Beziehung zu ihr von Beginn an wie alles an ihr zutiefst unkonventionell war? Wenn, was wichtiger war in meinem Fall: das, was ich in einer, in zwei zusätzlichen Wochen des Hintergehens hätte herausfinden können, gar nichts von dem war, worauf es mir ankam in meiner künftigen Beziehung zu Julia. In dem Moment, da ich Julia Speer vor dem Bücherregal traf, als ich ihrer ansichtig wurde und ihre Denkweise vernahm, war es um mich geschehen – egal was daraus werden sollte: ich wollte unbedingt dabei sein. Mir war aber ebenfalls klar, dass ich für Senta Kustermann nicht solche unbedingten Gefühle empfand. Und dass es die unbedingten Gefühle für Julia waren, die mir als richtig erschienen. Dass mir ein für mich richtiger Weg von diesen Gefühlen gewiesen wurde. Auf Senta Kustermanns zentrale Frage: Hast du mit ihr geschlafen?, antwortete ich damals wahrheitsgemäß mit Nein. Und da verstand Senta die Welt nicht mehr. Mit dieser Antwort stellte ich mich außerhalb ihres Navigationssystems. Für sie bestand eine notwendige Bedingung des Fremdgehens in einem sexuellen Akt. Aber Küssen, Reden, Briefeschreiben?

Als sie mich damals nach durchredeter Nacht bat, unsere Wohnung zu verlassen, ging ich umstandslos und zog die Tür so leise wie möglich ins Schloss.

Aus meiner Perspektive betrachtet, ragten die Flaschenscherben um mich herum von dem Küchenboden auf wie eine Kraterlandschaft, umspült von purpurfarbenen Wassern, den Lachen der Weinreste, von denen ich mir theatralischerweise vorstellte, es wäre mein Blut. Es roch ja auch so wie ich (oder andersherum). Mir war kalt und ich fühlte mich zu dumm, um mich ungefährdet aus meinem Splitterbett erheben zu können. Von außen betrachtet sah alles so ziemlich danach aus, als sei ich bald tot. Ich entdeckte das iPhone in einiger Entfernung neben dem Treteimer – es lag sozusagen auf dem Rücken, was mich erleichterte, denn das Display war trotz des Aufpralls heil geblieben. Die Rückseite war allerdings vollkommen zersplittert. Lediglich die winzige Öffnung des Kameraobjektives war noch von einer intakten Fläche bedeckt. Mit seiner kreisförmigen Fassung durch einen Aluminiumring fühlte ich mich dabei immer an das Auge eines Vogels erinnert. Für mich war es das Auge eines Agaporniden. Julia und ich, wir waren so: unzertrennlich. Wie die Liebesvögel, von denen es heißt, dass sie ein ganzes Leben lang beieinanderbleiben. Wenn einer stirbt, geht auch der andere ein.

Wie ich da in der Splittersoße auf dem Steinboden lag, erschien mir das als schöne Vorstellung, als eine ausgesprochen schöne sogar. Und ich erinnerte mich an einen Moment vor vielen Jahren, Julia und ich kannten uns da jedenfalls noch nicht, da reisten wir samstags alle nach Hannover, um die Premiere von Moritz von Uslars zweitem Theaterstück anzusehen. Alle, damit meine ich so ziemlich alle Schreiber, die man zu jener Zeit an Gesicht und Namen erkennen können musste. Und das Stück, es hieß Freunde II – das ging damals, so konnte man Theaterstücke betiteln, der Autor galt als Mann der Stunde. Und so war sein Stück auch inszeniert worden, ziemlich filmreif, bloß als der Hauptdarsteller starb, da sagte er einen Text auf, der mir naheging, er sagte: Ah – sterben. Endlich. Das musste ja kommen. Es tut null weh. Es ist nur geil. Im Programmheft stand, dass es sich bei seinem Tod um einen Liebestod handelte. Und ich habe mich auf der Premierenfeier mit Rainald Goetz gestritten, der gerade diese Szene unmöglich fand, ganz schlimm sogar. Und er hatte sich furchtbar aufgeregt, wie so oft, aber dieses Mal ging es um etwas, das ich gesagt hatte, denn ich fand diese Szene, den sogenannten Liebestod, einzig gelungen und den ganzen Rest des Stückes eher vor allem zu bunt. Und Rainald Goetz sagte, ich hätte keine Ahnung vom Tod und von Selbstmord und vom Sterben. Dass Sterben etwas ganz Schreckliches sei. Er war ja um einiges älter als ich und ich achtete ihn sehr. Es war als gegeben hinzunehmen, dass er, der Ältere, unter anderem auch intensivere Erfahrungen mit Tod und Leid gemacht haben würde. Ich ließ das also sozusagen im Raum stehen, meine jugendliche Unbekümmertheit, meinen Zynismus eventuell sogar, und wunderte mich heimlich weiter, wie er eine Szene in einem Theaterstück auf derartige Weise ernst nehmen konnte; eingedenk: eines Stückes mit Namen Freunde II.

Gerade erschien mir das nun kein bisschen mehr wunderlich. Mein vollstes Verständnis für jegliche Art von übersteigertem Mitgefühl. Mit dem Liebestod ist nicht zu spaßen. Und Sterben ist für niemanden, nirgendwo: geil.

In einigen Wochen, wenn ich mich vom Schock nach dem nächsten großen Ding beruhigt hätte, würde ich Rainald auf dem Brechtfriedhof an der Chausseestraße treffen. Für fünfzehn Minuten nur, einen kurzen Spaziergang machen und ihm knapp berichten, was tatsächlich vorgefallen war. Von den Premierengästen von einst würde er der einzige sein, der sich dafür noch interessierte: Was denn in Wahrheit geschehen war.

Ich hatte mich am Morgen nach dem Streit mit Erin endlich aufraffen können, in den Verlag zu fahren. Kann gut sein, dass der Entschluss durch mein protestantisch geprägtes Gewissen zustande gekommen war; für ausschlaggebend halte ich eine EMail von Julia. Die Nachricht bestand aus einer Aufnahme ihres Gesichtes. Der Aufnahmeort war offenbar das Badezimmer ihrer australischen Behausung. Julia hatte ein T-Shirt an, das ich ebenfalls besaß (nur war ihres für einen zierlicheren Körper geschnitten). Ich selbst hatte ihr dieses T-Shirt einst in Paris gekauft. Es wurde zum Bestandteil unserer umfangreichen Kollektion identischer Kleidungsstücke (den Begriff des Partnerlooks, obwohl uns nicht unsympathisch, vermieden wir zugunsten unserer Abmachung, dass unsere Beziehung ohne Bezeichnung bleiben sollte, also nicht einmal Beziehung genannt werden dürfte, um ja bloß unsterblich zu bleiben, namenlos also, untitled – wie unser Lieblingsparfum, dessen Flakon hinter Julias rechter Gesichtshälfte von einem Bord aufragend zu erkennen war). Ich beschaute mir dieses wundervolle Bild, die Allegorie unserer Liebe wieder und wieder, bis die Batterie des iPhones erstorben war.

Erfrischt, so als sei auch ich am weißen Kabel betankt, beschloss ich nach dem Morgengrauen, den Rest des Tages an meiner vertraglich zugesicherten Arbeitsstätte zu verbringen. Duschen und Rasieren erschienen mir nun nicht mehr als verstachelte Hindernisse, sondern notwendig und sogar schön. Das Heraussuchen der Kleidungsstücke, wie auch das Anlegen eines hellblauen Hemdes, der Jeanshose sowie rosafarbenen Socken zu den Schnürstiefeln war mir eine Freude; eine große Freude! Wenn auch nicht meiner Kollegen wegen oder der Passanten meines Arbeitsweges, sondern weil ein jedes dieser Kleidungsstücke (selbst die Socken) ebenfalls, nur in etwas zierlicherer Ausführung, sich in Julias Besitz befand. Bevor ich kurz nach halb neun das Haus verließ, bestäubte ich mich noch aus meinem Untitled-Flakon. Nun war ich bestens gerüstet. Nirgendwo klebte ein Lindenblatt. Mein Gefühl war beinahe so, als wäre ich zu ihr – oder zumindest: als wäre ich zu uns beiden zugleich geworden.

Das Gute an so einer Riesenfirma wie dem Verlagshaus, für das ich an diesem Tag der Erzählzeit noch als Ressortleiter tätig war, ist, dass es einen zusätzlich aufwertet, wenn man von den Sicherheitsleuten nach tagelanger Abwesenheit noch mit Namen begrüßt wird. Die halten ja extrem strenge Vorschriften ein und achten besonders beim Bewachen der panzerverglasten Drehtüren, die aus dem panzerverglasten Empfangsraum in das Foyer des Verlagshauses führen, darauf, dass sich verdächtige Personen den gepanzerten Türen noch nicht einmal nähern können.

Es ist direkt nach dem Passieren der verpanzerten Drehtüren zu spüren: das Herniedersinken von Mutlosigkeit und Angst. Ich war an jenem frühen Morgen – früh für jene Branche, die erste Konferenz des Tages begänne um zehn – derart gut gelaunt, dass mir nichts etwas anhaben konnte. An den meisten Tagen war dies so gewesen. Oft war ich auf meine gute Laune angesprochen worden, so als gäbe ich dadurch Anlass zu Verdächtigungen. Dabei war ich einfach noch nicht lange genug dort. Und wollte das auch auf gar keinen Fall bleiben. Denn um mich herum konnte ich sehen und hören – erfahren vor alledem, jeden Tag, in beinahe jedem Gespräch: was aus Menschen wurde, wenn sie länger als die von der Mutterbindung her gewohnten zwei Jahre für das Verlagshaus arbeiteten. Es gab da kurz nach meiner Einstellung eine Konferenz für Führungskräfte, da wurden die Ressortleiter um Ideen gebeten, wie man dem Verlagshaus aus seiner nun schon Jahrzehnte währenden Imagekrise helfen könnte. Und wie sich die Mitarbeiter zu besseren Leistungen anspornen ließen. Das war die einzige Konferenz in meiner Erinnerung gewesen, auf der es massenhaft Alkohol gab. Kantinenkellner hatten die zwei Wagen mit Wein und Bier wenige Minuten vor dem Beginn der Konferenz hereingefahren, da ahnten die Altgedienten bereits, dass es Ernst würde. Der Leiter der Außenpolitik begründete das Motivationsproblem der Mitarbeiter so: Die meisten sind einfach bloß hiergeblieben. Die Chefredakteure baten dann um Vorschläge für sogenannte kreative Alterszeitlösungen. Denn wenn sich die Auflagen nicht durch besseren Journalismus steigern ließen, müsse man so bald wie möglich Ballast abwerfen. Oder wie das ein Herausgeber der Frankfurter Allgemeinen im Verlauf der ersten Zeitungskrise nach dem Elften September zu Protokoll gegeben hatte: *Im ersten Schritt wurde schon viel Fett abgeschnitten, jetzt geht es ans Fleisch.* Im Verlauf dieser Konferenz hatte ich zum ersten Mal begriffen, wo ich eigentlich gelandet war.

Mit Julia hatte ich oft darüber geredet. Kaum hatten wir uns kennengelernt, hatte sie bezüglich meiner Tätigkeit im Verlagshaus festgestellt: Du passt da nicht hin. Das sah ich selbst ungefähr auch so, bloß war mir noch nicht klar, was ich sonst machen sollte – beziehungsweise: passte ich überhaupt irgendwo hin? So gefragt: natürlich zu Julia. Aber es ging ja um das Berufliche. Das Gute an einem festen Arbeitsplatz: Man muss sich nicht anstrengen, um unter Leute zu kommen – die sind immer da. Besonders gut, wenn man eine leitende Position sozusagen bekleidet. Dann braucht man vor den Leuten auch keine Angst zu haben. Und Lorraine freute sich wirklich, mich zu sehen. Die Frage nach meinem Verbleib in den letzten Tagen wurde ebenso ausgespart wie die nach meinem aktuellen Befinden. Es kamen noch zwei andere dazu und dabei hatte ich die Tür zu meinem Büro noch nicht einmal aufgesperrt. Der Nachteil an einer leitenden Position ist, dass man tatsächlich verantwortlich ist für seine Mitarbeiter – jedenfalls soweit es die Belange der Arbeit betrifft. Es kam oft zu solchen Situationen, die aus den Erzählungen junger Väter bekannt sein dürften, wenn ich sozusagen nach Hause kam, also in die Redaktion, und eigentlich mit niemandem sprechen wollte, aber selbst bei nahezu geräuschlosem Betreten des Raumes genügte das Hineinschieben meines Schlüssels ins Türschloss meines Büros, dies kleine Geräusch, Pendant zum Knick eines Zweigleins während der Pirsch, dass sogleich aus allen Winkeln, hinter den Bücherregalen, selbst unter einem Schreibtisch hervor, sich die Köpfe in meine Richtung reckten. Und im selben Moment auch das Melden und Fragen seinen vielstimmigen Anfang nahm.

Ich ließ das Aufschließen sein und setzte mich auf die Konsole, auf der ein Schwarz-Weiß-Drucker aufgebaut war, und wir redeten. Anstehendes, Bewältigtes, drohendes Scheitern – bald schon kristallisierten sich erste Themen, ein richtiger Kracher darunter, mit dem wir zweifellos bereits an diesem Sonntag aufmachen, ja: mussten (die Einwände meines bärtigen Stellvertreters, wonach die laufende Produktion bereits zu weit fortgeschritten sei, um an einem Donnerstag noch etwas zu ändern – ansonsten nähme man die Gefährdung des ordnungsgemäßen Feierabends in Kauf –, wurden zugunsten der Möglichkeit, einen ziemlichen Kracher zünden zu können, einstimmig ignoriert), es begann also gerade erst lustig zu werden, als der brasilianische Praktikant mir einen Telefonhörer reichte. Ich hatte die Sekretärin des Chefredakteurs am Ohr: Ob ich kommen könnte? Jetzt gleich, bitte.

Na, wenn das anders nicht ging?

Seit dem letzten Wechsel in der Chefredaktion war ich dem aktuellen Inhaber des Postens nur noch selten begegnet. Mir war klar, dass es um etwas Außergewöhnliches gehen sollte, denn es befand sich noch ein anderer Mann in dem Raum. Jemand, dem ich noch nie zuvor im Verlagshaus begegnet war: eine sandfarbene Gestalt mit silberner Nickelbrille saß hinter der Mineralwasserbatterie. Der Chefredakteur nahm ebenfalls Platz und erteilte dem Wesen das Wort.

Sagt Ihnen der Name André Saraiva etwas?

Ach du Scheiße! Na klar doch, ich kann jetzt schon auflösen – und um die Quizshow-Atmosphäre noch zu verdichten, kündete mein iPhone mit glockenhellem Signal von einer Nachricht, die in meiner Hosentasche eingetroffen war.

Zu den Vorteilen der Arbeitsplätze im goldenen Hochhaus gehört die Aussicht auf Berlin. Das Verlagsgebäude wurde in einer Zeit erbaut, als Umweltprobleme und eine Verknappung fossiler Brennstoffe noch nicht im Zusammenhang mit den Fensterflächen der Häuser gesehen wurden. Der Sandfarbene saß vor dem sieben Meter breiten Panoramafenster der Chefredaktion. Ironischerweise stieg soeben hinter seiner Schulter der Fesselballon mit dem Werbeaufdruck der Tageszeitung des Verlagshauses auf. Dieser Ballon zählte zu den innovativen Werbemaßnahmen, mit denen die Öffentlichkeit auf die Tageszeitung aufmerksam gemacht werden sollte. Der Ballon war einige Querstraßen vom Verlagshaus entfernt auf einem weiteren Stück Brachland vertäut. Die Außenhaut des Ballons war mit der schematischen Darstellung der Kontinente in Blau auf Weiß zum fliegenden Globus bedruckt worden. Immer wenn eine ausreichend große Zahl von Touristen ihre Tickets für einen Trip gekauft hatten, zog der Werbeballon seine Passagiere bis auf eine Höhe empor, die ungefähr auf der Ebene der Chefredaktion lag. Die schlaue Verbindung aus werbendem Effekt plus materiellen Einnahmen aus den Ticketkäufen der Ballonfahrer war beispielhaft für die neuen Erwerbsmodelle des Verlagshauses, mit denen die rückläufigen Einnahmen aus den Zeitungsverkäufen aufgefangen werden sollten. Das war freilich nicht jedermann klar, der sich nicht intensiv mit der Geschichte des Verlagshauses auseinandergesetzt hatte. Oder abseits der Sichtweite zum Balkon lebte. Und so kam es, dass ich im Juli am Rande der Modewoche auf einem Essen im Kronengrill eben jenen André Saraiva kennengelernt hatte, der dort mit Marco Brambilla, der im New Yorker Standard Hotel den Animationsfilm für die Fahrstühle konzipiert hatte, und Olivier Zahm, dem Herausgeber des Purple Fashion Magazins, erschienen war. André Saraiva war ursprünglich Graffitikünstler, seine Figur, der sogenannte Monsieur A., war unter Sprayern wie auch in Modekreisen sehr bekannt: Ein Grinsekatzengesicht, das rechte Auge verschwörerisch zugedrückt, Strichgliedmaßen, lange Schuhe – einfach zauberhaft! Ich kann mir keinen Menschen vorstellen, dem das Monsieur-A.-Männchen nicht sogleich gute Laune macht. Ich erzählte André von meiner Leidenschaft für den Buchstaben J und zeigte ihm auf dem iPhone eine Auswahl meiner schönsten Aufnahmen. Damals waren es schon weit über tausend J in allen Farben und Schreibweisen, die ich auf meinen Geschäftsreisen zu den diversen Modewochen eingefangen hatte – gesprühte, solche aus Neon, von Ladenschildern, Band T-Shirts, aus Lebensmitteln geformt oder in der Natur vorgefunden (beispielsweise Regenschirmkrucken oder Russisch Brot). Es war das erste Mal, dass ich jemand anderem als Julia meine Sammlung zeigen wollte. Ich folgte meiner Intuition. Und André fand meine J-Fotos nicht nur sehr schön, er fragte mich, wozu ich überhaupt noch diesen anderen Beruf brauchte – für ihn, André, den Schöpfer der von mir sehr geschätzten Monsieur-A.-Figur, sei ich von Hauptberuf J-Fänger. Das genüge doch völlig! Das Fotografieren des immerselben Buchstabens auf freier Wildbahn sei nichts anderes als seine sogenannte Street Art – bloß eben andersherum. Damals war gerade der Banksy Film angelaufen und Street Art war das große Ding. Alkohol war mit im Spiel an diesem Abend, aber mein Glücksgefühl rührte von den anerkennenden Worten Andrés, dieses Künstlers, den ich verehrte. Dass er meine Beschäftigung mit Julia in jeglichen Aspekten als Kunst begreifen wollte, nicht als Manie, tat mir wohl. Später fragte er mich nach dem Ballon. Ob man da rankommen könnte? Wie der nachts abgesichert sei et cetera. Das hatte ich mich seltsamerweise noch nie gefragt. Wahrscheinlich, weil der Schriftzug auf der Ballonhaut kein J enthielt (so wie es auch Städte gegeben hatte, die mir uninteressant erschienen waren, weil die Landessprache beinahe ohne J auskam – Mailand zum Beispiel; ganz anders Beijing: Das Schriftzeichen für Wasser, enthalten auch in Suppe und Saft, sieht aus wie ein J, das mit einem K Rücken an Rücken zusammengeschmolzen war – in Beijing habe ich mehrere Hundert Aufnahmen gemacht). Jedenfalls wollten wir in dieser Nacht nach dem Kronengrill lediglich die Lage rings des vertäuten Ballons erkunden. Am nächsten Morgen stieg ein dem Verlagshaus zugewandtes grellrosafarbenes Grinsekatzengesicht mit Zwinkerauge bis auf die Höhe der Chefredaktionsebene in den Julihimmel über Berlin. Das Entziffern von Worten entlang des Verlaufs zusammenhängender Sätze erzeugt den trügerischen Eindruck, das Erinnern funktioniere ebenso und schrifthaft zusammenhängend, von links nach rechts strukturiert. Dabei hat die Erinnerung keinen zentralen Ort, es gibt keinen Vorführungssaal im Bewusstsein, in dem diese Erinnerungsstreifen durch einen Projektor schnurren, worauf ich dann eine Wiederaufführung meiner Erlebnisse erführe. (All dies war mir zeitgleich und auf einmal eingefallen.)

Der Signalton für die eintreffende Nachricht in meiner Hosentasche war noch nicht einmal verklungen, da beantwortete ich die Frage des Rechtsanwaltes mit: Ja, kenne ich. Es war von beträchtlichem Ansehensverlust für das Verlagshaus die Rede, von einem Sachschaden, von Vertrauensbruch. Ich hatte kollaboriert; einen Imageträger des Hauses sabotiert, der Lächerlichkeit preisgegeben. Es fielen die Begriffe Korruption, Missbrauch des Hausausweises, Verstoß und Statuten. Der gesamte Hergang der sogenannten Tat lag dem Sandfarbenen in einer minutiösen Auflistung vor, die er mir mit einer Unermüdlichkeit vorlas, so als hörte ich all dies zum ersten Mal, dabei war ich doch im Gegensatz zu ihm damals dabei gewesen.

Die Nachricht von Julia, die ich währenddessen entzifferte, bezog sich auf meinen Kommentar auf Instagram von heute Nacht, in der ich ihr geschrieben hatte, was für ein wunderschöner Mensch sie doch sei. Ihre soeben eingetroffene Antwort war kurz. Sie schrieb: Das bist doch du!

Wie schön! Als ich bemerkte, dass der Chefredakteur sich irritiert davon zeigte, dass ich während des Vortrages des Sandfarbenen meine Nachrichten las, war mir das peinlich. Ich nahm an, dass ihm mein Verhalten als aufgesetzt erscheinen musste, aber ich konnte einfach den Punkt nicht erkennen, um den es hier gerade ging. Als der Chefredakteur selbst das Wort ergriff, um mir die fristlose Kündigung auszusprechen, drang das noch nicht an mich heran. Ich hörte das, ich verstand die Worte und deren Sinn – aber dieser Sinn hatte nichts mit mir zu tun. Das ging jemanden an, der ebenfalls auf meinen Namen hörte, aber ich war das nicht. Als der Chefredakteur meinem Namensvetter die Tür aufhielt, stand ich auch auf. Ich hielt den Bogen Verlagsbriefpapier mitsamt seiner Klarsichthülle in der Hand, den mir der Sandfarbene zugeschoben hatte. Das Schreiben besagte, dass der Namensvetter mit sofortiger Wirkung von seiner Anwesenheitspflicht an seinem Arbeitsplatz befreit worden war. Als ich den verglasten Sicherheitsbereich der Chefredaktion verlassen hatte, erschien eine blaue Blase auf dem Display des iPhones, die besagte, dass der Namensvetter keinen Zugang mehr hatte zum Mailserver des Verlagshauses. Das ging ja schnell. Ich überlegte noch, bei meinen Leuten einen Zwischenstopp einzulegen, drückte dann aber auf Erdgeschoss.

Die böse Kirche

Am Tag zuvor hatte im App Store der Vertrieb von Instagram begonnen. Innerhalb eines kompakten Für und Widers konnte ich Julia davon überzeugen, dass dies bis auf Weiteres unser Medium werden müsste. Sie forderte nicht gar so viele Argumente wie sonst – vielleicht wirkte sich das feuchte Klima dämpfend auf ihre Widerstandskräfte aus? Jedenfalls: Kurz bevor Erin an jenem Abend zum letzten Mal an meiner Tür klingelte, hatten Julia und ich bereits die App mit dem niedlichen Symbol auf unseren Geräten installiert.

Instagram war ein auf den ersten Blick unspektakulär schlichtes Programm, das es seinen Benutzern ermöglichte, mit der Kamera des iPhones gemachte Aufnahmen mit anderen zu teilen. Die Idee war, dass man auf diesem Weg mehr und mehr Anhänger um sich scharte. Den Anhängern waren dabei zwei Möglichkeiten zur Verfügung gestellt, auf das Hochladen eines Fotos zu reagieren: Primär durch das Betätigen eines Herzsymbols, woraufhin der Inhaber des Instagramaccounts benachrichtigt wurde, dass seinem Anhänger diese Aufnahme gefällt. Innigerem Gefallen verlieh man durch sein Schreiben in den unter dem betreffenden Bild angeordneten Kommentarfeldern Ausdruck. Da Julia und ich jeweils nur einen einzigen Anhänger zählen wollten – das Aufgefundenwerden durch andere Instagram-Benutzer konnte durch ein Aktivieren der Privatsphärenfunktion verhindert werden, entspann sich schon ab dem zweiten Bild (Julias Gesicht, gespiegelt in der Oberfläche ihres von australischer Nachmittagssonne beschienenen iPads, auf dem zudem ein Schaltplan zu erkennen war) ein Briefroman. Instagram wurde kostenlos vertrieben. Wie bei allen erfolgreichen Apps erschien das Geschäftsmodell der App-Programmierer schleierhaft (später, nach zwei Updates, verfestigte sich der Eindruck, hier würde Geld durch den Verkauf von Ortsdaten gemacht). Innerhalb eines Monats luden sich über hunderttausend Menschen die App herunter. Nicht allzu viele davon werden das Programm als privates Kommunikationsmittel benutzt haben. Aber unser Austausch gewann durch Instagram eine ungeahnt tief gehende Qualität. Nun war ja Julia der Philosoph von uns beiden. Und ich hätte sie wohl fragen können, warum dem so war; warum das Kommunizieren durch Bilder noch ergreifender und bindender wirkte als eines mit Worten allein. Ich denke: es lag daran, dass es von Vertrauen zeugte. Dass wir mittlerweile eine Vertrautheit erreicht hatten, in der wir nicht mehr alles mit Worten erklären mussten. Ein zunehmender Teil unserer Weltsicht war als übereinstimmend erkannt worden und wir konnten es nun wagen, uns mit unkommentierten Bildern zu konfrontieren – der jeweils andere wusste schon, was damit gemeint war. Und dennoch: wie unbeschreiblich groß noch bei jedem Mal dann die Freude war, wenn man sich tatsächlich verstanden fand! Prinzipiell musste es diese Furcht des Nichtverstandenwerdens auch bei rein schriftlichem Austausch geben. Und am Anfang war das auch manchmal vorgekommen: Missverständnisse, Zerwürfnisse. Irgendwann (aber eben nie absehbar) auch wieder die Erleichterung, dass es ja alles nicht so schlimm gewesen war wie gedacht. Im Gegenteil: der andere war nicht nur in etwa, sondern glücklicherweise genauso wie gewünscht! Aber die Schrift war eben auch ein Instrument, die Begriffe hatten etwas von Pinzetten, und Bilder, keine Ahnung, ob das gehirnlich stimmig ausgedrückt war: Bilder waren primäres Ausdrucksmittel. Nicht im Sinne einer Denksprache, aber: minimal zugerichtet. Da steckten Gefühle, Gedanken, Sinneseindrücke – in den Bildern, die sie für mich machte, steckte Julia für mich drin. Besonders schön, in einem Sinne der Wirksamkeit fanden wir beide die subtilen Selbstporträts. Es waren dies Fotos, deren vordergründiges Motiv in etwas Gegenständlichem zu bestehen schien. Das hatten Dinge zu sein, deren Oberfläche aus glänzenden Materialien bestanden, zumindest aber schimmernd oder sonst wie reflektierend waren. Bei genauem Hinsehen war dann entweder im Anschnitt, oder dominierend der jeweils Fotografierende, waren dort also Julia oder ich selbst zu entdecken. Sowie das iPhone, mit dem die Aufnahme gemacht worden war. Um die Wirkung solcher subtilen Selbstporträts zu optimieren, musste man im Moment des Auslösens das Agapornidenauge des iPhones im Spiegelbild fixieren. Dann ergab sich für den Betrachter des Fotos der schöne Eindruck, man schaue ihm, aus dem Spiegelbild heraus, in die Augen. Julia hatte mir von Anfang an ihre Meisterschaft in der Kunst des subtilen Selbstporträts demonstriert. Ich fragte mich, ob sie das verwickelte Wesen unserer Beziehung nach der Komposition dieser Selbstporträts formte oder ob diese Porträts eine visuelle Geheimsprache ergaben – oder eine Mixtur aus beidem, oder doch umgekehrt? Mit jedem neuen Foto aus Julias – ja: Seele, das beim Öffnen von Instagram erschien, wurde mir das, wurde mir unsere innige Verbundenheit vor Augen geführt. Zwar hatten wir uns so ziemlich von Anfang an auch gegenseitig Fotos geschickt, unter anderem war meine Sammlung der Buchstaben J so entstanden, doch war ein Austausch von Bilddateien über EMails nicht dasselbe. In Emails verschickte Bilder musste man speichern, musste sich sogar einen Ordner dafür anlegen und dergleichen. Darin lagen sie dann getrennt vom ebenfalls mit der Email verschickten wörtlichen Inhalt. Dieses bürokratische Empfangen und Speichern und Ablegen wurde aber der Sache nicht gerecht, die ja Liebe, die Leidenschaft war. Instagram hingegen wurde für uns zu einem Ort. Zu einem portablen Ort. Nur für uns beide. Es wuchs dort Bild auf Bild, Zeile unter Zeile: ein neuer bewohnbarer Teil unserer Welt.

Am Morgen, nachdem mir das mit der Kündigung passiert war, zog ich das große Lexikon der Vögel aus meinem Regal und fotografierte das Bild einer Bartmeise ab.

Bei der Bartmeise, *Panurus Biarmicus,* mitnichten eine Meisenart, sondern einzige Vertreterin der Gattung der Timalien, finden sich die Paare bereits im Jugendkleid und bleiben ein Leben lang beisammen. Die Vögel bewohnen die Schilfgürtel der Paläarktis, wo sie sich im Sommer von Insekten, im Winter von den bevorrateten Samen des Schilfrohres ernähren. Nach der Paarbildung leben die Vögel über einen längeren Zeitraum unzertrennlich und zeigen ein nach menschlichem Ermessen umeinander besorgtes Verhalten: entfernt sich ein Exemplar außer Sichtweite, fängt das zurückgelassene sofort an, nach ihm zu rufen. Diese Rufe funktionieren als Positionsmeldungen und in dieser ersten Zeit löst ein beantworteter Suchruf stets das Hinterherfliegen des Suchenden aus. Dieser unbedingte Drang zur körperlichen Nähe wird über die Jahre durch das Rufen ersetzt. Es genügt den Partnern jetzt offenbar, die Verbindung vermittels akustischer Signale zu pflegen. Hier unterscheiden sich die Timalien von den ebenfalls monogam lebenden Agaporniden, denen eine solche Sublimation des physischen Kontaktes nicht möglich ist. Stirbt bei diesen Kleinpapageien ein Partner, sucht sich das hinterbleibende Exemplar umgehend Ersatz. Die Timalien hingegen bleiben dann bis zum Lebensende allein.

Wie üblich sollte es noch einige Tage dauern, bis ich begriffen hatte, dass ich wirklich gekündigt werden sollte. Dass dieser Schauprozess im Büro des Chefredakteurs eine Auswirkung auf die Wirklichkeit, auf meine zumindest, haben sollte. Ich würde nun arbeitslos. Von außen betrachtet war ich es bereits. Ich ging ja nicht mehr ins Verlagshaus.

Was tat ich stattdessen? Zwar schlief ich weiterhin wenig (und wenn, dann wachte ich immer um dieselbe Zeit, zwölf vor fünf wieder auf) und begann dementsprechend zeitig meine Tage, aber das fand ich nicht schlimm, denn die vor mir liegenden Stunden stellten sich als angenehm strukturlos dar. Friedlich und weit. Ich verbrachte viel Zeit in meiner Wohnung. Beobachtete, wie das Tageslicht zu verschiedenen Stunden ganz unterschiedliche Räume erzeugte. Stimmungen, von denen ich mich bereitwillig leiten ließ. Ich spazierte über die schöne Muldensteinstraße, trank einen Sojacappuccino im La Strada und ich vermisste Julia. Aber auch das Gefühl des Vermissens veränderte sich, es schien milder und zugleich tiefer zu gehen. Der Prozess, der in meiner Seele begonnen hatte, war der einer Wandlung. Ich kam mir ausgeglichen vor, doch breitete sich in mir eine sanfte Schwere über alles, was Julia mir bedeutete; was mich an sie erinnerte, was ich an Nachrichten von ihr erhielt. Und diese Schwere war nicht niederdrückend, sondern sie hinderte lediglich die Erinnerungen daran, verweht zu werden. Und die Schwere spendete zudem einen Schatten, um die Erinnerungen vor dem Verbleichen zu beschützen.

Meine Therapeutin, der ich von dieser Veränderung in meinem Gefühlsleben berichtete, erklärte das durch den

Wegfall der routinierten Tagesabläufe. Die Arbeit hatte in meiner Ausnahmesituation des andauernd unerlösten Verliebtseins die Funktion eines Korsetts inne, das mich vor dem Zerfließen bewahrt habe. Interessant schien mir an dieser Sichtweise, dass man sich ein Zerfließen offenbar nur von innen nach außen hin und somit in die Breite vor sich gehend vorstellen konnte. Was nun aber geschah, nachdem man mir sozusagen das Korsett fortgenommen hatte: Ich blieb von außen her fest, verflüssigte mich aber zu meinem Inneren hin (wie einer jener Schokoladenkuchen, die im Kronengrill zum Dessert serviert wurden. Auf der Karte wurden sie als halbflüssig bezeichnet, waren das aber nicht in einem Sinne von halb und halb, also matschig, sondern eben so: der krustigen Hülle nach zu urteilen gewöhnliche Schokoladenkuchen, quoll einem beim Einstechen der Gabel das glänzende Innere entgegen). Da dieser Vorgang des Zerfließens nach innen gemäß physikalischem Gesetz eine Zunahme an seelischer Bewegung, an innerem Umtrieb verursachen musste, nahm meine Aufmerksamkeit für die Umwelt ab. Insofern stimmte die Theorie meiner Therapeutin: Solange ich mich noch mit etwas anderem als Julia befassen musste – mit den Fragen der Mitarbeiter, meinen Reisen, den Abläufen der Produktion –, konnte ich mich noch nicht restlos meinem Gefühl der Sehnsucht nach ihr überantworten. Nun waren mir die letzten Kapazitäten freigeräumt worden.

In jenen Wochen führte meine Therapeutin eine Neuigkeit in den gewohnten Ablauf unserer Treffen ein: die letzten zehn Minuten standen mir dann zur freien Verfügung, um ihr, wie auch immer es mir in den Sinn kam, zu erzählen – die einzige Voraussetzung: meine Erzählung handelte von Julia. Diese zehn Minuten wurden zum Höhepunkt meiner Woche. Ich freute mich vorausschauenderweise, manchmal schon auf dem Nachhauseweg von der eben verstrichenen Therapiestunde, auf das nächste Mal. Sorgfältig achtete ich bei meinen Gedankengängen zwischen diesen Erzählungen darauf, dass ich mir keine Idee, keine Erinnerung aufsparte, um sie, sozusagen beiseitegelegt, erst zum geeigneten Zeitpunkt gegenüber meiner Therapeutin aufzupolieren. Ich kannte diese Neigung aus meiner Kindheit und in gewissen Aspekten hatte sie sich bis in die Gegenwart erhalten. Damals, als Kind, betraf sie vor allem mein Verhalten beim Essen: Gab es auf einem Teller mit verschiedenen Speisen etwas, das ich gerne mochte, so aß ich zunächst alles Übrige auf, um das Beliebte abschließend und konzentriert genießen zu können.

Das hielt ich, wenn ich mich unbeobachtet fühlte, auch heute noch so. Aber mit den angenehmen Gedanken an Julia wollte ich anders haushalten. Für die jeweils im Verlauf einer Woche angestauten Gedanken waren die mir zugestandenen zehn Minuten Erzählzeit auch zu knapp bemessen. Einmal unterbrach sie mich unvermittelt: Wie ist Frau Speer eigentlich eingerichtet? Beziehungsweise: war. Wie sah es in der Berliner Wohnung aus? Wir haben noch nie darüber gesprochen – erzählen Sie doch bitte mal.

Sosehr mir die Rolle des Speerologen zusagte, diese Frage war schwer zu beantworten.

Eigentlich – gar nicht.

Das geht ja nicht, wie Sie wissen.

Ich weiß. Aber von einer Einrichtung im eigentlichen Sinne war dort tatsächlich kaum etwas da.

Und uneigentlich?

Hm –.

Gehen wir es doch Raum für Raum durch – im Geiste. Da musste ich an die Klingel denken, dort oben, ganz allein in ihrem kleinen Gehäuse. Ich sah die grau spiegelnde Fläche des Fischgrätparketts vor mir, die sich nun ungehindert über den gesamten Fußboden verströmen durfte (ich spürte Julias Stimme, die gab mir das ein, dass sie dem Parkett Freiheit geschenkt hat; dass es nun ungehindert war, sich zu ergießen. In freundliche Weiten).

Es gab dort kaum Möbel.

Kein Bett?

Doch. Eine Matratze.

Kein Gestell? Kein Nachtschränkchen, keine Lampe – bei einer lesenden Person?

Es waren zwei. Übereinandergelegt. Die Lampe stand auf dem Fußboden. Die Bücher auch. Ein Stapel, wie man das halt so hat.

Wo wurde gesessen?

Es gab Stühle. Zwei. Für jeden einen.

Kein Tisch?

Das Fensterbrett in der Küche war sehr tief. Außerordentlich tief. Und breit.

Wo hat Frau Speer gearbeitet?

Ich mutmaßte: Im Bett?

Einmal, es war schon lange her, da hatte sie eine Therapiestunde abrupt unterbrechen müssen, weil ihr die Kontaktlinse unter das Lid gerutscht war. Sie hatte eine Entschuldigung hervorgepresst und war zur Toilette geeilt. Diese Gelegenheit hatte ich genutzt, um mir Einblick in ihre Aufzeichnungen zu verschaffen. Bis zu dieser Stunde war ich davon ausgegangen, dass auf den vielen Blättern Notizpapier, die sie während unserer Gespräche beschrieben hatte, nichts Lesbares stünde außer Kreiseln und Kringeln und Zickzack. Dass sie mein Reden sozusagen gestisch begleitete, indem sie einen Stift übers Papier führte, mehr aber auch nicht. An jenem Vormittag aber musste ich meine Annahme korrigieren: Zwar machte ihre Hand schreibenderweise die absurdesten Bewegungen, doch was ich dort auf dem Papier vorfand, waren Worte deutscher Sprache.

Als wir das Gespräch über Julias Einrichtungsstil führten, stellte sie zum ersten Mal seit Langem das manische Mitschreiben ein. Als wir die Stelle mit dem Arbeitsplatz erreicht hatten, fuhr sie sogar die Spitze des Kugelschreibers ein in den Schaft und legte ihren Stift nieder auf den Block in ihrem Schoß.

Wie viele Zimmer hatte denn die Wohnung überhaupt?
Fünf. Und eine Küche natürlich. Zwei Bäder, eins war aber sehr klein.

Überall Bücher, nehme ich an.

So gut wie keine. Fünfzig vielleicht – allerhöchstens. Aufgestapelt. Wie gesagt.

Interessant!

Sie verschenkt sie, sobald sie sie ausgelesen hat.

Aha –.

Sie nennt es: durchdrungen.

Und ihre Kleider?

Sie trägt keine. Auch keine Röcke oder Blusen. Ihre Klamotten hängen an einer Stange an der Wand. Und in Schachteln.

Können Sie sich vorstellen, warum Frau Speer sich so einrichtet? Warum sie es vermeidet, sich einzurichten – eine Akademikerin ohne Bücherwand: das ist doch ungewöhnlich.

Sie legt keinen Wert auf Besitz. Das liebe ich an ihr. Sie will frei sein –.

Das sehe ich auch so. Andererseits: auf gewisse Dinge legt sie doch erheblichen Wert. Denken Sie an das iPhone, an die Kleidungsstücke, die Sie gemeinsam angeschafft haben. Den Kugelschreiber, den Sie beide besitzen. Musik. Dieses Parfum.

Den Space Pen zählte ich nicht zu den Besitztümern, auch nicht das iPhone oder Untitled: Für mich sind das alles Gegenstände, die einfach so da sein müssen – wie Lebensmittel. Sie gehören zur Ausrüstung.

Worin unterscheiden sich die Ausrüstungsgegenstände von den Besitztümern?

Mir war ganz seltsam zumute. Ich fühlte mich weit draußen, außerhalb meiner selbst. Schwebend. Was ich sagte, kam mir keineswegs falsch vor, aber doch komplett unbekannt: Sie sind nicht im Weg. Sie lassen mich in Ruhe. Sie helfen mir.

Es störte mich nicht, dass ich in der ersten Person geantwortet hatte. Mir fiel die Sache mit den Koffern ein: Während ihrer Studien ist sie von einem möblierten Zimmer zum nächsten gezogen. Sie hat eine Zeit in Äthiopien gelebt. Und eines Tages, da hat sie sich wohl geschworen, dass sie niemals mehr an Besitz dulden wollte, als in zwei Koffer passte. Diese Koffer sollten gerade so groß sein, dass sie sie selbst tragen konnte. Sie hat mir die Koffer dann auch gezeigt. Sie standen in dem Zimmer mit dem Bett. Das Wort Schlafzimmer mochte sie nicht.

Meine Therapeutin sah mich an. Sie lächelte. Dann betätigte sie den Knopf an ihrem Kugelschreiber und fing mit dem Notieren an.

Es war immer mal wieder vorgekommen, und das Gefühl einer wohligen Erschöpfung, einer wunschlosen Ausgelaugtheit nach solchen Therapiestunden war stets so für mich gewesen, dass ich davon süchtig geworden wäre, hätte es nur irgendeine Methode gegeben, einen solchen Gesprächsverlauf immer wieder herbeizuführen. Dieser Zustand, der Nebel, es war so unbeschreiblich angenehm für mich gewesen. So als gebe es mich nicht mehr, und doch irgendwie weiterhin, aber es hatte nichts mehr mit mir zu tun; so als hätte ich die Verantwortung für mich abgeben dürfen. Kurz wusste ich nicht mehr, wo ich aufhörte und wo ich anfing, und das war schön. Also Harmonie, hatte meine Therapeutin festgestellt, als ich ihr mein Wohlgefühl zu beschreiben versucht hatte. Und wahrscheinlich war es das gewesen: vereinigt fühlen mit Julia, Harmonie.

Das war ja die Zeit, nachdem mir das mit der Kündigung passiert war und gleich, ob es mein Anwalt war, oder die überschaubare Anzahl ehemaliger Kollegen oder sonstiger Weggefährten, die mir auf die Voicebox gesprochen hatten, um sich nach meinem Befinden zu erkundigen – ich konnte nicht klagen. Mir wurde dann schon auch bewusst gemacht, dass es ungewöhnlich war. Dass man sich aufregen sollte, in so einer Situation, kämpfen, schimpfen, hadern – mir lag all das unbeschreiblich fern. Ich fühlte mich entlastet von der Pflicht, mich um diese Zeitung zu kümmern. Und mit der Entlastung war das schöne Gefühl des Aufgehobenseins in der Beziehung zu Julia entstanden. Wie André Saraiva das damals im Kronengrill ganz richtig gesehen hatte: Meine Berufung bestand in meiner Beschäftigung mit Julia in all ihren wunderschönen Aspekten. Alles andere hielt mich lediglich davon ab, hierin meine Erfüllung zu finden. Harmonie.

Zwischen Julia und mir wurde die Sache mit der Kündigung nur ein Mal zum Thema. Wir skypten. Sie sagte mir, dass ich gut aussähe, ich fand Julia auch wunderschön. Sie fragte mich, wie ich mit der Sache zurechtkäme, und ich erzählte ihr, dass ich mich befreit fühlte. Und dass meine Ersparnisse noch weit bis ins nächste Frühjahr reichten – Sydney schien teuer, Berlin war es noch nicht. Zudem wollte mein Anwalt dafür sorgen, dass sich meine materielle Situation noch weiter verbesserte. Das schien Julia gut zu gefallen, ihre Augen wurden ganz rund und durch die etwas irritierende Tonqualität der transkontinentalen Verbindung kam das Echo ihrer Worte zuerst bei mir an, dann erinnerte sie mich an unser Versprechen: Es darf dir nie schlecht gehen! Das wusste ich zwar, aber es war wie aufgefrischt, als ich es genau so von ihr hörte. Und dann mussten wir beide lachen, denn ein großer Schmetterling landete auf ihrer Schulter. Und dann schauten wir uns lange an. Ohne etwas zu sagen. Das Dumme bei Skype – aber das hatte ich ja bereits erwähnt, und es ließ sich auch nicht ändern. Auf ihre unbeschreiblich sanfte, trotzdem unnachgiebige Art hatte Julia mir beigebracht, keinerlei Fragen mehr nach der Zukunft zu stellen. Zwar hielt ich selbst überhaupt nichts von Plänen, Planungen machten mir Angst, aber im Falle Julias (und mir) war ich in den Anfängen unserer gemeinsamen Vergangenheit doch regelmäßig ängstlich geworden, hatte zu wissen begehrt, wohin uns das führen würde – also eigentlich: mich. Auf dieses von ihr offenbar mehr wie Drängeln denn Quengeln empfundene Verhalten hatte Julia gereizt, falls ich nicht klein beigab, erschreckend aggressiv reagiert: Wenn man ein Tier in die Enge treibt –, das beißt, hatte sie mir einmal ihr Verhalten zu erklären versucht. Aber zu keiner Zeit hatte ich Julia als Tier betrachtet. Ich liebte Julia. Julia war eine Frau. Und ich wollte alles tun, dass sie in mir ihren Mann erkannte.

Es gab noch einige solcher Auseinandersetzungen, denn natürlich lässt sich das Ende des Sorgens nicht willentlich beschließen, so wie es manche mit als lästig oder ungesund empfundenen Angewohnheiten fertigbringen. Und in der Folge unserer Gefechte veränderte sich auch etwas in unserem Verhältnis zueinander. Ich konnte das nicht bedauern, denn ich nahm es als ein Zeichen für den bekannten Verlauf, den Liebesbeziehungen nun einmal nehmen. Und obwohl diese Veränderungen – eine minimale Abkühlung, eine minimale Verschließung der Herzen voreinander, ein Herunterklappen der Visiere – in meinem romantischen Herzen als Eintrübungen unserer Liebe empfunden wurden, hielt ich mir das damit einhergehende Bestehen der Realitätsprüfung als einen Gewinn vor Augen: Schließlich hatte ich gerade mithilfe dieser schmerzhaften Erlebnisse den Beweis erhalten, dass es eben doch eine richtiggehende Liebesbeziehung war, die ich mit Julia erlebte – gleich wie virtuell unser Beziehungsalltag sich auch darstellen sollte. Und all den damit verbundenen Schwierigkeiten zum Trotz.

So dreckig es mir in den Tagen nach der Abreise Julias ergangen war – gerade erschien mir mein Zustand nahezu stabil, wenn nicht sogar gut. Ich fühlte mich Julia wieder etwas nähergerückt. Und das war freilich ein schönes Gefühl. Eines, dessen religiöser Grundzug nicht abzustreiten war. Und eben nicht, weil ich Julia sogenannt abgöttisch liebte! Ich hatte ja überhaupt keinen Gott, wollte auch keinen haben und hatte dies mit einer Tätowierung aus Beirut zumindest für alle der arabischen Schrift Kundigen extrem klargemacht. Aber das Wesen meiner Hoffnung, dass es mit Julia und mir irgendwann noch einmal gut werden könnte – gut hierbei in der Bedeutung von: das Leben zusammen verbringen; dass sie eben doch die entführte Pferdeprinzessin war, wie mir das einst in Paris im Grand Palais eingefallen –, dies konfus anklammernde Denken an das Unwahrscheinliche entsprach doch so ziemlich den Motiven jener Menschen, die sich sonntagvormittags nicht in der Panoramabar, sondern in Kirchen versammelten, von ihrem Fortbestand nach dem Exitus überzeugt waren, sich ungehemmt vermehren wollten, ihrer Überzeugung nach und aufgrund all dessen nicht vom Affen abstammen konnten.

Trotz allem befand sich eine Befähigung zu Glauben in mir. Und bis dahin war die Idee einer Kirche auch positiv besetzt. Das änderte sich dann an jenem Abend, zwei Wochen nach dem aufwühlenden Treffen mit meiner Therapeutin, als ich, wie in jener Zeit üblich, früh zu Bett gegangen war. Und wie ich es mir zur Gewohnheit gemacht hatte, nahm ich auch an diesem Abend das iPhone zu Händen, um unter meinen bereits vor Behaglichkeit brennenden Lidern ein letztes Mal nach einem neuen Bild hinter dem Instagram-Türchen nachzuschauen.

Wo mir an jenem Abend auch prompt eines beschert wurde. Ein Bild, das mir, während der ersten Sekunden des Anschauens, als das Allerschönste vorkommen wollte, das Julia mir jemals gesandt.

Doch dann.

Wie aus der ersehntesten Freude die Qual würde, wie Liebe und Eifersucht zueinandergehörten wie Liebende sonst, das brachte Julia mir innerhalb weniger Augenblicke bei. Und das ohne Worte. Anhand eines Bildes. Einem Idol meines Schmerzes, den ich fortan nie wieder vergaß.

Auf diesem Bild war sie beinahe in Gänze zu sehen. Der Ausschnitt reichte bis an ihre Knie, die von der navyfarbenen Pyjamajacke unbedeckt geblieben waren. Die Jacke war aufgeknöpft, im Ausschnitt mit der weißen Paspel waren die Rundungen ihrer von mir so besonders verehrten Brüste zu erkennen. Julias Kinn schien mir entgegengereckt, ihr Gesichtsausdruck war verdattert, wie es mir vom Küssen mit ihr noch vertraut war.

Es gab ja durchaus so etwas wie ein Entgegeneilen im Geiste. Ich befand mich schon auf der Bahn, ich flog zu ihr hin – da fiel es mir auf: Ich konnte ihre beiden Hände sehen. Womit hielt Julia denn das iPhone? Das Gerät hatte doch keinen Selbstauslöser. Und wenn sie sich für diese Aufnahme vor einen Spiegel – das hatten wir ja schon mehrfach – es wäre dann doch immer das Gerät zu sehen!

Da wurde mir schlecht. Was mir jetzt einfiel, sollte mir niemals über die Lippen kommen. Ich hatte Julia nie betrogen.

Das Gefühl der Versuchung, dieses Bild noch einmal betrachten zu wollen, war mindestens ebenso groß wie der Schmerz, den ich davongetragen hatte. Mir fielen die Worte meiner Freundin Betony ein, im April, in Paris, als ich während des Springreitturniers diesen Zusammenbruch hatte. Da kannten Julia und ich uns noch kaum und ich litt unter diesem Gefühl, das ich nicht kannte und das mir Todesangst machte, weil ich mich gefangen fühlte, ausgeliefert. Ich war die entführte Pferdeprinzessin gewesen, so war es nämlich in Wirklichkeit, von daher die Verzweiflung, ich hatte um mich Selbst geweint. Betony hatte gesagt: It's just love. It heals as much as it hurts.

Als ich sie in meiner Verwirrung um das Foto anrief, ihren Ratschlag brauchte, sagte sie: That's pretty sick! Anders als damals sprach sie mir damit aus dem Herzen. Genau das trieb mich um, war dabei, mich verrückt zu machen: die Sache mit dem Foto war krank! Betony riet mir, auf Abstand zu gehen. Ein paar Tage nichts von mir hören zu lassen, vor allem nicht auf das Foto zu reagieren. Mal sehen, ob es Julia selbst in den Sinn kommen würde, dass sie mich damit verletzt hatte.

Tagelang ohne Julia? Das Herz kann im Fühlen sehr wohl sinken. Ich brauchte eine zweite Meinung. Ich war anscheinend in großer Not, denn als Nächstes rief ich jetzt Maxim an.

Klar, Maxim war noch immer mein guter Freund Maxim. Er würde das auch immer sein, aber seit dem schiefgegangenen Manöver mit dem australischen Brettspielfabrikanten, diesem dilettantischen Versuch, Frederick aus dem Verkehr zu ziehen, um mir und Julia – jedenfalls: seitdem stand zwischen uns das Unbehagen. Ein seltsames Patt, ein Mexican Standoff von Ingmar Bergman erdacht. Aber mein guter Freund Maxim wäre nicht mein guter Freund, wenn nicht selbst noch die mulmigste Unbehaglichkeit nicht mit einem Lächeln in den Keller geräumt werden könnte.

Wo steckst du gerade?, kam es aus dem Telefon, nachdem er mich mit Hallo, mein Lieber!, begrüßt hatte, als sei noch nie auch nur irgendetwas geschehen. Direkt treffen konnten wir uns aber nicht, denn er saß im Auto, mit Katja, und das in Chile. Darin bestand einer der Vorteile, wenn man, wie ich, auf das Führen einer vorwiegend virtuellen Beziehung konditioniert worden ist: Mir machte das nicht viel aus, dass uns in dieser wichtigen Angelegenheit lediglich das Telefonieren zur Verfügung stand. Ich verwechselte auch häufig sagen und schreiben. Wie man es traditionell in Erwartung von schriftlichen Antworten formuliert: Es würde mich freuen, von Ihnen zu hören. Katja und Maxim waren also unterwegs zu einem Schweizer Sammler, der bei Casablanca ein Weingut besaß. In Chile gediehen ja nach wie vor die verbliebenen Exemplare von Vitis Vinifera, der europäischen Urrebe, die im achtzehnten Jahrhundert von der Weinpest vernichtet worden war. Aber das interessiert dich jetzt wohl nicht wirklich, schloss Maxim seine Ausführungen. Was ist denn los?

Nachdem ich geendet hatte, konnte ich hören, wie er mit gedämpfter Stimme eine Zusammenfassung meines Berichts an Katja übermittelte, und das gab mir ein beruhigendes, ein familiäres Gefühl. Sogar, als ich sie mit ihrer tiefen Stimme sagen hörte: Oje.

Das ist schon stark, sagte Maxim. Und er riet, darin schien die Meinung Katjas mitbeschlossen, wie schon Betony: zu einem Rückzug auf Zeit. Anders als Betony beurteilte er Julias Verhalten nicht als krank, sondern entdeckte darin Verzweiflung. Katja nahm das Telefon an sich (wer steuerte eigentlich dieses Fahrzeug durch Chile?) und präzisierte: Sie offenbart ihren Konflikt. Dennoch: In dieser heiklen Situation mit ihrer fehlenden Möglichkeit zur persönlichen Aussprache hatte Julia die Mittel des Hilferufens falsch gewählt. Das müsste ich ihr nun zu verstehen geben. Aber unausgesprochen. Sonst entstünden unweigerlich Missverständnisse, die eventuell nicht mehr aufzuklären sind.

Ich fragte, ob wir uns bald wiedersähen, wann? Maxim war zu hören, dem es *so irrsinnig gut gefiel, hier in Chile* – er wisse gar nicht, ob sie jemals wieder zurückkämen!

Geliebtwerden macht frei. Dann fährt man mit seinem liebsten Menschen durch Südamerika und muss nichts von all dem vermissen, was man zurückgelassen hatte. Das ging mir ähnlich, nur andersherum und das überall – überall, wo ich nicht war, wollte ich sein – und überall vermisste ich Julia. Und zwar jetzt schon. Seit Langem bereits. Wie würde das erst werden, wenn ich – und eine weitere Meinung einzuholen konnte ich mir sparen – mich vor ihr verschließen würde?

Für die Benutzer von Instagram war es nicht vorgesehen, einmal hochgeladene Bilder wieder zu entfernen. Ähnlich wie Facebook es seinen Mitgliedern schwer machte, die Mitgliedschaft zu beenden. Ich hätte Julias Foto als anstößig melden müssen – was aus meiner Sicht, aus Betonys, Maxims und Katjas Sicht auch den Tatsachen entsprach. Aber ich fürchtete, dass Julia dann von Instagram vertrieben würde, und ließ es sein. Unseren Stream konnte ich deswegen leider auch nicht mehr öffnen, denn die abgründige Aufnahme saß obenauf.

Es dauerte richtig lange, noch sieben Stunden, bis nach dem Gespräch mit Katja und Maxim, da traf eine Nachricht von Julia ein: Dear, was ist mit dir? Ich mache mir Sorgen! Deine J

In meinem Bekanntenkreis gab es außer Katja und Maxim noch weitere Paare mit Kindern und manchmal, gern um die Weihnachtszeit, kam bei denen das Erzählen aus der Phase der sogenannten Schlafschule auf. Anscheinend muss man das machen, die Schlafschule gehört zum Passionsweg junger Eltern, der ja, wenn man nur ihren Erzählungen lauscht, die fehlende Kriegserfahrung meiner Generation (und der unserer Eltern) vollkommen wettgemacht zu haben scheint. Das Treiben auf der Muldensteinstraße, das sportlich-beiläufige Talwärtsschieben der Kinderwagen joggenderweise, das Stillen der Säuglinge während andererseits das iPhone bedient wurde, kann, so gesehen, sogar in heroischem Licht erscheinen. Analog dazu die Einträge moderner Kriegstagebücher, deren Brennpunkte stets auf dem Zähnekriegen, der Magendarmgrippe und eben der Schlafschule liegen. Dabei werden die Säuglinge ihres angeborenen Rhythmus entwöhnt. Anstatt alle neunzig Minuten nach Brust oder Flasche zu schreien, soll das ahnungslose Menschenkind plötzlich auf das von seinen Eltern für gut befundene Durchschlafen konditioniert werden. Das macht man wohl so, indem man den Säugling so lange brüllen lässt, bis er entmutigt aufgibt – und entkräftet weiterschläft. Bis eben die nächsten eineinhalb Stunden um sind. Addiert man die Brüllzeit hinzu, kommt man auf eine ziemlich Furcht einflößende Wachzeit. Die Fachliteratur grenzt den Besuch der Schlafschule auf etwa zwei Wochen ein.

Für Kinderlose hört sich das überschaubar, auf jeden Fall machbar an. Wer Kinder hat, den schüttelt es allein beim Gedanken, er müsste es nun mindestens vierzehn Nächte neben seinem verzweifelt brüllenden Kind aushalten. Gleichwie dann der Lohn aussehen mochte, der dem Helden dieser Tortur überreicht würde.

Das iPhone mit Julias lieb gemeinter Frage in Händen, lag ich tatenlos da und versuchte alles, dies auch weiterhin bleiben zu können (tatenlos). Irgendwann knipste ich das Gerät einfach aus. Die Vorstellung, dass unter der schwarz glänzenden Scheibe des Displays nun weiter Nachrichten von Julia eintrafen, die ich aber nicht mehr sehen konnte, war grausam. Wie Ertrinkende, die, durch das Eis in den darunterliegenden See eingebrochen, nun von unten her gegen das Eis klopften – schwach und immer schwächer. Ich ging aus, um nicht mehr neben dem aufgebahrten Gerät herumzuliegen. Ich traf mich mit ein paar Menschen im Kronengrill. Anscheinend fand man es erstaunlich, dass ich mich vor die Tür traute (meines als schmachvoll erachteten Abganges beim Verlagshaus wegen) – es war mir egal. Ich trank unmäßig, um das iPhone-Mikado durchstehen zu können. Ich konnte an nichts anderes denken. Es war fürchterlich. Hätte ich da bereits gewusst, dass Steve Jobs im nächsten Jahr um diese Zeit gestorben sein würde, es wäre mir egal gewesen. Mir ging es ja nicht um das Gerät. Ich dachte an Julia. Dem iPhone verdankten wir viel – aber wenn es das iPhone nicht gegeben hätte, wir hätten uns eines anderen Mittels bedient. Ich wollte mich darauf verlassen können, dass Julia auch ohne explizite Erklärung von mir wusste, was los war. Diese intuitive Verbindung hatten wir zum ersten Mal entdeckt, als ich in London einen Zusammenbruch erlitten und sie dies über viele Meilen hinweg durch ein beunruhigendes Gefühl mitgeteilt bekommen hatte. Vielleicht lag es am Alkohol, vielleicht wurde unsere Verbindung durch meine Abstumpfung in Mitleidenschaft gezogen. Zugleich wuchs mein Zweifel, ob es dieses Mal ebenso funktionieren würde. Ob sie trotzdem spüren konnte, dass ich mich nicht ihretwegen zurückgezogen hatte, sondern wegen des Fotos. Dass ich keine andere Frau getroffen hatte. Dass mir nichts zugestoßen war.

Oder eben halt: doch. Aber zur Abwechslung mal seelischer Art. Jetzt hätte es gutgetan, wir könnten reden. Als ich von dem Tisch aufstand, war ich ziemlich besoffen. Das lag am routinierten Nachschenken der Kellner, in meiner Wahrnehmung hatte ich nur ein einziges Glas gehabt. Auch fiel mir auf, dass ich mittlerweile mit Fremden zusammengesessen hatte. Dass die ursprüngliche Besetzung des Tisches bereits aufgebrochen war, hatte ich nicht mitbekommen. Auf dem Nachhauseweg kehrte ich dann noch in eine Bar ein. Später fand ich mich zu Hause. Da war es schon beinahe hell geworden. Ich trug das Gerät in die Küche und machte einen Kaffee. Ich nahm ein Bad, das Gerät legte ich in Sichtweite. Ich konnte nicht schlafen, das lag am schlechten Gewissen. Was tat ich Julia bloß an? Vor meiner Therapeutin verschwieg ich den Vorfall wie auch die Maßnahme, ja: ich log sie glatt an, als sie mich fragte, ob sich etwas Neues ereignet habe *zwischen Frau Speer und Ihnen*. Das heißt: Ich versuchte es, sie anzulügen. Auf mein Nein hin sah sie mich bloß an und sagte nichts. Als das nicht aufhörte, sagte ich ihr, dass ich nicht darüber reden *wollte*. Ich brauchte sie nicht zu fragen, ich wusste, dass sie mein Lügen sofort bemerkt hatte. Ziemlich zu Anfang unserer Zeit hatte sie mich darauf hingewiesen, dass man mir alles ansehen könne, was mich seelisch beschäftigte. Trotzdem log ich, denn ich wusste, dass sie mir die zehn Minuten erzählen von Julia streichen würde, wenn sie erführe, was Julia gemacht hatte. Und das wollte ich auf gar keinen Fall, denn diese zehn Minuten am Ende der wöchentlichen Therapiestunde waren doch das Einzige, was mir von den Möglichkeiten der Beschäftigung mit ihr geblieben war. Es stimmt ja nicht, jedenfalls für mich traf das nicht zu, dass die gedankliche Beschäftigung mit dem anderen reine Ersatzhandlung bedeutete. Für mich wurde es körperlich spürbar, so als berührte sie mich, mit ihren Händen und Lippen, mein Inneres, wenn ich von ihr erzählte. Wenn ich mich gedanklich mit ihr beschäftigte, dann war das Zeit, die wir gemeinsam verbrachten. Zehn Minuten die Woche – zuvor war es viel mehr gewesen, denn das Schreiben und Aufnahmen machen und das Kommentieren der Aufnahmen und das Beantworten der Nachrichten zählte alles zur gemeinsamen Zeit dazu. Aber wie Julia es mir ein paar Monate später nur an meinem Krankenbett in Sydney erklären würde: Seit der Stunde, da ich sie vor dem Bücherregal getroffen hatte, war ich keinen Moment lang aus ihrem Bewusstsein verschwunden. Und bei mir war es auch so: Sie war immer in mir. So betrachtet hatten wir die ganze Zeit – dann würde es bereits weit über ein Jahr sein, gemeinsam erlebt. Jeder im Bewusstsein des anderen. Als Fixpunkt der Gedanken, als heimlich empfundener Gefährte, als Teil des persönlichen Grundgefühls. Das war eine schöne Vorstellung. Eine tröstliche auch. Und dennoch: etwas begann zu fehlen. Sehr. Ich fragte meine Therapeutin: Wann ist es noch Lieben, wann wird es Wahn?

Sie gab mir eine sehr nüchterne Antwort, nichtssagend, für mein Bedürfnis, denn ich wollte eigentlich nur hören: Sie? Lieben. Das, was Sie empfinden und produzieren, zählt eindeutig zur Liebe, machen Sie sich keine Sorgen.

Auf dem Nachhauseweg konnte ich die bedrohlichen

Gedanken auch nicht weiter eindämmen: Als ich Julia kennenlernte und es so schwierig wurde, hatte ich den Job. Als ich den Job verlor, hatte ich Julia. Jetzt, im Moment sah es so aus, als hätte ich sämtlichen Halt verloren – außer Katja und Maxim, aber die waren außer Reichweite. Ich fühlte mich so bitterlich verlassen. Ich fürchtete, dass mich nun keiner mehr beschützen könnte, wenn das Verrücktwerden kam.

Es gab nur noch eine Nachricht, die ich noch nicht gekannt hatte: Bitte gib mir nur ein Zeichen: Deine J, und die war schon vier Tage alt. Ich tippte eine knappe Antwort, sie sollte sich keine Sorgen machen. Dass es mir gut ginge, Julia anzulügen, das brachte ich nicht über mich. Ihre Antwort kam innerhalb weniger Augenblicke um den Planeten gemeldet:

Bitte mach das nie wieder, ich habe Todesängste ausgestanden!

Ich schrieb: Verzeih mir bitte, bitte: verzeih!

Ich verzeih dir! Natürlich! Wie könnte ich dir je böse sein? Aber die Verbindung darf nie abreißen – verstehst du das bitte?

Ich verstand. Natürlich verstand ich. Ich verstand doch alles, was mit ihr und mit ihr, mit uns zu tun hatte. Und es war ganz egal, dass es niemand außer mir, niemand außer uns beiden verstand.

In der Nacht nach der Versöhnung lag ich wach bis zum Morgen. Als es hell wurde, stand es mir so klar vor Augen, dass ich es mitsprechen konnte. Ich schaute an die Decke und las ab, was mir vor Augen stand, ich sagte: Ich will mit Julia zusammen sein.

Die angenehmen Gefühle vom Abend zuvor waren aufgebraucht oder umgewandelt worden, auf jeden Fall war nun der Kummer zurück, das Schwindelgefühl ebenfalls, ich beobachtete mich beim Denken und sprach einfach mal halblaut mit, um mich meiner selbstzerstörerischen Pläne zu überführen. An diesem Morgen wurde in meiner Anwesenheit die Böse Kirche begründet. Deren Priester und einziges Gemeindemitglied ich war. Die rituellen Handlungen beschworen die Rückkehr Julias. Also hörte ich mich sagen: Nichts mehr essen. Nicht mehr schlafen. Nichts Schönes mehr machen.

Wenn all dies streng eingehalten würde, kehrte Julia zu mir zurück. An Silvester sagte Katja zu mir: Wir müssen dich endlich aus diesem Dauerliebeskummer rauskriegen, du gehst sonst kaputt.

Und ich fragte: Wieso?

Und sagte ihr, dass ich mein Leben eigentlich ganz schön fände. Bis auf das Alleineschlafen, das Alleinezubettgehen und das Alleineessen. Und darauf schaute sie mich an und sagte: Das ist doch ganz schrecklich, was du da sagst! Und dann weinten wir beide und kurz darauf begann das neue Jahr.

Ich glaube, Katja hatte damals Angst, ich würde bald sterben, wie Frank Giering, der ihr sozusagen vor laufender Kamera unter den Händen weggestorben war. Am Liebeskummer – und am Wodka natürlich. Ich trank ja auch viel zu viel in der Zeit. Anders hielt ich dieses Eingesperrtsein nicht aus. Die Traurigkeit war an mir emporgerankt wie Efeu. Eines Abends, nach einem Spaziergang durch den Park, war mir plötzlich so, als stieße der Wind mir das Turmfenster auf: Ich war zu Julias Witwer geworden. Mein Leben war nun ihrem Andenken und den gemeinsamen Erinnerungen gewidmet. Dem Schreiben der Nachrichten, dem Austausch der Fotos, ab und an ein Videotelefonat – das war doch auch nichts anderes als das Blättern in Fotoalben, das Hervorholen der Briefbündel, das Einlegen alter Videobänder von Familienfesten oder den Ferien auf Lanzarote.

Julia und ich, wir waren nun wirklich die Pioniere und die Verfechter der Liebe in Gedanken gewesen. Wir hatten die zeitgenössische Technologie zur Gedankenverbindung bis zum Anschlag ausgereizt – dabei fiel mir ein: lebte Freeman Dyson eigentlich noch? –, aber jetzt, nach einem halben Jahr ohne eine Berührung, ohne Streicheln, ohne Kuss oder einen Blick, der nicht durch einen Bildschirm gefiltert wurde, war meine Seele kurz vor dem Hungertod, so fühlte sich das für mich an. Als ich eines Morgens an der Fußgängerampel nach dem kleinen Knopf in der Unterseite des Grün-Bestellkästchens tastete und dabei irritierenderweise an Julia denken musste, beschloss ich: Jetzt reichts!

Und ich kaufte den Flug nach Australien.

Kernschmelze

Es war ein Donnerstagabend, zehnter März 2011, der Planet hatte sich eben erst aus dem Strahlungskegel der Sonne gedreht, als ich es mir in meinem Flugzeugsitz bequem zu machen versuchte. Diese Flugreise war tatsächlich die erste seit vielen Jahren, die ich in der Economy Class verbringen würde; all die Flüge in den Jahren, da ich noch über Mode schrieb – es war noch nicht lange her –, reiste ich sitzenderweise im vorderen Teil der Maschinen. Aber nun, mit zwei anderen Passagieren in einer Dreierreihe ans kalte Plastikfenster gerückt, konnte ich mir nicht vorstellen, dass ich unter solchen Bedingungen einen Flug nach beispielsweise New York von neun Stunden plus Retour auf mich genommen hätte, um dort drei Modenschauen à zehn Minuten zu besuchen. Keiner meiner Kollegen von damals – es erschien mir ja tatsächlich bereits unfassbar lang her – hätte das unter solchen Bedingungen auf sich genommen. Nicht einmal die Blogger; eventuell angehende Blogger, oder der Praktikant eines Bloggers. Was aber nicht an den neun Stunden Flugzeit, sondern an den zehn Minuten Modenschau lag.

Wäre das Ziel meiner Reise also die Modewoche in Sydney gewesen, hätte ich einem Achtunddreißig-Stunden-Flug (brutto) in einem bedrängten Sitzplatz mit Grauen entgegengesehen. Und nicht nur gesehen. So aber – wie nannte sich eigentlich das Gegenteil des Grauens? Wohlbefinden war es jedenfalls nicht. Da war eine gelbstichige Unruhe in mir, ein Gefühl, dass ich von ganz Früher, aus der Kinderzeit kannte: wenn ich auf einer Schaukel saß und mich dem Gefühl des nach vorne weggeschwungen Werdens ausgeliefert sah – diese Angst, den Halt zu verlieren und auf die stürzende Welt gekippt zu werden, gemischt mit etwas, das ich viel später erst als Lustempfindung benennen konnte. Zwar kam mir das Gefühl zu Kinderzeiten schärfer vor – aber das konnte auch ein Trugschluss sein, der in meinem Gedächtnis beim Blick in den Rückspiegel erzeugt wurde, wo bei den New Yorker Taxis zu lesen stand: objects are closer than they may appear. Beim Gedächtnis verhält es sich ebenso: Das Erinnerte (im Rückspiegel des Gedächtnisses Auftauchende) erscheint schöner, wärmer, größer, weicher – vor allem sinnvoller, als es das zum Zeitpunkt der Entstehung tatsächlich gewesen war. Mit dem Effekt, dass einem das eigene Leben als eine sinnvolle Verkettung von Wegmarken erscheint. Julia hielt die fatalistische Sichtweise für Unsinn. Ihr Argument, das Bild von dem Taxirückspiegel, fand ich überzeugend. Konnte es mir allerdings nicht vorstellen, dass es in zumindest einem konkreten Fall, dem unseres Kennenlernens vor dem Bücherregal, ebenfalls Zufall gewesen sein sollte, dass. Und in Folge lediglich eine Kette von Entscheidungen aus freiem Willen heraus, die. Ich konnte da nur von mir sprechen, aber ich hatte in dem Augenblick, da Julia mich vor dem Bücherregal angesprochen hatte, und ich in der Folge ihr unvorsichtigerweise in die schönen Augen geschaut, meine Willensfreiheit eingetauscht gegen ein unbedingtes Gefühl ihr angehören zu wollen – um jeden Preis. Selbst um den Preis – so hatte sie mich das während einer schrecklichen Auseinandersetzung einmal gefragt: dass wir uns nie wiedersehen könnten. Das war zu einem Zeitpunkt gewesen, der viele Monate nach der Begegnung vor dem Bücherregal lag; schmerzvolle Erlebnisse diverser Natur hatten wir da bereits überstanden, und trotzdem: Das Bücherregal, wir beide davor, was sie zu mir gesagt hatte, und ich zu ihr – in unserer beider Erinnerung blieb diese erste Begegnung von all dem, was danach mit uns geschehen war, nicht nur unangetastet, sondern wurde, da dies Ereignis am Anfang unserer gemeinsamen Erinnerung stand, von den nachfolgenden in ein goldenes, ein Licht von unantastbarer Reinheit gerückt.

Ich konnte ja so einiges, im Grunde besaß ich zu viele Fähigkeiten, um mich auf irgendetwas konzentrieren zu können, um in wenigstens einer Disziplin so etwas wie Meisterschaft zu erringen. Aber ausgerechnet die Ölmalerei beherrschte ich nicht. Denn ich wünschte mir so sehr ein kleinformatiges Bild von dieser Szene, gemalt im Stile Jan Vermeers: Mädchen trifft Jungen vor fremdem Bücherregal. Vielleicht könnte dies meine erste Entscheidung aus freiem Willen sein: Ich würde es wie Martin Margiela machen, der ja nach seinem Entschluss, der Modebranche den Rücken zu kehren, das Restaurieren von Gemälden des siebzehnten Jahrhunderts erlernte. Damals, als Julia nach ihrem Exil in den Savoyen endlich zurückgekehrt war und wir uns die immerwährende Sorge umeinander versprachen, da hatte ich ihr von Margiela erzählt. Damals freilich noch aus der Perspektive von einem, der um die Welt flog, um über Mode zu schreiben – so lange ist das nun schon her! Mittlerweile schien es mir richtig, Margiela nachzufolgen. Denn mit seiner letzten Schöpfung, dem Parfum namens Untitled, das Julia und ich verwendeten, hatte er den ersten Gegenstand unserer gemeinsamen Ausrüstung geschaffen, grundlegendes Zeichen unserer Zusammengehörigkeit. Beim Kauf des Flugscheins hatte ich nach einem offenen Datum für den Rückflug verlangt. Ich hatte keinerlei Vorstellung davon, wie lange ich in Australien bleiben müsste. Die Miete für meine Wohnung wurde im Dauerauftrag überwiesen, in Sydney würde ich mir eine australische SIM-Karte für das iPhone kaufen – was brauchte ich noch?

Meine Therapeutin hatte mir zum Abschied eine Ersatzmine für den Space Pen geschenkt. So etwas hätte ich nie von ihr erwartet, auch wenn wir uns schon so lange kannten und unvermeidlicherweise einige extrem tief gehende Gespräche geführt hatten. Als ich das kurze, dünne Ding ausgewickelt hatte, konnte ich nicht anders: Ich sah sie an und meine Hand setzte zuerst zur Landung auf ihrer Schulter an, schließlich legte ich sie ihr auf den Unterarm. Ich hatte Tränen in den Augen und zum Teil waren mir die aus Rührung gekommen, zum Teil aber auch weil ich dachte: Du hast ja keine Freunde mehr, deine Therapeutin steht dir näher als jeder andere. Sie legte ihre Hand, diesen lauwarmen Tintenfisch, auf meine, die da noch immer ihren Arm festhalten wollte, und dazu sagte sie: Ich wünsche Ihnen eine schöne Zeit. Als ich auf die Straße trat, fühlte ich mich von dem Space Pen, der in meiner rechten Hosentasche lag, beschützt, so als sei das gar kein Kugelschreiber, sondern die Waffe eines ritterlichen Ordens.

Eben nicht schlagartig, sondern: beschlichen wurde ich von dem Gefühl, seit Ewigkeiten nicht mehr unter Menschen gewesen zu sein. In einem Film hätte man das so inszeniert, dass mein Sitznachbar ein fürchterlich dicker Mensch gewesen wäre, aber in Wirklichkeit war das halt nicht so. Er war von unauffälligem Wuchs, seine Beine kaum länger als meine und dennoch suchten wir beide nach einem Weg, unsere Füße unter die Sitze unserer Vorderleute schieben zu können. Dass unsere Unterarme in

Ruhestellung auf den angrenzenden Lehnen beieinanderlagen, fand ich störend, aber es war nicht zu ändern. Dass ich die letzten – tja: Monate in ziemlicher Abgeschiedenheit verlebt hatte, das wurde mir aber an etwas anderem als an der erzwungenen Nähe zum Nachbarn bewusst: Ich sprach mit mir selbst. Das machte ich seit Längerem schon, aber hier fiel es auf. Und mir war es wiederum nicht aufgefallen, dass.

Paradoxerweise kommt man sich beim beengten Sitzen eben überhaupt nicht näher. Mein Nachbar überwand seine Scham. Als ich mein iPad aus der Umhängetasche zog, sprach er mich an: Habe ich auch.

Ich hatte ja nie verstanden, wobei es sich bei den sogenannten geschlossenen Fragen handelte, die es beim Führen von Interviews unbedingt zu vermeiden galt. Bei dem Habe ich auch schien es sich aber demzufolge um eine offene Feststellung zu handeln, denn ich spürte den Druck, etwas darauf zu erwidern. Es zu überhören wäre mir garantiert als Arroganz ausgelegt worden – kein gutes Signal zu Beginn einer ausgedehnten Flugreise –, meine Gesprächsbereitschaft wollte ich aber auf gar keinen Fall signalisieren, meine Therapeutin riete mir zu einer, wie sie sagte: klaren Ansage (also womöglich *Freut mich. Aber um ein Missverständnis zu vermeiden: Ich will mich nicht unterhalten. Eventuell später, aber jetzt bitte nicht*), ähnliche Szenarien probierte sie mit mir in Rollenspielen, aber in der Wirklichkeit funktionieren diese in der Therapie erlernten Strategien nicht nur nicht, sondern dann wirkt man tatsächlich geistesgestört. Und Julia? Sie verabscheut den Small Talk mindestens ebenso sehr wie ich, besitzt aber eine ungleich größere Souveränität, sich in das Unvermeidliche zu fügen. Zur Not bist das ja nicht du, sondern lediglich dein Körper, mit dem er sich unterhalten will, würde Julia gesagt haben.

Also antwortete ich freundlich. Und leitete damit die ungewollte Unterhaltung ein.

Sein Name war Holm – hört man auch nicht oft, besonders selten in unserer Altersgruppe. Ansonsten von besagt unauffälliger Erscheinung, war es nun plötzlich seine Frisur, die mich überraschenderweise beeindruckte, so als sei sie ihm eben erst von der Stewardess gebracht worden: Eine Föhnfrisur aus blondem Haar, das, womöglich mit Haarspray amalgamiert, vielleicht auch bloß so, metallisch glänzte, regelrecht gülden war. An den Seiten waren die Furchen, die eine sogenannte Skelettbürste hinterlassen hatten, fixiert (dies sprach für die Spraytheorie). Das zugleich längere wie auch aus anderem, einem noch glatteren Material wie etwa Trompetengold bestehende Haar, das den Hinterkopf bedeckte, war über dem Hemdkragen zu einer Imitation der aufbrandenden Gischt des einen Wasserfall imitierenden Hinterhaars geföhnt. Das wird mit einer Rundbürste gemacht, stellte ich im Stillen mit fachmännischem Stolz fest, während unsere Unterhaltung bereits in Gang gekommen war (schließlich schrieb ich ja einst über Mode, es war allerdings schon recht lange her).

Holm war Künstler, er kannte sogar meinen guten Freund Maxim, der wiederum kannte aber anscheinend Holm nicht, denn sonst hätte er mir schon von dessen kurioser Erscheinung berichtet. Wir begriffen uns ja beide als Punks, Maxim und ich. Und Holm, wie es mir nun schien, passte zu unserer Truppe bestens dazu – mit dieser Frisur in der Economy Class um die Welt!

Angenehmerweise ging es in unserer Unterhaltung, die zum großen Teil von Holm gefüttert wurde, nicht um den Kunstmarkt. Er beherrschte die Mixtur aus Gelesenem und Erlebtem, die stundenlange Gespräche ermöglicht, deren Einzelheiten man hinterher zwar größtenteils vergessen hat, aber nicht, weil man das wollte – sondern weil das so vorgesehen war. Und während wir auf dieser unverfänglichen Grundlage umherhüpften, besah ich mir sein Gesicht, die Frisur war nun in seine Gesamterscheinung integriert und unauffällig geworden; ich dachte: War Holm wohl jemals verliebt gewesen? Seit Julia weggeflogen war, stellte ich mir diese Frage andauernd. Unwillkürlich: der Mann, der mir die Falafel über den Tresen reicht, die Frau am Steuerpult der Straßenbahn, Holm, die Frau mit dem Baby, die Stewardess – hier, in dieser Röhre, zusammengepfercht auf den Sitzen, wie viele von uns, wer war jemals in seinem Leben schon verliebt gewesen? Verliebt so wie ich; verliebt zum Steinerweichen, bis zum Steinezerbeißen; mit Schlosshund und Zahngeklapper? Und seltsamerweise konnte ich mir das bei dem einen oder anderen auch vorstellen, aber nie (auch nicht bei den Frauen) in eine andere Person als in Julia; in meinen Vorstellungen waren Verliebtsein und Julia längst eins geworden; konnte sich, gleich wer, egal wo, jede heute lebende Person ausschließlich in Julia verlieben (oder es würde halt etwas anderes als Verlieben sein).

Holm war mittlerweile bei einer Würdigung der Vorzüge Sydneys angelangt. Für ihn waren das vor allem die Restaurants, deren Küche vor ein paar Jahren noch als einzigartig gelten durfte, mittlerweile war die sogenannte Pacific Rim Cuisine bis über besagten Rand hinaus über die industrialisierten Kontinente geschwappt. Von einer Australisierung Nordeuropas sei trotzdem nie die Rede, Los Angeles strahle popmythologisch mit größerer Macht; wer sich in Berlin oder Stockholm von weißem Fleisch und Smoothies ernährt, in Sportklamotten rumläuft und auch ansonsten bedacht wohlstandsverwahrlost, der begreife sich als kalifornisiert. Klar, von australischer Musik hatten wir seit Nick Cave und Python Lee Jackson nichts mehr gehört. Midnight Oil und INXS, Michael Hutchence vor allem – das wird heute mit australischer Kulturproduktion in Verbindung gebracht. Von australischer Kunst weiß man gar nichts, australische Modeschöpfer: unbekannt. Baz Luhrmann, dessen Shakespeare-Verfilmung von Holm und mir als erhaben beurteilt wurde, hatte mit seinem Australienepos namens Australia klar gemacht, worin das australische Problem besteht: auf IMDB.com waren weit über fünfzig faktische Fehler aufgelistet, die Drehbuch und Continuity, letztendlich also Regisseur Luhrmann selbst zu verantworten hatte. Offenbar war Australien selbst den Australiern egal. Vor einem Jahr noch hätte ich Kraft und Humor besessen, um beim Entspinnen einer haarsträubenden Nonsens-Diskussion über die Kultur Australiens mitzuhelfen. Aber, wie immer, wenn es lustig wurde, so als ob mein Körper gekitzelt würde, mein Geist aber gezwickt, fühlte ich mich in mir zusammensinken. Gerade so, als habe mir jemand das Spaßorgan entfernt.

Dass einem etwas schmerzlich bewusst werden kann: mir war das immer als Redewendung vorgekommen. Dass Gedanken wehtun können, also richtige Schmerzen auslösen, bei denen ich mir unwillkürlich die Seite halten musste, oder eine Hand auf die Herzgegend legen – eine Hand an den Kopf, wo die Ursache des Schmerzes doch war, brachte ja seltsamerweise keine Linderung –, dieses Phänomen kannte ich erst seit Julia. Als ich noch in dem Verlagshaus arbeitete, hatte es viele viele Tage gegeben, an denen ich schmerzfrei, sozusagen unter Betäubung die Stunden verbracht hatte, weil es mir da gelungen war, mich durch Arbeit abzulenken. So gesehen, aber das war mir halt erst mit einigem Abstand möglich geworden, hatte meine Beschäftigung dort etwas Gutes: mein über schlaflosen Nächten düster beschlagenes Gehirn wurde dort mit Pfeifenreinigern durchgebürstet, bis seine Windungen wieder rosig schimmerten. Das bemerkte ich leiderdings erst, wenn mir nach Verlassen des Gebäudes Schritt für Schritt bewusst wurde, wie es sich wieder eintrübte, rußig wurde, bis ich zu Hause oder im Restaurant eingetroffen war: schwarz. Die Erinnerung an die Schmerzen waren vom Schmerz selbst nicht zu unterscheiden, der schien derart eindimensional und an ihm war nicht zu rütteln, sodass er nicht verzerrt wurde, abgemildert, verklärt – fiel mir mein Schmerz um Julia ein, litt ich ihn zugleich. Und passierte mir das vor anderen, oder neben ihnen, so wie jetzt neben Holm sitzend, der von einem Fischrestaurant schwärmte, dann geriet ich in den Griff meines panischen Wunsches, mich verkriechen zu können. Verstecken! Zumindest das Gesicht unter die Windungen meines Schals ziehen zu dürfen wie eine Schildkröte. Ein Mal und dann noch ein Mal kurz hielt ich mir beide Hände vors Gesicht, wahrscheinlich hielt die Stewardess das für einen nervösen Tick. Man will ja lieber für verrückt gehalten werden, als das Leiden zu offenbaren. Nur: beim Verliebtsein wird das irgendwann eins.

Wir hatten beide nur herumgepickt in unseren Bordmenüs – bemerkenswert fand ich, dass sich die Qualität der Verpflegung hier nur in der Darreichungsform unterschied von der auf Porzellan und mit Metallbesteck servierten Nahrung im Bug. Als unsere Klapptischchen von den ineinandergeschachtelten Plastikschalen geräumt waren, plazierte Holm ein silbernes Kästchen vor sich, um ihm eine Phiole mit lilafarbener Flüssigkeit zu entnehmen. Die außerdem sich in dem Kästchen befindlichen Metallröhrchen setzte er zu einer E-Zigarette zusammen, deren Kondensationsbehälter er aus der Phiole befüllte. Da ich das Rauchen im vergangenen Herbst ultimativ aufgegeben hatte, lehnte ich sein freundliches Angebot, einen Zug zu nehmen, zunächst ab. Holm insistierte. Ein Flug dieser Länge, in dieser Enge sei nur auf diese Weise durchzustehen: Das Öl in seinem Apparat stamme aus dem persönlichen Vorrat des Bruno Brunnet. Destilliert aus einem knappen Pfund Purple Haze – allerdings nach biologischen Richtlinien in Brandenburg angebaut und von daher auch frei von Pestiziden. Die Frau mit dem Baby sagte auch nicht Nein. Als sie an dem Silberrohr saugte, leuchtete am Ende eine orangefarbene Diode auf, um Tabaksglut nachzuahmen. Nikotin war in dem befremdlich kühl schmeckenden Luftstrom keines enthalten; aber eine extreme Dosis THC. Und es war um Entscheidendes gemütlicher, hier, auf den vergleichsweise komfortablen Sitzen zu kiffen als im Stehen und allein in der Toilettenkabine (mit bangem Blick nach den ominösen Rauchmeldern, deren exakter Sitz doch nie zu entdecken war).

Und man kann gegen das Kiffen sagen, was man will – es macht stumpf, es macht paranoid und es kann Psychosen lostreten –, alles korrekt, stimmt so, hatte ich um mich herum immer wieder erlebt, aber: seit es nicht mehr stinkt, das Kiffen, sollte mit jedem Ticket der Economy Class ein E-Joint verteilt werden. Denkbar wäre auch ein hierfür angefertigtes Kästchen, ähnlich dem, wie Alfons es aus Silber besaß, mit dem Logo der Fluggesellschaft versehen – als adäquates Pendant zu den Flauschsocken und Schlafbrillen für die Inselbesitzer im Bug.

Im darauffolgenden Dezember würde *Black Swan* in die Kinos kommen. Ein grandioser Film, der beste, den ich seit langer Zeit geschaut haben würde, und unter anderem auch endlich mal ein Film, der eine gelungene Darstellung vom Substanzenkonsum und davon, wie die Substanz auf die Nehmenden wirkt, haben würde.

Schwer darzustellen: mein Zustand. Zustand meines Bewusstseins. Extrem konzentriert – einerseits. Dazu: vom leidvollen Denken befreit. Erlöstheit eher denn Gelöstheit. Insgesamt schwer, eine verlässliche Aussage zu machen, ob ich monströs entspannt war, hyperlaxativ, oder ob die Signale von Schmerz und Verspannung einfach nicht mehr durchkamen durch den lilafarbenen Wall rings um mein Bewusstsein. Darin befand sich mein gedankliches Schlaraffenland. Oder wie Rainald Goetz das einst in Rave geschrieben hatte: Es wird ja viel zu wenig gekifft, auf Erden. Und beinahe musste ich lachen, denn: in den Lüften aber auch! Ich dachte an Holms Erzählung von dem Fischrestaurant in dem Hafenviertel von Sydney, dass sie dort einen Sushimeister aus Tokio haben, der einen abartigen Kunstgriff beherrscht. Bei großen Fischen setzt der noch am Verkaufsstand des Marktes sein Messer im Nacken des Tieres an, macht einen winzigen Einschnitt und trennt den kritischen Teil der Nervenstränge, die durch dessen Rückengräte verlaufen, durch. Der solcherart präparierte Fisch wird dann restaurantwärts abtransportiert, dort auf Eis gebettet und regelmäßig befeuchtet, sodass ihm die Kiemen nicht trocken oder gar brüchig werden. Durch den raffinierten Schnitt bleibt der Fisch bis zur Präsentation vor den Gästen lebendig, ist aber nicht mehr in der Lage, sich zu bewegen (mit der Schwanzflosse zu schlagen, umherzuzappeln oder Ähnliches). Das Zerteilen des Fisches zu Sashimi vor den Augen der Gäste garantiert diesen den zweifelsfrei fangfrischesten Fischgenuss, wie er an Land überhaupt denkbar war.

Das bin ja ich, dachte ich. Und nahm noch einen Zug.

Ich bin dieser Fisch. So liege ich da und warte auf – Gäste? Auf den einen, die Gästin, die ja doch niemals kommt. Julia beherrscht diesen Trick bei mir ganz ohne Messer. Sie macht das mit ihren Augen. Mit ihrem dunklen Blick und mit einem Kuss.

So muss Zwangsernährung sich anfühlen:

Festgeschnallt auf einem engen Sitz, unausweichlich strömt die Nahrung in dich ein – allein es füllte sich ja nicht mein Bauch, es war mein Hirn, das Denken, das sich an einen unermüdlich pluckernden Schlauch angeschlossen fand. Ich dachte an das weiße Gesicht Friedrich Schillers, es war aus Stein. Die Statue befand sich auf dem großen Platz zwischen Konzerthaus und Französischem Dom am Gendarmenmarkt. Zu seinen steinernen Füßen, die unter dem Gelehrtenmantel verborgen dargestellt waren, verlief ein eisernes Gatter, an das wir unsere Fahrräder geschlossen hatten. Die Schiller-Statue war unser Treffpunkt gewesen, der große Platz gehörte uns. Immer hatten wir uns dort zum Küssen getroffen. Nicht viel reden, nicht viel anderes machen. Nur küssen und anschauen, anschauen und küssen. Dazwischen mal fassungslos flüstern: Du bist so schön! Und darauf flüsterte der andere: Du!

Und überhaupt Flüstern. Auf Beerdigungen oder generell in Kirchen. Bevor es chinesische Touristen gab, war es in sämtlichen Kathedralen Europas mucksmäuschenstill. Warum man als Liebender von alleine anfängt, mit dem Liebsten zu flüstern? Um die Intimität zu wahren, dass keiner mithört, war, so konnte ich das mit einem Male betrachten, nicht der wahre Grund. Aber das Heilige, die Ehrfurcht im Angesicht des Geheiligten, vor der Liebe stehend, eng umschlungen – Herz an Herz gedrückt vor der Weihestätte des Menschenmöglichen: Da wurde man doch von alleine zum Mucksmäuschen. Den möchte ich sehen, der in Julias Armen noch Schatz rufen kann, Hase, oder ähnlichen Quark.

Freundliche Weiten – in mir und um mich herum, alles und alle mit einbegriffen: Julia, Holm, das Baby und die Mutter, die Stewardessen wie die Inselbesitzer im Bug, von dort auch irgendwann die Stimme des sogenannten Kapitäns und seines Ersten Offiziers, als sie uns, ihren Passagieren Kunde brachten von dem großen Seebeben vor der Küste Japans, weswegen unser Zwischenhalt nicht in Südkorea stattfinden sollte: Wir schmunzelten bloß und es gab wohl diese Gänge zu den Toiletten, während derer ich den dicken Filzstift aus meiner Umhängetasche gezogen hatte, um ihn, den sogenannten Soultip rein gar nicht verschämt vor den Blicken des Luftpersonals aufzuschütteln wie ein Cocktailgefäß, um die leuchtend rosafarbene Tinte der Marke On The Run vermittels der darin umherklackernden Glaskugel fachgerecht zu durchmischen, um auf dem Kabinenspiegel ein herrlich versales J aufmalen zu können, sodass, während irgendwo unter uns, auf japanischem Gelände das Kernkraftwerk von Fukushima zum Brennpunkt der weltlichen Besorgniskonzentration geriet, wir dort oben, gleitenderweise, von alledem zwar Kenntnis erhielten, aber es schien mir nicht nur so, der Planet und die Welt waren: unendlich weit weg. Oder wie es bei Depeche Mode weiter unten hieß: Never let me down again. Und dann der Schlaf. Danach das Erwachen. Ein Bordfrühstück, das wir trotz seiner Widerlichkeit verschlangen. Und später freilich, als man den Glauben daran längst schon verloren hatte, als der in den Wolken aufbewahrte Zustand als der einzig noch denkbare akzeptiert schien (wozu Beine?), erfolgte die Landung, der Blick aus den ovalen Fenstern zeigte, wie immer, wie gleich wo, eine faszinierend banale Landschaft, Sydney, das Aufspringen der Gepäckladeklappen, das Herumstehen der Ungeduldigen in den Gängen, bis sich die Luken öffneten, das Hinaufgehen in den Tunneln aus Aluminium, die ersten Werbetafeln, der Flughafen, die Rollbänder, die Snackbars, das Terminalgebäude. Ihre Stadt.

Verabredungen. Und mein Kennenlernen ihrer Umgebung: der Sand auf den Straßen, die Einwohner, dass sie alle in Surfklamotten umhergingen, das Andersartige und das Gewohnte, an dem ich mich nicht gerade festhielt, aber mithilfe dessen ich meinen Aufenthaltsort am entgegengesetzten Teil des Planeten triangulierte – wie oft ich mich mit Julia getroffen haben mochte, wie oft wir uns verabredet hatten, wie oft diese Verabredungen abgesagt, verschoben oder neu angesetzt worden waren –, dies alles wurde dann letztlich verschluckt von einem unfassbar mächtigen Phänomen, ausgelöst von meinem Zusammenstoß mit einem Auto, dessen Lenker ich niemals kennenlernen würde; eigentlich also durch den Aufprall meiner linken Schläfe auf dem australischen Asphalt, herabgestürzt von meinem Public Bike, hernieder auf den ewig sommerlich warmen Straßenbelag der Darling Street, unweit des Balmain Hospital: Das Phänomen bezeichnet das elliptische Löschen des Gedächtnisses rings um den Zeitpunkt eines Schockerlebnisses herum. Es heißt antero- und retrograde Amnesie.

On Darling Street

Die Welt ist voller Menschen, dachte Julia. Das iPad lag leuchtend auf ihren Schenkeln, die sie, ihre nackten Füße auf einen dritten Stuhl gestellt, zur Lesestütze aufgerichtet hatte. Auf dem zweiten Stuhl am Tisch des Straßencafés saß Frederick. Er las in seinem Buch. Sie war seit dem Anklicken der Zeitschrift noch keine Seite vorangekommen – obwohl sie öfters hinschaute. Julia legte ihren Kopf an seine Schulter. Er streichelte ihr, ohne vom Buch aufzuschauen, über den Nacken und hielt sich dann mit aufgespreizten Fingern in ihren Haaren fest, stützte ihren Hinterkopf. Vor ein paar Wochen hatten sie verabredet, dass sie es sich länger wachsen lassen würde. Als sie sich kennengelernt hatten, vor mittlerweile über sieben Jahren, hatte Julia ihr Haar auch länger getragen. Frederick hatte das damals schön gefunden, das hatte sich eben neulich erst, beim Betrachten alter Fotos, herausgestellt. Weiblicher war das Wort, das Fredericks Empfindung am präzisesten wiedergeben konnte, doch war ihm bewusst, dass Julia mit diesem Begriff, dem des Weiblichen, nichts anfangen konnte – wenn er auf sie gewendet wurde. Also: schöner. Frederick fühlte seine Empfindung für eine Julia mit längerem Haar dadurch nicht weniger gut erfasst.

Worüber man dann alles doch nicht redet, dachte Julia. Dieser Einfall war infolge der Erinnerung an das Haargespräch mit Frederick gekommen. Eigentlich aus dieser

Erinnerung heraus, die wiederum hervorgerufen wurde durch sein von ihr nicht nur als angenehm, sondern als schön empfundenes Streicheln ihrer Nackenhaut bis in ihren Haaransatz hinein. Zärtlichkeit. Zärtliche Gefühle: das Gewahrwerden ihrer Gefühlswelt, die sich nach wie vor, nach mittlerweile sieben Jahren, rings um Frederick aufbaute (sobald Julia sie zu beschauen kam): es wirkte wie ein Sockel auf sie, der alle schönen Gefühle, die es für sie geben konnte, stützte. Und nährte. Ohne Frederick würde es in ihr öde und leer. Eine grauenhafte Vorstellung. Fürchterlich! Diese Ödnis in ihr würde ja eben nicht freundlich sein. Eine Leere, aus der alles Leben getilgt war, eine Brandstätte. Seit sie sich erinnern konnte, wurde Julia schon von der Furcht vor dieser auch sie selbst vertilgenden Leere in sich gequält.

Seit sie in Australien angekommen waren, konsultierte sie auch wieder einen Therapeuten. Die grausamen Angstzustände hatten sie in immer kürzeren Abständen übermannt. Oft tagsüber, wenn Frederick seine Arbeitsstelle besuchte. Dann aber immer häufiger auch, während er bei ihr war. Wenn er ihr abends in einem Restaurant von den ungewohnten Anforderungen seiner Tätigkeit berichtete – die Mitarbeiter, die Sprache, das Land und diese Stadt. Und natürlich hatte er viele Fragen an sie gehabt – sie war doch seine Vertraute! Aber ausgerechnet da funktionierte sie mit einem Mal nicht mehr. Nur noch ganz schlecht. Das mit der Einschränkung hatte sie von ihrem Therapeuten (sie hatte auf einen Mann bestanden). Gemeinsam wollten sie an der Aufrichtung ihres Selbstwertgefühls arbeiten. Zumindest hatte er das vor. Julia blieb skeptisch. Natürlich, wie sie beinahe belustigt anfügen wollte. Wenn es nur nicht so verdammt anstrengend wäre. Und traurig. Denn eine déformation professionelle war es ja nicht. Der Fachmann war sogar der Ansicht, die Philosophie wirke fatal auf ihre Persönlichkeit. Die Verlustängste – weitgehend grundlos, seiner Ansicht nach –, ihre globale Verunsicherung und die Depressionen würden angesichts ihrer erworbenen Fähigkeiten des messerscharfen Nachdenkens und kaltblütigen Analysierens nur verstärkt – eben weil ihr diese Fähigkeiten im Nachdenken über sich und beim Analysieren ihrer Situation nicht hilfreich waren. Was nur dazu führte, dass sie sich selbst als nichts anderes begreifen konnte als etwas, auf dessen konsequente Beseitigung sie trainiert worden war: ein Problem. Als großer Kircheimdorflasser sah Frederick das nicht tragisch. Fühlte sie sich kurz davor, durchzudrehen, legte er seine schweren Arme um sie und sagte: gar nicht tragisch. Ist doch nicht schlimm. Dann brach sie in Tränen aus. Denn dann konnte sie spüren, dass Frederick sie liebte (O ja, und wie!). Sich selbst aber spürte sie dann schwächer und schwächer. (Ungesehen sank Julia in den Grund ihrer Brandstätte ein.)

Sie legte den schönen Kopf ein wenig in den Nacken, um Fredericks Hand, die unverändert stützend sich an dieser Stelle befand, etwas kräftiger zu spüren zu bekommen (und er zugleich sollte sie, sollte die Stränge ihrer Muskulatur befühlen dürfen, die dort unter ihrer nicht anders als kindlich zu beschreibenden Haut verliefen; wie sie sich anfühlten; dass sie voller Leben war, überall unter dieser Haut). Von ihrem Platz vor dem Auntie Pasta wies der Ausblick die Darling Street hinunter, bis dort das Meer in der Bucht zu sehen war. Und darüber, wie ein Portal: der altmodische Buckel der eisernen Brücke, dahinter die Hochhäuser der Innenstadt am gegenüberliegenden Ufer der Bucht. Die Häuser hier stichworteten New Orleans, die Brücke war der Weg vom Prenzlauer Berg in den Wedding (Berlin), die Bucht mit den Silbertürmen dahinter: Chicago. Alles in

Sydney und um Sydney herum war wie etwas woanders. Sogar die Tageszeitung hatte einen Schriftzug in Frakturlettern, der zwar etwas anderes sagen sollte, aber sie las noch immer zuerst: New York Times. Nur an den Zebrastreifen gab es runde Schilder, auf denen zwei marschierende Beine in Hosen, ohne Oberkörper aber mit Schuhen ein Zeichen bildeten. Die Schilder waren leuchtend gelb. Und diese Schilder hatte Julia noch nirgendwo sonst auf der Welt gesehen.

Aber dieser schiefe Baum mit seiner flirrenden Krone – dort drüben, vor dem Haus, gleich nach der einquerenden Johnston Street: Den gab es ihrer Erinnerung nach sowohl auf Sri Lanka wie auch auf Favignana, dieser Insel bei Sizilien, wo es sonst beinahe gar nichts gab, außer Felsen und rötlichen Staub und die Fischkonservenfabrik (und eine Taverne, auf der Mitte der Insel, zu der man entweder eine Stunde lang durch den heißen Staub wandern musste, oder aber mit dem Fahrrad, wenn man sich zur Abwechslung mal betrinken wollte – beides nicht ganz ungefährlich, bezüglich unversehrter Heimkehr nach dem Trunk).

An Favignana, die erste Ferienreise mit Frederick, hatte sie schon einmal denken müssen. Das war, als das Flughafentaxi vor dem Haus hielt, in dem sie künftig wohnen würden: vom Auntie Pasta eine halbe Stunde zu Fuß die Darling Street hinauf: Jane Street, Ecke Vincent. Das Haus mit der geschnitzten Veranda und den gelben Rollos hinter den Fenstern im oberen Stock. Sand – auf der Straße. Das war ihr sofort aufgefallen, Frederick hatte sie danach noch darauf hingewiesen, dass da Sand auf der Straße lag. Schön hatte das ausgesehen: eine sichelförmige Verwehung.

Julia liebte das Meer, seinen Geruch und die Farbe, somit auch alles drum herum, was mit dem Meer zusammenhing: Salz und Wärme, Frotteehandtücher, der Duft von Sonnenmilch, Doppelkekse, die beim Abbeißen knirschten, weil sie gewürzt waren mit einer Prise Sand. In den ersten Tagen hatten sie beide noch darauf geachtet, wo überall Sand herumlag auf den Straßen und Wegen in Sydney. Nirgendwo rote Erde. Sogar die Pflanzen wuchsen im Sand. Mittlerweile fiel der Sand Julia nur noch selten auf. Wenn der Sand an besonderen Orten auftauchte zum Beispiel. Wie neulich, in der blank polierten Schalterhalle dieser Bank.

Sie hatten nun wieder andere Themen. Das gehörte mit zum Eingewöhnen, dass man sich nicht mehr über das Fremde wundert, sondern die Gespräche sich wieder mit den Alltäglichkeiten beschäftigen. Und bald war alles beinahe wie zuvor in Berlin. Beinahe. Die neue Umgebung war wie eine fremde Sprache. Allerdings war Sydney nicht wirklich exotisch, denn alles hier, die Straßen und Häuser, die Menschen und Autos und Schilder und Speisen, das Vokabular dieser fremden Sprache erinnerte wie gesagt immer an etwas, das sie bereits kannten, oder das zumindest ihr, Julia, vage vertraut erschien. Von daher war der Prozess der Eingewöhnung hier doch nicht mit dem Erlernen einer Sprache zu vergleichen, sondern allenfalls mit dem eines Dialektes.

Das Haus hatten sie leer belassen. Beziehungsweise: so spärlich möbliert, wie es ihnen übergeben worden war. Das Waschmittel, das Julia in Berlin verwendet hatte und von dem sie sicherheitshalber eine Vorratsflasche per Kurier an die Adresse in Sydney geschickt hatte, wurde hier unter einem anderen Handelsnamen verkauft, aber die enthaltene Mixtur an Duftstoffen war identisch. In den ersten zwei Tagen nach der Ankunft ließ sie die Maschine ziemlich ununterbrochen laufen, dann verströmten Kissen, Decken, Laken, Vorhänge, Geschirrhandtücher den heimatlichen Duft. Das nichtssagende Bild, das über dem Bett hing, hatte sie abgenommen, aber der Anblick eines hellen Fleckes auf der Wand erschien ihr als noch störender (im Sinne eines Dekorationswillens). Ein Bild, beinahe gleich welches Motiv, fiele ihr bald nicht mehr auf. Ihre beiden Koffer stapelte sie gegenüber dem Bett an der Wand auf. Die Schrankbretter waren mit Zeitungsseiten bezogen, auf dem mittleren sah man den Qualmberg und das World Trade Center. Frederick störte das nicht. Er fand es kurios.

Sie konnte spüren, dass er aufgehört hatte zu lesen und gleich das Buch zuklappen würde. Das spürte sie, ohne hinsehen zu müssen. So sehr waren sie beide in sync. Manchmal wurde es Julia zwar nicht eben schmerzlich, aber trotzdem bewusst, wie überaus zivilisiert ihre Beziehung zueinander war. Über alles konnten sie reden, alles wurde zur Sprache gebracht. Auch Dinge, die in ihrem unausgesprochenen Zustand, in den Formen von Wünschen oder Ängsten, beherrschend gewirkt hatten. Im Gespräch mit Frederick wurden sie nicht zerkleinert, aber – anders ließ sich das Gefühl nicht ausdrücken: zweidimensional gemacht.

Und so war dieser Satz: Ich hoffe, dass uns diese Reise wieder näher zueinanderbringt, den sie an dem Morgen nach der Nacht, in der sie beschlossen hatten, das zu machen, das mit Australien – als Julia ihren Wunsch, diese verrückte Hoffnung, ihm gegenüber geäußert hatte, war das plötzlich bloß noch ein Satz gewesen. Und das gesamte Hintergebäude, ihre Angst und das Gefühl des Mangels und der Trauer über Verluste war darin verschwunden wie ein Wurm in seinen Apfel. Und Frederick hatte sie angeschaut und sich ein bisschen gewundert. So als sei selbst das unnötig, so als sei gar nichts weiter geschehen.

Dabei konnte das doch nicht sein, dass ihm entgangen war, dass ihre Beziehung sich verändert hatte. Oder war das wie mit dem Altern, dass man es selbst gar nicht mitbekam, wie man langsamer und langsamer wurde (erst wenn man gebrechlich war, fiel es einem auf, aber dann war es zu spät). Und am Bruch waren sie längst noch nicht angelangt – weder aus ihrer Sicht noch aus seiner anscheinend. Sosehr sie sich als eins empfanden – so genau wusste man eben doch nie, was der andere erlebte, wie er es empfand.

Gehirntier: Das war eins dieser Worte, die Julia von mir hatte (aus einem Buch von Arno Schmidt), und eines von denen (von mir), die sie jetzt gerade so gar nicht gebrauchen wollte. Aber trotzdem: Gehirntiere waren eben so. Zumal es damals, auf der Insel namens Favignana, sich so ganz anders, ja: angefühlt hatte. Das mit dem Anfühlen war mittlerweile virulent geworden. Die Nachrichten aus der Gehirnforschung waren ins Feuilleton vorgedrungen, bis in Zerstreuungslektüren wie etwa Neon (auf dem iPad in Julias Schoß) oder den New Yorker (die App hatte sie auch) hinein, sodass man nirgendwo noch eine Pause finden konnte vom Fühlen. Wie etwa politische Situationen sich angeblich auswirkten auf das sogenannte Gefühlsleben, ein regelrechter Gefühlsterror, so fühlte sich das für sie an. Aber das war eben auch interessant. So als ob ich das geschafft hatte, das komplette Geistesleben des Planeten mit meinem Willen zu infizieren. Der aber so gar nicht der Julias war. Denn: Frederick war das Punkt Punkt Punkt

An Favignana denken. Und an all die anderen Orte. Damals hatte Frederick sie aus einer düsteren Welt hervorgeholt. Jahre waren das gewesen. Die Jahre nach Addis

Abeba. Eine Zeit, die in einer Kapsel steckte, da konnte sie, da wollte Julia auch nie wieder hin. Wissen, was drinsteckt: uferloses Gefühl des Verschwindens. Ein Verschwinden, das niemand mitbekommt, auch sie nicht, ein Sekundentod. Wie es in dem englischen Roman völlig zutreffend stand: And then everything Emma ever knew or felt was gone. Weg. So hatte sie sich gefühlt, als Alexander dort vor ihr saß, sitzen geblieben war, in den Minuten, da sie ihn mit ihrer Abreise bedroht hatte und er, nach Landesart mit den Händen essend, ihr eine Gursha anbietend (das Ironische hatte er von ihr): na gut. Scheinbar einfach so. In einem Gefecht hatte es diese Situation gegeben, dass ihr Kontrahent, größer als sie, eventuell auch stärker, aber zumindest mit längerem Arm, sie mit seinem Stick derart in Schach gehalten hatte, dass sie nichts mehr gegen ihn ausrichten konnte, als sich zu wehren. Da noch einmal, aber von da an nie wieder! Das Manöver wurde Bindung genannt. Und als ob sich ihr Herz dadurch gespalten hätte, sie konnte ja wirklich für beide empfinden – für ihn und für ihn. Aber anstrengend war das. Manchmal. Oftmals auch: sehr. Warum das dann aushalten? Eher ging es ja darum: Was, wenn nicht?

Sie musste sich, in sich, als Bild ihrer selbst, auf die Seite drehen, liegenderweise, dabei den Rücken ihrem erzählenden Selbst zugewandt, um die Kennenlerngeschichte hervorholen zu können. Das war an einem dunklen Tag in Bremen gewesen, als sie in Begleitung eine Bar betreten hatte, in der sie im Verlauf der nächsten Stunden einer ganzen Gruppe von Fremden vorgestellt worden war. Obwohl sie liebend gerne allein war, bezeichnete Julia sich dennoch als eine gesellige Person. Es war sogar so, dass sie in Gesellschaft nicht nur besonders gut, sondern überhaupt erst funktionierte. Zumindest, was allgemein unter diesem Begriff verstanden ward. Und so verlief dieser sogenannte Abend dann auch. Sie kam gut an. Allseitiges Interesse an ihrer Person. Eine längere Zeit des globalen Desinteresses an Männern lag hinter ihr. Dass die nun abgeschlossen sein würde, das hatte sie nicht kommen sehen. Überraschungen liebte sie sehr, aber besonders dann, wenn sie dabei die Oberhand behalten konnte. So schien ihr Frederick klar als der am wenigsten von seiner selbst eingenommene Mann in der Runde. Sie hatten später immer wieder darüber gesprochen: dass sie ihn ungefährlich gefunden hatte, von Anfang an. Aber das gerade darin das Wunder bestünde: Total verknallt, das kann ja jeder. Sich der Leidenschaft opfern – aber wenn die erst abflachte, bei sinkendem Oxytocinlevel? Ihre Beziehung war hingegen immer nur besser und intensiver geworden. Zuneigung als Prozess. Und eben gerade nicht unweigerlich. We took it from there. Von diesem Bremer Abend, von ihrem Kennenlernen hatten sie beide kaum etwas in Erinnerung behalten. Beziehungsweise: In ihren Erzählungen spielte dieser Moment, Stunden waren es wohl, keine Rolle. In Gesprächen nahmen sie das immer wieder als Zeichen des Besonderen, mit dem sie ihre Beziehung auszeichnen wollten: Andere zogen sich ja mühsam daran hoch, wie schön das einst gewesen war, wie magisch. Bei ihnen war es anders, besser, denn wo andere zurückblicken mussten, schauten sie beide, sie selbst wie auch Frederick, mittlerweile gern nach vorn: auf ein Leben, das wie ihre Liebe immer besser werden würde. Klar, es hatte Probleme und problematische Phasen gegeben. Julia wollte jetzt nicht an das Bücherregal denken. Schon merkwürdig: Je häufiger man an etwas nicht dachte, desto häufiger fiel es einem ein.

Auf Favignana waren sie sich noch sehr fremd gewesen. Extrem. Julia kannte sich gut und wusste von daher, dass es mit ihr am schönsten war, wenn sie sich abgelehnt glaubte. Oder noch nicht angenommen – was ja auf das Gleiche hinauslief. Die Tage dort waren auf die ihr liebste Weise verstrichen. Nämlich tatsächlich so: streichelnd, wie der Luftzug des warmen Nachmittagswindes, der die Vorhänge ihres Hotelzimmers blähte. Als es dämmrig geworden war, waren sie aufgestanden, und beim Zurückkommen vom Duschen fand Julia den toten Gecko im Bett. Frederick hatte ihr versichern können, dass der winzige Kerl rasch und ohne Schmerzen von ihrem schlafenden Körper erstickt worden war. Und er hatte sich versagt, etwas in der Art hinzuzufügen, wie: dass dies doch ein schöner Tod gewesen sei, unter ihrem wunderschönen Leib begraben – oder Ähnliches. Es gab keinen schönen Tod, das wussten sie beide. Und Reptilien fehlte ein limbisches System, die konnten gar keine Gefühle entwickeln. Selbst wenn das Muttertier, aus dessen Ei der tote Gecko einst gekrochen, von ihrem Platz hoch oben am Mittagsschlafvorhang aus zugeschaut hätte, wie die im Schlaf sich herumdrehende Julia ihren Nachwuchs erstickte, hätte das Reptil das noch nicht einmal nicht nur nicht bedauernd, sondern überhaupt nicht zur Kenntnis nehmen können; sie hätte ihn ja nicht nur nicht als Artgenossen erkennen können, sondern es fehlte ihr das Bewusstsein für solcherlei Zusammenhänge und überhaupt. Woher denn dann dieses Mitgefühl für ein Tier, das nicht imstande war, zurückzufühlen? Frederick hatte den Kadaver in einen Briefumschlag des Hotels gebettet und nach draußen gebracht. Wohin dort – in einen Mülleimer oder begraben, das hatte er ihr nie gesagt. Und für sie war es damals auch nicht wichtig gewesen. Sie war so froh gewesen, wie gut es ihm gelungen war, sie zu beruhigen. Ihr alle Angst zu nehmen, den Ekel auch.

Wie schnell sie das wieder hatte vergessen können – nicht vollends natürlich, dazu war die emotionale Beteiligung an dem Anblick des toten Tierchens zu heftig gewesen. Aber das scheußliche Bild in den regulären Gefühlshaushalt eingliedern zu können: das hatte sie Frederick zu verdanken gehabt.

In einem Paper, an dem sie bis zu jener Zeit mit einem iranischen Kollegen gearbeitet hatte, gab es eine Passage, an die sie von da an immer wieder denken musste: Total self-sufficiency turns out to be a daydream whose bubble is burst by the sharp edge of the limbic brain. Stability means finding people who regulate you well and staying near them. Von dem Nachmittag mit dem Gecko an waren sie und Frederick ein Paar. Was für Julia nicht unproblematisch war, denn anfänglich hatte Frederick noch einige Bedürfnisse geäußert, die über seine Funktion als Stabilisator hinausgewiesen hatten. Dann hatte sie sich bedrängt gefühlt, denn das ursprünglich Schöne, dass er sie begehrte, sie sich aber entziehen durfte, wenn ihr nicht danach war, wurde verdeckt. Sie musste an Irving Penn denken und an die Tötebucht. Einmal hatte sie mit Fernbedienungen nach ihm geworfen, das zweite Mal sich in ihr Badezimmer eingeschlossen und dort alles abmontiert und in Stücke zerlegt, sogar die Kloschüssel. Lauter gleich große Scherben. Dafür hatte sie den ganzen Abend und die Hälfte der Nacht gebraucht. Dann war sie aus dem Zimmer getreten und erschien ihm wieder ganz sanft. Julia war nicht verrückt. Aber sie brauchte ihre Freiheit, das sah er nun ein. Und dass sie durch sein Klammern derart die Kontrolle über sich und damit auch alles andere verloren hatte, war Frederick nicht nur peinlich und tat ihm sehr leid, es war ein Alarmsignal! Von da an ließ Frederick sie, so gut es ihm möglich war, in Ruhe.

Manchmal machte sie sich Sorgen um ihn. Dass er nicht bekam von ihr, was er brauchte. Er machte sich andauernd Sorgen um sie. Die waren unnötig, aus Julias Sicht, aber daraus entstanden auch neue Bande. Und zwar solche, die sie als einigermaßen erträglich empfinden konnte, da sie ihr nichts abverlangten, denn an ihr angedockt bleiben zu dürfen; lediglich von ihm zu ihr hinführten, nicht von ihr zu ihm zurück. Sie wollte unbedingt, dass es ihm gut ging. Als eine Möglichkeit schien es, ihm so wenig Anlass zur Sorge zu geben wie möglich. Und damit wurde, unter dem Schirm der verabredeten Freizügigkeit, aus ihrem Verlangen nach Stabilisierung und seinem nach Kontrolle ein System.

Julia hatte nie vorgehabt, mit einem Mann zusammenzuziehen. Mit überhaupt keiner anderen Person. Aber dann hatten sich praktische Probleme ergeben: Bremen und Berlin, wo sie lebte, lagen mit einem Mal derart weit auseinander, dass die Bahnfahrten am Wochenende sich wie Reisen anfühlten. Dagegen hatte sie nichts. Überall wo sie nicht war, wollte sie sein. Es war sogar so, dass sie sich auf diesen Bahnfahrten nach Bremen trotz der ereignislosen Landschaft vor den Fenstern et cetera extrem wohlgefühlt hatte – in diesem Schwebezustand zwischen Abfahrt und Ankunft (warum eigentlich A und B?) Aber wenn der Zug endlich langsamer wurde und in den Köcher der Bahnhofshalle einfuhr, verschwand ihre Euphorie. Unweigerlich geriet sie bald in einen Dämmerzustand, der ihr nicht unangenehm war, aber eben schlecht wirkte, wenn da einer auf einen gewartet hatte, um etwas mit einem anzufangen, oder gar auf gemeinsame Unternehmungen hoffte. Anfänglich hatten sie sich an den Wochenenden noch abwechselnd besucht, aber dann war er es gewesen, der es aussprach: Warum die kostbare Zeit in Bremen verbringen, wo Berlin doch so viel mehr an Möglichkeiten zu bieten hatte? Zumal dort auch ihre Freunde lebten. Und so hatte es sich im Wortsinne eingependelt: An den Wochenenden lebte Frederick fortan bei ihr. Sie hatte das unterschätzt – nur die Wochenenden. Denn es gab ja noch Semesterferien, Weihnachten, Ostern und und. Behutsam, unnachgiebig und auf ihre schwer zu beschreibende Art war sie einige Male noch zu ihm nach Bremen gereist, hatte es als ihren ausdrücklichen Wunsch vorgebracht, ihm dabei zu helfen, seine Zweizimmerwohnung dort heimelig zu gestalten – doch das fruchtete nicht. Nun war es ja nicht so, dass sie auch nur irgendeinen Wert auf Einrichtung legte – im Gegenteil: für Julia bestand die schönste Möblierung in Leere. Sie verbrachte ihre Zeit gern liegend, deshalb besaß sie zwei famose Matratzen, aber schon bei Stühlen, einem Tisch fing es an: ihr Unbehagen. Lampen waren wichtig, weil man ohne die des Nachts nicht lesen konnte (und Julia hatte ein persistentes Schlafproblem). Aber gelesene Bücher aufbewahren? Romane verschenkte sie ohne Bedauern. Seit kurzem hingen in Berlin kleine Regale an den Platanen der Muldensteinstraße: für Bücherspenden, das fand Julia gut. Frederick konnte nichts wegschmeißen. Er hatte gute Argumente dafür. Zum Beispiel: Dass man alles irgendwann einmal wieder gebrauchen konnte. Fragte sich bloß, wann – beziehungsweise: das fragte Julia eben nicht mehr, da er ihr, wie so oft, bewiesen hatte, dass er recht behalten sollte – aber eben genau nicht rechthaberisch, sondern auf seine, auf die von ihr adaptierte sanfte Tour. Es war Ostermontag, also der Tag, an dem die Lebensmittel definitiv zur Neige gehen, weil kein normaler Mensch für eine derart lange Strecke von verkaufsfreien Feiertagen Vorräte halten lernt, und Julia starb beinahe schon an ihrem Hunger, da zauberte er die längst vergessen geglaubte Dose mit sehr feinen Möhrchen und Erbsen hervor, kochte sehr feine Nudeln dazu, salzte genau so, wie sie es liebte und – tja. Niemals wieder würde sie etwas gegen sein nicht Wegschmeißen mehr sagen. Können. Jedenfalls nicht laut. Insgeheim aber halt schon. Innerlich. Wo es weit war und freundlich zu Julia. Wo sie machen durfte und bleiben lassen, wie es ihr gefiel. War das ihre Seele?

Bei den ersten Besuchen in Fredericks Wohnung hatte sie gedacht: wird schon noch. Der prokrastiniert. Das war in ihren Kreisen nicht unüblich, dass man dem Provisorischen frönte, um eine grundsätzliche Entspanntheit, eigentlich aber Unspießigkeit zu demonstrieren. Sie kannte welche, Akademikerpärchen wie sie beide, die lebten in Wohnungen, die noch wie Wohngemeinschaften zu Studienzeiten gestaltet waren: mit Altglassammlungen auf dem Küchenboden, mit Fichtenholzregalen voller Bücher (die Rücken nach Wissensgebieten sortiert), die tapezierten Wände im sogenannten Schlafzimmer in einem gut gemeinten Farbton gerollt. Dagegen gab es kaum etwas einzuwenden. Außer: Diese Haltung schlug bei besagten Personen leider auch auf deren Lebensführung durch. War man dort zum Nachtessen eingeladen, gab es entweder bewusst originelle (und verlässlich missratene) Kreationen mit Ingwer und Granatäpfelkernen, oder: À la Jamie Oliver. Dessen Einfluss reichte ja inzwischen bis nach Sydney, wie sie beide anlässlich der gestrigen Einladung bei einem Arbeitskollegen Fredericks feststellen durften, als der Gastgeber das berüchtigte Ofengemüse, das so schlimm schwer im Magen lag, auftischte und – das allerdings ließ Julia ihm als australischen Spleen durchgehen: es als Eigenkreation behauptete. Dazu gab es hier aber zweifelsohne die besseren Weine (Penfolds Bin 128) und die Gastgeber gingen auch nicht davon aus, dass man sich die Getränke mitbrachte.

Nach einigen erfolglosen Streifzügen durch die Secondhand-Geschäfte Bremens hatte sie damals festgestellt, dass es bei Frederick nicht direkt Geiz war, der ihn vor der Anschaffung von etwas Schönem zurückhielt, sondern eine Kombination von erlerntem Verhalten und seinem zunehmenden Drang, alles so zu machen wie sie. Eigentlich liefen beide Züge auf dasselbe Gleis zu. Kein schönes Bild. Sah er sozusagen von Haus aus nicht ein, weshalb er es sich schön machen sollte, wenn es auch so ging (er den Aufwand nicht wert war), so kam nun verstärkend seine Angst hinzu, er könnte sie verlieren, wenn er ihr nicht exakt die Umstände böte, in denen sie sich wohlfühlen könnte. Wie aber sahen die wohl aus? Das wusste sie doch selbst nicht einmal! Jedenfalls nicht so, dass sie beim Betreten seiner Behausung das Gefühl hatte, er habe anlässlich ihres Besuches seinen Geschmack in den Keller geräumt und versuche nun, ihre freundliche Leere nachzubilden. Denn die gesammelten und aufbewahrten Dinge gab es ja weiterhin, er ließ einfach bloß die sie bergenden Möbelstücke weg, was eben nicht Leere ergab, sondern: Chaos. Und Chaos konnte Julia nicht ausstehen, das machte sie nervös. Es kam zu Auseinandersetzungen, die anders verliefen als die zwei ursprünglichen, heftig Verlaufenen. Nun, da erste Bindungen entstanden waren, konnte sie sich nicht unbeschädigt losreißen. Fredericks präzise Argumentationsweise, geschult durch jahrelange Beschäftigung mit Spieltheorie und Handlungsanalyse, erzeugte bei ihr einen wohltuenden Effekt, der sie an die rotierenden Spiralpupillen der Schlange Kaa aus dem Dschungelbuch denken ließ. Für Julia war das keine unangenehme Vorstellung, denn zu dem schmalen braunen Leib des Jungen Mowgli hatte sie sich als Kind schon hingezogen gefühlt. Und während Frederick analysierte, weitete in Julia die Freundlichkeit sich aus. Nach solchen Gesprächen, einst nannte Julia sie Auseinandersetzungen, mittlerweile war es ihr eher peinlich, dass in ihrer Beziehung nach so vielen Jahren nicht gestritten wurde, also bezeichnete sie die Gespräche mit Frederick nun manchmal vor Freunden als Streit, fühlte Julia sich besser. (Die Furcht, gleich unter die Brandstätte einfahren zu müssen, war besänftigt.) Sie fühlte sich dann gestärkt, selbstsicherer, die Welt war doch in den Griff zu bekommen. Dabei war objektiv betrachtet so gut wie nichts geschehen. Aber daran durfte sie bloß nicht denken, sonst schrumpfte das schöne Gefühl zusehends weg. Zu Beginn war das ihre schlimmste Erfahrung gewesen: dass es nicht bei ihr bleiben wollte. Aber das gab sich. Mit jeder ihrer Auseinandersetzungen hielt der Effekt länger an. So als ob Frederick da einen Webstuhl bediente, und die Sätze waren wie das Schiffchen, das dabei hin flog und her. Daraus wurde Zeile für Zeile etwas verdichtet, das sie nach einigen Jahren sogar sehen konnte. Da stand sie auf und nahm es selbst in die Hand. Ihre Unabhängigkeit ließ sich entfalten zum Segel. Sie wartete nicht darauf, hoffte auch nicht, aber ahnte, dass ein Wind sie forttragen wird.

So vergingen schöne Jahre. Julia hatte nie vorgehabt zu heiraten, aber als Frederick es ihr vorschlug, fehlte ihr ein Gegenargument. Schließlich wohnten sie so gut wie zusammen. Jahrelang schon. Die Auseinandersetzungen waren wie gesagt von wohltuender Wirkung, keinesfalls destruktiv. Sie schmiedeten Pläne, nicht alle ließen sich in die Tat umsetzen. Aber definitiv hatten sie etwas miteinander vor. Warum also nicht auch das?

Weil es unnötig war, das wusste Julia. Und sagte es nicht. Ihre Freiheit würde dadurch nicht angetastet, versprach sich Julia. Für den Notfall gab es ja die zwei Koffer, die würde es immer geben, es gab ihren Pakt mit sich selbst. Die Institution war ihr doch egal – eigentlich. Wie sämtliche Institutionen! Es ging ihr um Frederick. Frederick war das Wichtigste. Und wenn er sich nun mal sie zur Ehefrau wünschte.

Aber warum bloß, fragte sich Julia. Und behielt das, wie vieles andere, für sich. (Beiläufig, so die ihr von Julia zugedachte Rolle, und genau so:) Beiläufig brachte die Institutionalisierung ihrer Beziehung eine Veränderung. Zwar nicht auf ihrer Hälfte, wie Julia es feststellen wollte, jedenfalls nicht ursprünglich, dafür bei Frederick – und somit, das war nun das Wesen einer Beziehung: doch auch bei ihr. Ihr Bekenntnis vor dem Gesetz hatte offenbar seine Verlustangst nicht beseitigen können. Gewisse Tendenzen, sich über ihre Lebhaftigkeit, über spontane Entschlüsse, ihre Neigung zum Waghalsigen, das einfach mal Lossingen, wenn ihr ein Song gefiel, zu wundern, die hatte sie bei ihm freilich schon vor der Eheschließung beobachtet. Und niedlich gefunden! Damit wollte er, so hatte sie das damals gesehen (oder sehen wollen:) dem tradierten Bild des Nerds entsprechen. Julias Erwartungshaltung war hier frühkindlich durch den Doktor Honigtau-Bunsenbrenner aus der Muppets Show geprägt; immer hatte sie den Doktor besser gefunden als seinen Laboranten Beaker, diese sprechende Toilettenpapierhülse, die zudem noch einen roten Schopf gehabt hatte; wohingegen an seinem Vorgesetzten so gar nichts Mädchenhaftes war, und dessen augenlose Brille die kindliche Julia zwar anders als die Hypnopupillen der Schlange Kaa, aber ebenfalls hypnotisierend fand, während sie an den Samstagnachmittagen auf dem marokkanischen Lederkissen mit ihren abgezählten Gummibärchen im Lieblingsschälchen nah vor den Bildschirm gerückt diese Sendung schauen durfte: Willkommen mal wieder im Muppet-Labor, wo die morgige Zukunft schon heute gemacht wird. Doktor Honigtau-Bunsenbrenner hat Neuigkeiten für Sie, die Sie erzittern lassen – Julia konnte die schöne Begrüßung noch immer auswendig, so war sie wohl einst an die Wissenschaft herangeführt worden! Und dann natürlich ihr heiß geliebter Chemiebaukasten von Kosmos. Und der zur Elektronik, mit dem sie sich den Kristall-Detektor gebaut hatte, der das Rohr des Heizkörpers neben ihrem Bett als Antenne nutzte (und sie hatte das stundenlange Musikhören entdeckt, nachts, nach dem Lichtausschalten, mit dem Hörknopf aus transparentem Kunststoff).

Wenn sie und Frederick sich solche Geschichten erzählten, war er ganz Ohr. Dann wurde es lustig und sie lachten sehr viel. Es war ihm wichtig, dass er sich gut in ihrer Vergangenheit auskannte. Damit, mit dem Erzählen des Lebens, das der andere verpasst hatte – einfach nur, weil man sich zu spät erst begegnet war –, verbrachten sie die meiste Zeit. Wer nicht? War das doch das Schönste an dem geliebten Menschen, wenn nicht an allen Menschen: dass es da noch eine Geschichte gab, die man sich keinesfalls selbst ausdenken konnte. Und dennoch plausibel. Und das gleich milliardenfach. Zwei unter Milliarden, das fiel ihnen beiden wohl – so sehr in sync nach all den schönen Jahren – immer dann gleichzeitig ein, wenn sie viel zu lachen gehabt hatten. Und, ernster werdend, schauten sie sich dann in die Augen. Länger oft, was schön war (wie in dem Song von Joe Jackson beschrieben, in den sie laut und schön einstimmte, wenn sie alleine war). Und beim lang in seine Augen Schauen fiel Julia dann immer immer immer diese Szene mit Michel aus Lönneberga ein, wenn Michel nachts mit dem Knecht Alfred zum Krebsfischen geht mit den Kerzen. Und Michel sagt: Ach Alfred: du und ich – wir beide. Und Alfred sagt abschließend: Ja Michel, wir beide – du und ich. Und immer wenn Julia dies wieder eingefallen war, fühlte sie sich wie Michel. Das behielt sie für sich.

Dass Frederick und sie zusammen waren – das stand schon längst vor der Eheschließung so etwas von fest. Ihm schien das aber noch immer nicht zu reichen – wie nahe konnte man sich denn kommen können? Also: generell? Was sie betraf: Ihr war es an Nähe genug. Doch behielt sie das für sich, denn Frederick würde aus ihrer Feststellung im Umkehrschluss ziehen, dass er sie bedrängte. Das Wort *wieder* käme dann auf den Tisch. Das wollte Julia auf gar keinen Fall. Diskussionen solcher Art: Was das denn schon wieder sollte – so halb zwischen Ausrufezeichen und Frage-, er habe alles getan. Wirklich schon nun. Hatte er ja auch. Eventuell halt ein bisschen zu sehr. Zu viel. Vermutlich. Ziemlich wahrscheinlich sogar. Ging es denn darum, anzukommen? Wohin denn? Ans Ende? Gab es das überhaupt? Schauderhafte Vorstellung, wie Milchhaut!

Julia war sich recht sicher, dass sie das richtig sah: Frederick hatte sich ihr angepasst. Und zwar nicht in einem mimetischen Sinne, aus Hochachtung, Verehrung, von der Auerbach so schön schrieb. Sondern klammernderweise. Unendlich sanft. Gegen Fredericks Willen zur Autoplastizität bestand selbst Barbapapa noch aus Beton. Und sie wurde das schlechte Gewissen nicht los: War sie nicht doch Schuld an seiner Anformungslust? Er war ja nahtlos von der einen auf sie gehüpft, sozusagen (wobei, fairerweise war es ja so gewesen: dass sie ihm die Fingerspitze so lange hingestreckt hatte, bis er, des Ausweichens müde, eben daraufgekrabbelt war). Sie hatte ihn gebraucht. Sie schuldete ihm etwas. Dazu kam die Zeit. Die schönen Jahre, die hinter ihnen lagen. Die Jahre voraus, die schön werden sollten. Die Interessen. Die Freunde. Sie wohnten zusammen! Sie schmiedeten Pläne. Und für Julia passte das alles. Was nicht passte, würde von Frederick optimiert. Sie fühlte sich glücklich – war sie es auch?

Noch an dem Nachmittag jenes Tages im Februar vor über einem Jahr, dem Elften Zweiten Zweitausendundzehn, hatte sie beim Eintippen eines fachlichen Gedankens laut vor sich hin gedacht: Ich bin glücklich. Und zugleich war ihr klar geworden, dass ihr Glück jetzt nicht kleiner werden dürfte, sonst fühlte sie sich nicht mehr gut damit. Das wusste sie aus den Jahren vor Frederick. Aber Angst hatte sie deswegen noch keine verspürt. Dazu war an diesem Nachmittag kein Platz gewesen, denn sie hatte sich auf einen bunten Abend gefreut. Ihr Freund Sascha hatte sie zu einer Restauranteröffnung eingeladen, das hatte sie lustig gefunden – eine lustige Idee! Was sollte sie dort, interessierte sie sich doch gar nicht für Essen, aber Lust, unter Leute zu kommen, Leute, die sie womöglich noch nicht kannte, die hatte sie schon. Denn das war ein ganz wichtiger Grund für Julia, weshalb sie Berlin nicht verlassen wollte (auch wenn Frederick immer wieder mit dem Thema Zusammenführung ihrer beider Karrieren in einer anderen Stadt anfing). Hier gab es ab und an eine Abwechslung. Ein Nachtleben beispielsweise. Denn aus ihrem beruflichen Haferflockenleben herauszukommen – denkenderweise wie erst recht in der Tat: Das war gar nicht so einfach. Das war sogar ziemlich vertrackt. Aber Julia hatte eben Glück. Davon ließ sich ja seltsamerweise nichts stückweise verlieren. Man hatte es entweder, oder es ging ganz weg, dann hatte man Pech. Ein bisschen Glück, das war wie ein bisschen schwanger.

Das Bücherregal.

Gab es ein bisschen verliebt?

Plo-tiehn!

Blitzartig war die Zeit ihres Dämmerns in der Talstation der Bergbahn vorüber gewesen. Plötzlich war es wieder Winter – ja endlich! Die Sonne, der Himmel, Tiefschnee glitzerte wie verrückt. Unversehens befand Julia sich dort auf dem Gipfel und drohte beinahe schon wieder hinabzustürzen in den weißen Trichter, der sich unter den Spitzen ihrer Skier auftat – um sich ihm mit einem Glücksschrei anheimzugeben, dem schwindelnden Abhang, auf der schwarzen Piste hinab.

Rauschen in den Ohren – Speed! Das Farbsehen setzte aus. Stille. Weite. In ihr und um sie herum. Nichts mehr. Nichts anderes.

Wie angenehm. Quatsch: wie wahnsinnig, wie wahnsinnig schön!

Wahnsinn.

Zahnpasta – lecker.

Entferne sie: küssenderweise – los!

Gut. Nicht aufhören!

Weiter.

Noch einmal?

Von vorn. Und als er ihr sagte, dass er sofort mit ihr aufs Klo wollte, um dort weiterzuknutschen, flüsterte Julia bekanntlich: Das will ich auch! Weil das die Wahrheit war und zugleich Ausdruck eines Wunsches, den sie bis dahin noch gar nicht als den ihren erkannt hatte.

Wie konnte etwas, das sich gut anfühlte, schlecht sein? Als die Nachricht eintraf, war es früh am Morgen gewesen, sie lag allein in ihrem Bett, und die Stunden waren so vergangen, wie es hieß: Sie war ihren Gedanken nachgegangen. Die strebten voran, sie folgte denen einfach, ohne Widerspruch. Neugierde war es nicht, es war ein sanftes Gefühl. Sie ließ sich treiben durch die Weiten ihrer inneren Welt. Da war dieses Bild, sie hatte es vor sich: das Bücherregal und der Kuss vor gekachelten Wänden. Wie von Robert Doisneau. Wo blieben die Farben? Es war schöner so. Noch schöner. Sie nahm das Telefon. Da war bereits eine Verbindung, die sie nicht mehr aufbauen musste, bloß noch bestätigen. Julia fühlte sich verzaubert. Sie musste grinsen, als ihr das klar wurde, dass sie soeben gedacht hatte, dass sie verzaubert worden war. Aber das Gefühl war eben das: Verzauberung. Non sedens sed ardens. Aber in ihr hatten sich Regler verstellt. Sie stellte sich diese Schaltknüppelchen mit Gold überzogen vor und so fein wie die Stielaugen der Schnirkelschnecken. Sie versuchte sich vorzustellen, was ich wohl machte, aber da war nur dieses eine Bild: Der Kuss im Badezimmer. Was war zu wissen?

Was sollte sie tun?

Was war zu hoffen?

Wer war dieser Mensch? In der Zeitschrift neben ihr war ein Artikel über ein Buch, von dem er vorhin noch gesprochen hatte. Nicht das von Plotin, ein anderes, das sie noch nicht kannte. Nun sagte ihr das etwas. Sie sah den Artikel, den sie bereits gelesen hatte, nur dachte sie dabei jetzt unweigerlich an ihn.

Dann geschah etwas Merkwürdiges: Frederick war am Telefon, sie ging natürlich ran und wie von allein erzählte sie von dem gestrigen Abend, berichtete ihm, ohne etwas auszulassen – beinahe alles, das mit dem Bücherregal kam auch vor, nur den Kuss im Badezimmer und den in der Toilette der Bar, das mit der Zahnpasta und dem Schaum ließ sie weg. Trotzdem ergab ihre Erzählung für ihn noch Sinn. Und trotzdem freute sie sich darauf, Frederick am Wochenende wiederzusehen. Das bedeutete doch, dass sich zwischen ihnen nichts verändert hatte. Dass die Verzauberung sie alleine betraf. Ihr Leben mit Frederick war davon unangetastet geblieben und dürfte so weitergehen. Der Liebespfeil hatte Julia nicht beschädigt, er brachte eine Bereicherung. Also wirklich wie Zauberei. Das Küssen schadete nicht. Und Julia beschloss, dem noch etwas weiter nachzugehen. Als er sie am Abend jenes Tages nach jenem Abend im Februar fragte, ob er sie wiedersehen dürfte, schrieb sie: Ja.

Das lohnte sich, das zauberische Gefühl hielt an und ließ sich sogar noch verstärken. Die Treffen und das Küssen waren wie das Hochgeschleudertwerden auf einer Schaukel, plötzlich gab es für Julia wieder dieses herrliche Gefühl, das gemischt schien aus Angst und aus Lust, ein scharfes Ziehen im Leib, das sie warnte, dass sie sich nicht würde halten können auf dem Brett dieser Schaukel, gleich herabstürzen müsste – aber da kippte es bereits wieder und es ging nach hinten hinaus und so fort. So war das wohl, wenn man sich vergaß, wenn man drauf und dran war, den Kopf zu verlieren, wenn man, wie Julia vor allem, ganz unbedingt herausfinden wollte, ob sich das Rauschgefühl noch weiter steigern ließe; was danach noch kam. Oder, zumindest: ob es sich hielt.

Das tat es. Aber es breitete sich auch aus. Die Wiedersehenslust zielte dann nicht bloß auf die Küsse ab und das Umarmen. Es gab nun die Neugierde, mehr über diesen Menschen zu erfahren. Was er gemacht hatte, wo er gesteckt hatte, bevor sie sich vor dem Bücherregal begegnet waren. Was sie verpasst hatten. Von ihren Leben. Von uns.

Und damit fingen die Probleme an. Jetzt schien es Julia so, als ob das Küssenwollen nur eine Komponente dieser Neugierde gewesen war. Als ob es ihr von vornherein um mehr gegangen war. Um etwas Ernstes, wie es so unpassend hieß, weil es ja nichts Schlimmes war, keine Krankheit, sondern sehr schön. Und sehr problematisch. Denn sie hatte ja Frederick. Und der war das Wichtigste. Ohne Frederick, ohne um ihn zu wissen, hätte sich Julia nie auf die Schaukel getraut. Es war unendlich wichtig für sie zu wissen, dass Frederick für sie da war. Auch und gerade, wenn sie von einem heimlichen Treffen zurückkehrte. Mehr brauchte sie nicht zu wissen von der Sicherheit.

Frederick hielt sein Buch zugeklappt mit der Frage, ob sie aufbrechen wollten? Julia sah auf die Uhr. Sie wollte gerne noch etwas lesen. Er studierte den abwesenden Ausdruck auf ihrem Gesicht: Da widerspreche sie sich aber. Und ihr fiel Walt Whitman ein:

Do I contradict myself?
Very well then I contradict myself
(I am large, I contain multitudes.)

Das Oszillieren dazwischen empfand sie als angenehm. Zwischen zwei Männern, zwei Sphären beinahe, doch nicht derart krass unterschiedlich, dass sie in der Schnittmenge zu einer ganz anderen geworden wäre. Allerdings musste sie höllisch aufpassen, der anderen Sphäre nicht zu nahe zu kommen. Nicht zu viel von dort aufzunehmen. Passierte ihr das, zeigte Frederick sich verstimmt. Und das, obwohl sie ihn mit Zuneigung überschüttete. Dass sie seiner Anformungslust nachgab, genügte Frederick aber offenbar nicht. Und die Begegnungen, die sie mit dem anderen erlebte, die EMails und Lieder und Fotos, die sie mit ihm tauschte, veränderten anscheinend ihr Kommunikationsverhalten (ihr selbst war das peinlicherweise nicht aufgefallen, sie hatte geglaubt, das Gegenteil sei der Fall, sie fühlte sich doch so gut). Auch ihre Aufmerksamkeit war nicht mehr voll da, angeblich. Sie konnte es nicht ertragen, wenn er so beinahe sprachlos geworden an ihr litt. Dabei war es nicht zu viel verlangt, was er vorbrachte. Und – da brauchte sie ihm ja bloß in die Augen zu sehen, um festzustellen: ohne den beständigen Austausch ginge er ihr ein. Aber der andere ließ nicht locker. Dabei hatte sie ihm doch ihren Willen glasklar gemacht. Trotzdem trug der ihr beständig seine Liebe an. Das rührte sie dann irgendwann wieder so sehr, dass sie ihren Gefühlen nachgeben musste. Und auch wollte, in dem Moment. Was dann aber neue Probleme hervorrief. Woraufhin sie sich nicht anders zu helfen wusste, als ihn wegzustoßen, um sich ihrer Unabhängigkeit zu versichern. Das bedeutete keinesfalls, dass es ihr in einer solchen Phase der Trennung, ihres Versuches also, von ihm loszukommen, gut ging. Sie litt enorm. Und das nahm auch noch zu. Nach Kant schlug sie Zeit mit leeren Wünschen tot. Gut zu wissen, half leider gar nichts. Kant war nicht überschätzt, aber unbrauchbar. Die Sehnsucht war schön und sie war fürchterlich. Von der Ambivalenz fühlte Julia sich angezogen. Aber die Annäherung machte neue Trennungsversuche notwendig. Auf Dauer bestand die Bedrohung darin, dass der Schmerz zum Normalzustand würde. Und dagegen half nur eins: ihn wiederzusehen. Daraus entstanden die Ansprüche.

Julia fragte, was ihn störte.

Dass du dich nicht zu mir bekennst.

Tue ich doch: als Freund.

Und er sagte, dass sie beide wüssten, dass er für sie mehr sei als das. Und Julia weinte mit aufgerissenen Augen. Er hatte sie doch längst. Mehr war von ihr nicht zu bekommen.

Dann, auf einer Heimfahrt von einer Feier: Frederick hatte sie abgeholt mit dem Bus. Sie hatte angesichts der nahenden Ankunft in der Muldensteinstraße die Rede darauf geführt. Da lag das Angebot für Australien schon auf dem Tisch. Er hatte ironische Bemerkungen gemacht, um von der faktischen Ernsthaftigkeit abzulenken (ihrer Meinung nach). Sie hatte insistiert. Er tat es ab. Da konnte sie nicht anders, als ihn auf seine eigene Prämisse zu weisen: Du hast mir damals gesagt, du wolltest erst dann davon hören, wenn es etwas Ernstes ist. Darauf er: Ich will es nicht hören. Das Ich war ihm herausgeplatzt. Sie wischte ihm die Tränen weg und bettete seinen Kopf an ihre Schulter, sein Kopf, der ihr so schwer erschien, war doch so federleicht. Sie streichelte ihm über den Nacken. Das war Liebe.

Und am nächsten Tag, sie kam vom Einkaufen, da machte sie die Tür auf und er stand dort im Flur: Frederick. Das war er – aber von oben bis unten in Sachen gekleidet, die sie nicht an ihm kannte. Das waren alles Kleidungsstücke, die sie gemeinsam mit mir besaß. Frederick hatte die sich beschafft. Und sah damit aus wie sie – oder wie ich? So genau wusste das Julia selbst nicht in diesem Moment.

So weit durfte es nie wieder kommen. Sie würde es ihm heute sagen. Müssen. Sie fürchtete sich davor. Sie war sich nicht sicher, ob sie es übers Herz bringen würde. Julia presste das iPad gegen ihren Bauch. Sie war schwanger mit Fredericks Kind. Das Verbindende, vor dem sie sich immer gefürchtet hatte, dem sie entflohen war, jahrelang, es würde trennend wirken. Aber wie das begreiflich machen?

Später, auf dem Weg zum Treffpunkt, hatte Julia das iPhone zur Hand genommen, das Display beleuchtete ihr Gesicht, ihre Augen, sie verwarf den Gedanken, spontan abzusagen, stellte die Beleuchtung des Gerätes ab, steckte es ein.

Und selbst wenn – da saß ich längst auf dem Rad. Auf dem Weg zu unserem Treffpunkt am Ende der Darling Street.

Cagnes-sur-Mer

Alles aber, mein Teuerster, ist jetzt ultra,
alles transzendiert unaufhaltsam, im Denken wie im Tun.

J. W. von Goethe an C. F. Zelter

Cornflakes und Mandelmilch. Une petite tisane, manchmal Haschisch, Nudeln, Tomaten, Rotwein: daraus bestand im Wesentlichen meine mediterrane Diät, an deren zu patentierender Mixtur ich in den folgenden Wochen unterhalb der Grimaldi-Festung zu feilen begann. Ich bewohnte dort einen mittelalterlichen Wohnturm aus vier übereinandergeschichteten Räumen, die durch eine Wendeltreppe verbunden waren. Das oberste Stockwerk diente als Küche und hatte einen Ausblick auf die Bucht der Engel zwischen Nizza und Antibes. Dort war auch das gusseiserne Tischgestell aufgestellt mit der Marmorplatte, an der ich saß. Mit Tee oder mit Wein. Und natürlich mit Camembert. Als ich im Supermarkt nach veganen Alternativen fragte, erkundigte man sich scheinheilig nach meinem kranken Auge, aber ich hatte die Geste verstanden. Mein Körper war den tierischen Fetten dergestalt entwöhnt, dass ich von dem Genuss eines Cremekäses für Kinder krank wurde. Dabei stand das gut leserlich bereits auf der Schachtel des Produktes selbst, wurde von den Südfranzosen allerdings nicht als Warnung verstanden, eher als Aufforderung zu philobatischem Amusement: La vache qui rit.

Einmal die Woche sah ich meine Therapeutin im Skype-Telefonat. Doch es geschah, wie ich es in einem Buch gelesen hatte: Durch die niedrige Übertragungsrate der Bildleitung wird auch nur ein Bruchteil des Mienenspiels an das Gegenüber vermittelt. Dadurch teilten sich bloß noch abrupte Gefühlsregungen mit. Das Zusammenspiel stoppte. Man wurde sich fremd. Überhaupt sollte man sich nicht zu viel vornehmen. Bei Lichte betrachtet, gab es nur wenige Dinge, die man in seinem Leben überhaupt fertigbringen konnte. In dem Lichte betrachtet, in dem ich seit meinem Erwachen aus der Bewusstlosigkeit alles zu sehen gezwungen war, erschien mir das Leben selbst bereits wie Krankenhaus, bloß halt ohne Krankenhaus drum herum. Man saß viel. Lag, in meinem Fall. Ich bettete, legte, lagerte mich. Essen. Trinken. Lesen. Schreiben. Spazieren gehen. Ich war arbeitsfähig.

Die Erfahrung einer temporären Amnesie hatte mir die Vorstellung aufgedrängt, ich wüsste nun, wie es war zu sterben. Nicht auf den Prozess des Sterbens bezogen, aber nun kannte ich wohl den Punkt, an dem die Wahrnehmung meines am Leben seins vorüber sein würde. Aus der Erinnerung. Denn es schien eine momentane Verzögerung zu geben, zwischen dem Eintreffen der sinnlichen Wahrnehmung und dem meiner Gewahrwerdung. Von dem Zeitpunkt an, da mein Körper von der Darling Street aufgelesen worden war, bis zu dem Augenaufschlagen auf dem Flur der radiologischen Abteilung, von wo aus ich die Nachricht an Julia schrieb, waren laut Krankenhausprotokoll vier Stunden vergangen. Relativ viele Stunden also, in denen ich, wie es ebenfalls den Protokollseiten zu entnehmen war, ansprechbar gewesen war und bedingt kooperativ. Man hatte mich wundversorgt und auf alle nur möglichen Weisen durchleuchtet und man konnte mir eine Kamerafahrt durch meinen in horizontalen Scheiben geschnittenen Kopfinnenraum zeigen, gehalten in Farben, die mich an Radioheadcover erinnerten. Das war alles ich gewesen, das war mein Körper, ich sah mein Hirn von innen, doch wusste ich von all den zugrunde liegenden Prozeduren nichts. Mir fehlte alle Erinnerung. Wäre ich auch nach Stunden nicht aus dieser Bewusstseinslosigkeit erwacht, sondern an dem prophezeiten Hirnschlag gestorben, dann wäre dies das Ende meiner Physis gewesen. Meine Seele wäre aber schon viel eher tot gewesen. Stunden vor meinem Erwachen auf dem Flur. Als ich Julia fest umarmte und wir uns Bis sehr bald ins Ohr flüsterten. Da hatte sie noch den Matchbeutel mit dem Dongazeug auf ihrem Rücken – für mich sah sie dann immer wie Obelix aus. Nach dieser Verabschiedung hatte ich mich auf mein Fahrrad geschwungen, ohne mich noch einmal nach ihr umzusehen. Den Liebenden: bitte stets so, als sei es das letzte Mal. Und vor jedem Abschied versöhnen, selbst wenn es sich nur ums nebeneinander Einschlafen handelt – n'importe quoi! Übrigens. Vom Fachmann für Kenner (wieso eigentlich Stammbuch?)

Der schönste Tag im Krankenhaus begann mit dem Nachmittag nach meiner Operation, als das Narkosemittel sich in einem extrem lang gedehnten Ausklingen befand. Eine Situation, die ein absoluter Quatsch wie Comfortably Numb von Pink Floyd vorgab zu vertonen. In Wahrheit tat das aber Carpet Crawlers von Genesis. Einmal hatte ich ein Theaterstück inszeniert, das war in Göttingen gewesen, da war meine einzige Inszenierungsidee, dass am Schluss der Logical Song von Supertramp läuft. Und dass es weiße, rote und navyfarbene Luftballons regnete. Wir würden den uns nachfolgenden Generationen wohl nie erklären können, welche unfassbar riesige Macht die Popmusik auf uns gehabt hatte. Wir wurden doch noch via Tele 5 an die Kultur herangeführt.

Und während ich lauschte, sah ich mich selbst in einem langen Schlauch aus elastischem Metall, der sich spiralförmig wand. Und der Schlauch war sehr dünn, bald wie ein Haar. Da passte ich durch.

Die Operation hatte mich ziemlich verändert. Vor allem äußerlich. Man stellt sich das falsch vor, es ist kein Makeup für die Szene: So wie man sich nach dem Erwachen sah, sieht man sich leider noch wochenlang. Es gab, farblich, ab und an Veränderungen. Zum Abschied sagte mir der Unfallchirurg noch: Fünf Kilo schwerer und Sie wären tot. Und als Kompliment: dass ich eine außergewöhnliche Anlage zur Zellgeneration besäße. Immerhin.

Die Braue über dem in Mitleidenschaft gezogenen Auge war mir zur Hälfte abrasiert worden. Auch eine Erfahrung: dass Augenbrauenhaare anders schnell wuchsen als zum Beispiel Barthaare. Nämlich langsamer. Von mir aus hätte ich das niemals ausprobiert, mir einfach mal die Augenbraue abzurasieren wie David Bowie. Und dann auch noch teilweise – bei den Türkenboys sah man das manchmal, dass die sich Streifen oder Zickzackmüsterchen in die Augenbrauen rasierten. Zwar schrieb ich einst über Beauty, aber mit den Wuchsgeschwindigkeiten der Augenbrauen kannte ich mich nicht aus.

Wenn ich unterhalb des nun so zu nennenden ursprünglichen Verlaufs meiner Augenbraue mit der Fingerspitze herumtastete, waren in dem geschwollenen Gewebe die vielen kleinen Schrauben unter meiner Haut zu spüren, von denen meine Gesichtsknochen zusammengehalten wurden. Die waren aus Titan, wie man mir sagte. Einmal rund ums

Auge herum, auch den unteren Rand entlang, so als sei mir ein Brillengestell, ein innen zu tragendes, zerbrochen in viele kleine Stücke. Was man mir erst hinterher offenbarte: im Krankenhaus gab man mir bis zur Operation nichts zu essen und kaum was zu trinken, weil die davon ausgegangen waren, ich könnte jeden Augenblick einen Hirnschlag erleiden, und dann hieße das: Notoperation. Das war mir natürlich nicht klar gewesen, dass ich in einer solchen Lebensgefahr mich befunden hatte. Schwebenderweise. Julia auch nicht. Ich hatte es ihr auch nie offenbart.

Die sagten einem übrigens nicht genau, was sie machen würden, wenn man erst eingeschläfert läge. Vermutlich weil jeder zweite sonst vorher in Panik aus dem Fenster spränge (ich auf jeden Fall). Man hatte mich zu einer generellen Schilderung des Vorhabens eingeladen, das lief über zwei Instanzen, zuerst erklärte mir der Anästhesist, welche Gifte er einzusetzen plante, dann: ins Büro des Chirurgen (Warum riechen die immer so gut? Wahrscheinlich vom vielen Händewaschen). Aber entweder hatte mir der das nur vage angedeutet, oder aber, und das kam mir vertraut und naheliegend vor: ich hatte ihm nur schlecht zugehört und seine Worte danach absichtlich vergessen. Die Schrauben oberhalb des Auges waren durch einen Schnitt im Verlauf der Augenbraue eingesetzt worden, davon zeugte eine Narbe (vgl. Knut Hamsun *Auf überwachsenen Narben*). Die andere konnte niemand sehen, die verlief innerhalb meines Mundes zwischen Oberlippe und Zahnfleisch. Mit der Zungenspitze betastete ich die Schwellungen dort und den Catgut. Noch ekliger fand ich aber die Vorstellung, wie mir einer seine Gummihandschuhfinger durch diesen Schnitt und einmal quer unter meinem Gesicht hindurchschiebt, um die Unterkante meiner Augenfassung zu verschrauben. Unwillkürlich fiel mir aus dem Großen Bocuse die Abbildung zur Kalbsmaske in Halbtrauer ein. Und immer wenn mir das einfiel, und das war ziemlich oft, weil sich mir die Vorstellung sozusagen aufdrängte (also ich sie mir), dann ging ich hinunter in den drittobersten Raum zu dem Spiegel, der hinter der Tür zum Badezimmer gleich neben dem Bett dort wartete, und schaute mir in ein Gesicht, das nicht mehr meines war. Ich steckte da drin. Aber das war nicht mehr ich. Ich war auf der anderen Seite des Großen Wassers geblieben. Da käme ich nun im Leben nie wieder hin.

Welches Organ war denn eigentlich verantwortlich für die Rückstellung jenes bestimmten Teiles meines körpereigenen Wasserhaushaltes zwecks der Produktion von Tränen. Auch das Gehirn? Ich stellte mir vor, dass durch eine Praxis der Lebensführung, die tägliches Weinen zum Inhalt hat, die gehirnliche Regelung des Wasserhaushaltes flexibel sich umstellte auf eine Erhöhung der Tränenflüssigkeitsproduktion. Dass diese Pegelstandserhöhung im Tränenreservoir allerdings dann im Gegenzug auch das Weinen erleichterte. Konkret: dass es eine Rückmeldung vom Tränendepartement ans Bewusstsein gab, das Sentimentale ruhig ein bisschen noch hochzufahren. Was dann wiederum – und so fort. Nannte sich: Nah am Wasser gebaut. Wozu mir dann gleich die Königskinder einfallen wollten. Und Julia. Und schon ging es von vorne los.

Draußen donnerte die südfranzösische Sommerhitze aus vollem Rohr und die Tauben gurrten und weiter unten rauschte das Meer, Flugzeuge hoben ab und ich hing im Schatten herum wie ein Fragezeichen und litt, so als sei das auch bei bestem Wetter nicht nur erlaubt, sondern: möglich. Warum denn bloß?

Weil das nun mein neues Leben war. Herrlich! Weil das Kaputte mir über ein Jahr und so lange hinterhergekrochen war, bis es mich vom Fahrrad reißen konnte. Nachts.

Und dann auch noch in Australien. Bis zu dem Moment war es zu ahnen, andere hatten vielleicht Nachricht, dass. Aber nun war es mir anzusehen: wie gar nicht schön kaputt ich war. Mindestens genau so, wie ich aussah, fühlte ich mich ja schon seit über einem Jahr. Die Haut als Spiegel der Seele – einst schrieb ich über Beauty. Jenseits des Großen Wassers. Als ein anderer, als der ich nun war.

Das Malen ihres Initials auf die mittelalterlichen Fassaden von Cagnes-sur-Mer sah gut aus beim Machen und es half mir auch noch danach. Das Malen ihres Anfangsbuchstabens in Herzen eingepasst an die Kaimauer, auf ausgewählte Kiesel am Strand, half. Ich ritzte ihren Buchstaben mit dem Zeh in den festen Sand vor der schäumenden Brandung. Es rührte mich, dabei zusehen zu müssen, wie das J verschwand. Das Malen half. Das Denken an Julia half wie auch das Nichtansiedenken – das ja auch ein ganz ihr gewidmetes war. Aber all dies half wie gesagt nur, es half gerade mal dazu, mit dem Schmerz leben zu können, nicht mehr aufgeben zu wollen, weil ich es nicht mehr zu ertragen können fürchtete. Aber der Schmerz blieb bei mir und er war noch immer derselbe wie einst.

Im Flugzeug hatte mir Holm erzählt, dass er sich eines Nachmittags – da sei er stocknüchtern gewesen – mit einem Messer den kleinen Finger seiner linken Hand abgeschnitten hatte, weil er den Schmerz des Vermissens nicht mehr ertragen konnte. Nicht nur aus Furcht vor dem es nicht mehr ertragen Können, der Schmerz hatte seine Defense Line durchstoßen, Holm hielt es nach eigenen Worten *konkret* nicht mehr aus. Ich hatte immer wieder hingesehen, auf die irritierenderweise fehlenden Glieder seiner Hand, so waren wir im Gespräch darauf gekommen. Und dass ich mich zuvor gefragt hatte, ob Holm wohl schon einmal verliebt gewesen war, verliebt so wie ich, und das hatte uns dann wohl darauf gelenkt. Holm hatte die Frau, die seinen Finger verschlang, nie wieder gesehen. Ich befand mich in einem Flugzeug auf dem Weg zu Julia hin (was die Frau mit dem Baby derart rührte, dass sie in Tränen ausbrach). Julia hatte mir von Holms Ausstellung erzählt, an deren sogenannter Finissage sie kurioserweise an jenem Abend, an dem mir das mit dem Unfall passierte, mit Frederick erschienen war. Um den Besuch der Ausstellung mit dem Titel *Mein Letztes Jahr* hatte sie sich an jedem neuen Tag gedrückt, an dem sie an der Galerie vorbeigekommen war. Und das war häufig gewesen, denn die Galerie lag an der Darling Street, auf dem Weg zwischen ihrem Haus und dem Auntie Pasta auf halber Strecke. Deswegen hatten wir auch nur wenig Zeit für unser Treffen gehabt. In den Räumen der Galerie hatte der behandschuhte Künstler in Vitrinen und auf Tischen unter Glas ausgebreitet eine katalogifizierte Sammlung von Gegenständen und Dokumenten des fiktiven letzten Jahres seines Leben aufbauen lassen. Frederick hatte diese Idee wohl beeindruckend gefunden. Überzeugend auch, irgendwie ansteckend. In der Wahl des Zeitraumes sei man doch letztendlich flexibel, am Prinzip änderte das nichts. Das ließe sich ausprobieren. Er schlage beispielsweise einen Tag auf Probe vor. Dazu kam es nicht.

Selbst nach der Operation und der Entlassung aus dem Krankenhaus habe ich Julia immer wieder gesehen. Doch dabei, beim Sehen, blieb es dann auch. Wie im Märchen waren wir beide verwandelt worden: Mein Gesicht war auf der einen Seite zur vagen Form einer Herzhälfte angeschwollen, farblich vom Gelblichen ins Purpur changierend. Die gesunde Hälfte sah traurig drein. In den Gesprächen, die wir da führten, kamen wir uns sehr nah. Näher als je zuvor, und einmal ist Julia sogar bewusstlos geworden. Wir fühlten, wir hatten uns neu in einander verliebt. Noch einmal, dieses

Mal ging es tiefer und um alles. Aber mir war, als hätte ich mich nach meiner Verwandlung in einen Vogel verliebt, der einen Schnabel hatte und keine Hände mehr. Was Julia von mir forderte, war Freundschaft. In der Sprache der Liebe. So würde unsere Verbindung nie abreißen können. Aber ich vermisste sie. Was vermisste ich? Standen wir doch im ständigen Austausch. Doch die Fotos, die wir uns zeigten, ließen sich an schlechten Tagen als eine Szenenfolge in einem Film von Michael Haneke deuten. Wir gaben uns Rätsel auf, um in der Kürze der Zeit eine intensivere Beschäftigung miteinander zu erzwingen. Und die klaren Worte der schriftlichen Kommunikation produzierten rasend leicht Missverständnisse, die unter Zeitdruck und bei unvorhersehbaren Tagesabläufen nur provisorisch geheilt werden konnten. Was wollte ich eigentlich?

Mehr. Genauer konnte ich es mir nicht vorstellen. Lag eventuell am eigentlich. Mehr von allem. So stellte ich mir das Leben mit ihr schön vor. Zusammen verreisen. Zusammen aufwachen. Was essen. Schlafen. Endlich einmal wieder in ihren Armen.

Ohne einander: Das bedeutete Qual. Immerhin war es ja derselbe Himmel, dieselben Sterne, der Sonnenschein, zu dem wir hinauf- beziehungsweise auf den wir herunterschauten. Man konnte ja nie wissen, wohin man mit dem Planeten gedreht worden war.

Eines Nachmittags, als ich am Fenster stand, deutete eines der Schulkinder aus dem schattigen Dunkel der mittelalterlichen Gasse zu mir herauf: Schau, der dort oben raucht einen Joint. Darauf das Mädchen: Kenne ich. Macht mein Vater auch immer. Am Wochenende, wenn wir uns sehen. Und im Gehen pfiff das andere den Klingelton eines Telefons, das es bei ihrer Geburt schon nicht mehr gegeben hatte. Was mich allein von dem Malerischen der Szene her auf den Grund meines Hierseins brachte, dass ich damit nun endlich anfangen müsste: Mit dem Anfertigen des Erinnerungsbildes im Stile Jan Vermeers.

Wenn wir uns schrieben, wenn wir unsere Fotos auf Instagram kommentierten, verwendeten wir die Anrede allenfalls akzentuierend. Es war doch klar, an wen man sich wandte. Das wurde wie Sprechen. Unter die sonnige Aufnahme eines unspektakulären Wipfels schrieb sie: Ich wollte dir das Licht kommunizieren. In manchen Zeilen lag die gesamte Person.

Einmal, in der Welt vor dem Großen Wasser, war ich auf Reisen gewesen, da war Julia mit ihrem Schlüssel in meine Wohnung gegangen und wir hatten über mein MacBook ein Videogespräch über Skype geführt. Das war unheimlich intim. Wirklich unheimlich. Ich ließ mir Dateien schicken von ihr zum Beweis, dass Zeit, Ort und sie wirklich eins waren. Es ging die ganze Nacht.

Dazwischen schliefen wir ein vor Erschöpfung, ließen die Monitore und Kameras aber laufen. Ich erwachte einige Augenblicke vor ihr. Mein Bildschirm war erfüllt von ihrem schlafenden Gesicht. Stendhals Abguss einer Hand Métildes war ein vergleichsweise schwaches Tool hinsichtlich dessen, was eine solide Datenleitung im Verbund mit geeigneten Geräten an Tröstendem zu leisten vermag.

Es gab einen stillen Moment, der ohne Worte auskam und dadurch eine Größe bekam, die Kunst war. In einer dieser Situationen, in denen ich am Rechner saß und eine Antwort wollte, aber nicht wusste, was ich fragen sollte. Ich hatte gesehen, dass sie auf Skype online war, also öffnete ich die Bedienfläche mit den Männchen und eine Blume ging für sie auf. Ihre Antwort war eine lachende Sonne. Mein Männchen gab einen Kuss. Ihres erwiderte das. Meines nickte. Ihres zwinkerte. Meines küsste. Ihres lächelte. Ich wählte einen zustimmenden Daumen. Ihres hob fragend die Brauen? Meines tat überrascht. Sie überlegte fragend. Ich zeigte eine Uhr, deren Zeiger sich übertrieben schnell drehten. Von ihr ging ein Gänsemarsch aus von eins, zwei, sechs – sieben Daumen, vom zustimmenden Modell, aufgereiht wirkten sie seltsam marschierend. Da musste ich lachen, gab das aber nicht preis.

Und all dies, eine ganze Welt mit eigener Sprache und Kultur, allesamt selbst erfunden und unseren Bedürfnissen angepasst, war aus jener Begegnung vor dem fremden Bücherregal entstanden. Alles entwickelte sich aus dieser einen Bewegung, einem Satz, irgendetwas Kleinem heraus, das in eben jenem Bruchteil des Augenblickes die Aufmerksamkeit erregt hatte und somit aus jenem Bruchteil des Geschehens vor der Entstehung des Erinnerungsbildes. Das Bild, das ich zu Malen beabsichtigte, sollte all dies enthalten können. Impuls wie Reaktion. Das Wesen des sich zueinander hingezogen Fühlens mit dem ersten Blick. Präzise: jenem, der als erster in unsere Erinnerung Eingang gefunden hatte.

Beim Besorgen der Materialien hatte ich kurz den Kauf eines weißen Kittels erwogen, das dann aber für epigonenhaft befunden und verworfen. Zum Malen zog ich stets dasselbe an: ein navyfarbenes T-Shirt, mit einem rostroten Sonnenkreis bedruckt (Entwurf von Dries van Noten, Erlös ging an die Opfer der Katastrophe in Japan), von dem ich sechs Stück besaß, dazu die einzige Hose, die ich kannte, die mit Camouflagemuster bedruckt war und trotzdem perfekt geschnitten. Danach hatte ich schon so lange gesucht: diese schöne Art der Musterung komplett herausgelöst aus dem Kontext des Militärischen, der Gewalt und der Anbrüllerei, die mich dort abstieß. Hardy Blechman, dem Maharishi gehörte, hatte mich vor ein paar Jahren für die Schönheit der Camouflagemuster eingenommen. Mit seinem grundlegenden Werk *Disrupted Pattern Material* – wo auf Tausenden von Seiten nichts anderes zu sehen war als die Mannigfaltigkeit der Camouflage (allerdings fehlte die Sankt-Georgs-Darstellung Albrecht Altdorfers). Das Farbgespritze hatte ich mir – wie alles, wie jeden – heftiger ausgemalt. In meiner Vorstellung wäre diese Kluft bald von bunten Spritzern bedeckt worden. Die Vorstellung hatte mir gefallen, denn es war eine der Kombinationen, die ich gemeinsam mit Julia besaß. Einmal war ich den beiden zufällig an einem Flughafen begegnet, da waren wir beide mit dieser Kombination bekleidet gewesen und ich hatte mich dabei ertappt, wie ich, Julia ansichtig geworden, ihr eine SMS tippen wollte, ob ich sie ansprechen durfte. Die Begrüßung geriet dann aber herzlich, mit hervorgestreckten Händen. Und mitten im Geplauder warf sich Julia mir um den Hals und gab mir zwei lange Küsse auf die Haut zwischen Wange und Ohr. Und er fuhr fort im Text. Das war nach dieser Party in Saschas neuer Wohnung gewesen, wo Julia und ich zu From Here We Go Sublime von The Field getanzt hatten. Und wir waren die Einzigen, die das konnten. Dazu tanzen. Alle anderen glaubten, dies sei eine alte Platte, plus die hätte einen Sprung – wir kannten das ja und wussten: Gerade das fanden wir toll daran. Worauf eine im Türrahmen, die der Weltraumpolizistin im Fünften Element sehr ähnlich sah, noch feststellen wollte: Wenn man dazu tanzen kann, dann kann man zu allem tanzen.

Was wohl wahr war.

Bei unserer Begegnung am Flughafen konnte ich das noch nicht sehen, aber nach ein paar Tagen wurde mir klar: dieses Paar hatte, jeder für sich und somit gemeinsam, dasselbe beschlossen: Den undurchdringlichen Themenkomplex zu meiden, ihn absterben und verhornen zu lassen wie ein Geweih, das nach innen wächst. Frederick und Julia pflegten auch ihren Musikgeschmack jeweils für sich. Gemeinsam hörten sie dann immer Songs, die einer von beiden nicht mochte. Die Musik, die wir gemeinsam liebten, bewahrte sie in ihrem iPhone auf. Julias Entscheidungsfreiheit erstreckte sich auf dieses Gerät, das sie stets in ihrer Hosentasche bei sich trug. Und das war eine Menge. Seit Kurzem verwendeten wir eine App für Chirurgen, mit der diese kurze Diktate an ihre Sekretärinnen mailen konnten. Wir übertrugen uns damit die Geräusche des Morgens. Was wir erlebten, erschien als der Zeit enthoben. Bei mir stürmte es, dass die Dachziegel klackerten, und auf ihrer Schulter saß ein Schmetterling.

In meinem Leben war bislang die Nachtigall der Trennungsvogel gewesen. Immer, wenn eine Beziehung vor das endgültige Aus geraten war, gab es in den Stunden zuvor eine Szene, in der ganz plötzlich eine Nachtigall zu hören gewesen war. Und der wir jeweils dann ergriffen lauschten. Als auf einen der Soundfiles von Julia ein Spritzer Nachtigallengesang gelangt war, dachte ich: Bitte nicht.

Es war Maxims Idee, dass ich für eine Weile fortmüsste. Wirklich wo ganz anders hin. Wo mich nichts an unsere Zeit in Berlin erinnern konnte – es sei denn, was ich mit mir trug –, aber die ganze Stadt sei doch wie infiziert.

Das war so. Selbst Orte, an denen ich noch nicht mit ihr gewesen war, waren mittlerweile zu bestimmten Orten geworden, an denen ich noch nicht mit ihr gewesen war. Als Maxim mir das Familienheim an der Côte d'Azur anbot, bedankte ich mich. Auch weil mir Südfrankreich als der richtige Ort erschien, um meinem Schmerz wie der Sehnsucht einen Ausdruck zu geben. Dieses Bild zu malen. Und auch von dem Leben dort her. Mit den sagenhaften Aufgangszeremonien des vergrößert erscheinenden Vollmondes über dem Küstengebirge. Der Himmel in schrillen Purpurtönen und der Mond davor honiggelb. Die Winde vom Meer her. Das Glitzern vor dem Fenster. Dass an den Friseurgeschäften stand Masculin – Feminin. Und unter dem einen an der Kurve dort gegenüber dem Jazzklub: Avec ou Sans Rendez-Vous. Des ersten Gedankens wegen, wenn ich dort erwachte; des Krispelns der Taubenkrallen in der Dachrinne über dem Küchenfenster, des Streites auf der Straße, wie der Mittagswind roch, der Färbungen des Sonnenuntergangs: all dies wollte ich aber liebend gerne nicht allein, sondern mit ihr gemeinsam erleben, zumindest besprechen dürfen. Warum machte man das? Hinsichtlich einer gemeinsamen Zukunft. Die Welt entdecken, auf der ein Leben zu zweit stattzufinden hätte.

Eine Zeit lang schrieb ich ihr physische Briefe. Aus Papier. Aber dann hatte Frederick davon Wind bekommen und dann war das keine gute Idee mehr. Weil er dies eine Mal vor ihr am Briefkasten angekommen war. Seitdem knickte er schon ein, wenn sie sich der Haustüre näherten.

Julia saß an einem Platz unterhalb des Fensters mit den gelben Gardinen neben dem Bett. Als das Telefon klingelte, leuchtete das Display hell in dem Schatten. Ich war dran und ihre Stimme klang deutlich und klar. O wie schade. Nein, leider nicht – ich kann hier gerade nicht weg. Ja, mach das. Bis bald, bis bald – die Abschiedsworte hatte sie geflüstert. Dann das Telefon wieder hingelegt. Den lila Wollstoff, auf dem sie saß, mit flachen Händen glatt streichend. Gewartet. Zu nichts fähig gewesen. Nichts gelesen. Keinen Satz fertiggebracht. Francis Bacon, kein Vermeer.

Julias Geheimnis war nicht einfach zu beschreiben. Noch nicht einmal als ein Geheimnis selbst, denn ich glaubte nicht, dass Julia selbst es durchschauen konnte. Sie war einfach so. Aber vermutlich war es das, womit sie mich und vermutlich halt auch Frederick anziehen und in einer Schwebe bewahren konnte: Dass ihr Nein niemals endgültig war, sondern nur eine neue Phase einläutete in unserem Beziehungsspiel. Dass wir insgeheim alle wussten, dass es immer weitergehen würde. Wer beim Jonglieren auf seine Hände sah, dem fiel alles hin.

Karl Lagerfeld hatte einmal zu mir gesagt: Immer Ja sagen. Es ist viel einfacher, Ja zu sagen, als Nein. Wenn Julia Nein sagte, dann machte sie gleichzeitig eine Miene, die besagte: Komm bitte mit! In eine Zeit, in der Wunden heilen konnten und wir zwei aufs Neue zueinanderfinden. Wo wir dann fasziniert beobachten konnten, wie aus den Versöhnungsworten allmählich zarte Ranken zu sprießen begannen, die tastende Anfänge wagen sollten. Wie aus Ermutigungen ein sanftes Hinüberhangeln wurde, woraus sich dann endlich wieder alles ineinanderschlang. Einklang: ein wunderschönes Wort. Wir waren zu Liebesforschern geworden.

Einmal begegneten wir uns zufällig, da stand ich mit dem Rad an der roten Ampel und sie rief mir zu, was ich mit meinem Tag denn noch vorhatte. Dazu fiel ihr darauf noch etwas ein, aber die Passanten drängten voran und ich sah, wie Fredericks Arm sie behutsam voranschob in Richtung der anderen Straßenseite. Mit einer Begründung, die sie erst nach Monaten verriet: Er war sich blöd vorgekommen.

Ich konnte verstehen, was er damit meinte. Mir ging das nie so. Wenn ich Julia traf, dann war es, als ob da ein Film liefe, in dem es nur um uns beide ging. Alles andere war dann nur für uns da, in diesen Momenten. Und es waren die einzigen Male, dass ich mich eins fühlen durfte mit der gesamten Welt. Ein wahnsinniges, ein süchtig machendes

Gefühl. Wenn die Sehnsucht dieser leere Wunsch war, als den Kant sie definiert hatte, dann verstand sich Julia auf unübertroffene Weise darin, diesen Wunsch mit Liebe weit und leer und freundlich zu gestalten, sodass er schließlich alles enthielt, an das ich nur denken konnte. Alles unbedingt und mit Julia: das war mein Wunsch.

Ich erinnerte mich an die Begegnung im TGV, da hatte ich mich während der Fahrt durch das Burgund an die Kaffeebar gestellt. Ich beobachtete den Kellner, den man in einem Sandalenfilm als Glöckner besetzt hätte. Neben mich war eine Frau getreten, die ihren kurvigen Körper mit einem eng anliegenden Kleid aus Tweed bekleidet hatte. Der ärmellose Schnitt ließ ihre bloßen Arme sehen, die Haut war rosig, das Kleid ansonsten hochgeschlossen, sie trug einen karottenroten Swingbob – grüne Augen, natürlich. Ihre Brüste spannten den Tweedstoff zwischen zwei spitzen Kegeln. Mit dem linken, das bekam ich aus dem Augenwinkel mit, stieß sie den Pappbecher um, in dem der Glöckner die Rührstäbchen vorrätig hielt. Ich half ihm beim Einsammeln. Sie schaute mich an. Wir redeten, wie es heißt: während des Austrinkens zweier kleiner Kaffeebecher lang. Ich weiß nicht warum, aber ich behauptete auf ihren Kommentar zu einer Kekssorte hin, dass ich verheiratet sei. Sie zahlte, sagte: Macht doch nichts. Und ich folgte ihr. Während sie sich hinsetzte, knipste sie an ihrem Salontischchen das Licht an und öffnete dort die Schublade gerade so weit, dass ich auf einen Blick erhaschen konnte, was darin lag: eine exakte Nachbildung des Eispickels aus Basic Instinct. Sie lachte schrill auf: Was guckst du denn so bescheuert? Wer dann noch konnte, der war wohl tatsächlich scharf auf sie. Das war wenige Stunden nach der Fahrkartenkontrolle gewesen, als der Schaffner mich aufforderte, die Sonnenbrille abzunehmen, und ich mich geweigert hatte – genügend Interkontinentalflüge auf den Toiletten verbracht, bis geklopft wurde von einem sogenannten Air Marshall; genug geheult. Ich dachte an Selbstmord. Aber nur kurz.

Als ich in Marseille aus dem Zug stieg, bloß um herauszufinden, dass heute Abend keine Küstenbahn mehr fahren würde, trat ich auf die Terrasse über dem Vorplatz und der Himmel zeigte sich in seinem dunkelsten Blau von allen und da hinein bluteten die orangefarbenen Straßenlaternen und um die Krone einer Palme hatte sich eine grünliche Aura gebildet. Ich roch die Luft, ich spürte das Meer und hörte die Autos, die einen anderen Lärm machten. Alles was ich jemals in Frankreich erlebt oder gefühlt hatte, war auf einmal wieder da. Ein Shazam für Städte brauchte es nie zu geben, das waren wir selbst. Und ich merkte: Dir vibrieren ja die Knie.

Mit einer Pinselspitze, deren schmale Form als Katzenzunge bezeichnet wurde, schob ich eine geringe Menge der hautfarbenen Pigmentmischung zu einem Kegel zusammen, um daraus Julias Nase modellieren zu können. Ich würde die Figuren Detail für Detail auf der Leinwand zusammensetzen, nicht Schicht für Schicht. Davon versprach ich mir jenen seidigen Ministeck-Effekt, den ich auf Vermeers Bildern erkannt haben wollte. Julias Nase war wichtig, ich bildete mir ein, ihr sprichwörtlich an der Nasenspitze ansehen zu können, was sie vorhatte. Julias Nasenspitze war ein Fixpunkt, von dem aus ihr Mienenspiel gesteuert schien. Ebenso wichtig: Ihr Blick. Der Gesichtsausdruck sollte exakt zwischen dem Lachen über einen Scherz und der Aufnahme des nächsten Themas eingefangen wirken. In jenem Augenblick, da die Muskulatur des Gesichtes sich entspannte, sie plötzlich wieder ganz jung aussah. Offen wie ein Kind. Die Augen groß und rund. Und mit einem

Blick darin, der aufforderte, weiterzumachen. Ja nicht aufzuhören damit. Weil hier gerade ein neues Leben begann.

Die damals kurz geschnittenen Haare ihres Scheitels waren ihr über die Stirn gefallen. Darunter verlief beinahe parallel ein Wangenknochen. Ich wusste genau, wie ihre Haut dort roch. Und dass sie ein ganz kleines bisschen flaumig dort war. Ich sah die Geschwindigkeit vor mir, mit der ihre Wimpern schlugen. Ich sah ihr Gesicht, halb verdeckt vom Kissen, neben mir liegen. Wie sie mich anschaute. Und was ich in ihren Augen alles sah. Die Lippen verliefen aus einem purpurfarbenen Ton heraus in ein volles Rosa. Ich überlegte mir das mit dem hervorblitzenden Goldzahn. Darunter das weiche Kinn, das dennoch eine so klare Form bekommen hatte. Julias Gesichtsform, die ein schmales Oval, zugleich aber kantig war – schwer zu beschreiben, deswegen ja: malen –, wurde wesentlich durch die Form ihrer Kinnpartie bestimmt. Die Spitze ihres Kinnes war von mir zum zweiten Zentrum ihrer Mimik bestimmt worden. Julia deutete damit in die Landschaft, während sie etwas ausführte. Julia reckte mir das Kinn um wenige Grade entgegen, wenn sie eine Antwort von mir erwartete; bis die dann kam. Eine knappe Versöhnung markierte sie mit einem Na gut, das von ihrem wölfisch nach schräg oben geführten Kinn unterstrichen wurde. Wenn sie die Namen der Teilnehmer an einer Party aufzählte, verfolgte sie mit ihrem Kinn ein imaginäres Wagenrennen. Sie hatte mir so oft über die Wange gestrichen mit diesem süßen Kinn für ein: Bitte bleib bei mir – ich weiß doch, es ist sehr schwer. Sehr sehr. Bei der Erinnerung spürte ich ihre Hände in meinem Nacken. Julias Hände waren ungewöhnlich schmal mit langen Fingern, die sehr viel Kraft ausüben konnten. Das war ihnen nicht anzusehen. Julias Finger sahen aus wie das famose Zartgemüse aus der Dose. Es gab derer aber bloß zehn. Ihre Haut war wie die meinige gut pigmentiert und ebenso außergewöhnlich zart. Auf den Handrücken nicht eben rau, aber in helle Rauten segmentiert, was ich mächtig anziehend fand. Julia erzählte mit viel Gestikulieren, dabei machte sie die schönsten Bewegungen mit ihren Händen – Anmut, das war wieder eins von diesen Worten, deren Verwendung mir erst möglich wurde, als ich Julia kennengelernt hatte. Auch auf dem Bild würde ihre rechte Hand eine dieser anmutigen Gesten bewahren. Und zwar eine, die ich für einmalig befand, ich hatte sie noch nirgendwo anders, nicht an einer Statue, nicht an einem Model so gesehen: Die Hand lag mit der Innenseite nach oben geöffnet in der Luft. Der kleine Finger ragte aufgerichtet und um etwas weniger als senkrecht in die Höhe. Der Ringfinger (ohne Ring) legte sich in einer weiten Kurve hintüber, der mittlere ragte als Tangente daraus hervor, untermauert vom Zeigefinger, der hier am längsten erschien, dort war auch die Art ihrer Maniküre zu erkennen: ein schlichter weißer Umkreis der Fingerspitze, geformt von der Ausklappschere ihres Taschenmessers. Der Daumen schmiegte sich im ersten Glied an die Handseite in die Fingerbeuge hinein, das oberste Glied bog sich, dem Betrachter entgegen, in den Motivraum. Sollte ihre andere Hand auf den Plotinband weisen? Das wirkte scheußlich plakativ. Was triebe ich selbst eigentlich in dem dargestellten Augenblick? Schaute ich sie an, oder: das Buch? Oder den Betrachter? Das auf keinen Fall. Ich neigte mich etwas zu ihr, um besser verstehen zu können, was sie mir zu sagen hatte. Meine dem Bild abgewandte Schulter wies gen Regal. Trotz des etwas schief gehaltenen Kopfes schaute ich ihr in die Augen. Die eigene Nase gelang mir aus Zufall. Davor hatte ich mich regelrecht gefürchtet – und: gar nicht übel, dachte ich (und hörte dabei die Stimme Hermann Lenzens). Ich bekam ganz schöne Pranken im Vergleich – äußerte sich darin mein liebender Blick? Die Silhouette Julias war mir derart vertraut, dass ich angesichts größerer Menschenansammlungen – an Zebrastreifen etwa, in Kaufhäusern – ständig zusammenschrak, weil ich hier oder dort Julia zu entdecken geglaubt hatte. Es war die Silhouette, dann ihr dunkler Blick, die Hand. Durch Julias Körper verlief ja eine modernisierte, aber nach wie vor sich vom Scheitel bis auf Fußsohlenniveau windende Line of Beauty and Grace. Die Proportionen waren perfekt und wirkten angesichts Julias zarten Wuchses beinahe schon irritierend. Man konnte sie nie wieder vergessen – allein von ihrem Anblick her. Ich hatte Situationen mit ihr erlebt, da waren wir in wüste Gesellschaft geraten, aber kaum wurden die Leute dort ihrer ansichtig, legten sie Umgangsformen an den Tag. Die Männer stellten sich aufrecht hin. Mancher wandte sich von seinem Gesprächspartner ab, weil er nun nichts mehr mit dem zu tun haben wollte. An einem Nebentisch in der Pizzeria kopierte die Frau Julias Art zu salzen, es hatte nur Minuten gedauert, dann war ihr das Vorbild eingesunken. Wenn wir in einem Lokal saßen und es setzten sich spontan Freunde von ihr an unseren Tisch, wurde sie ganz aufgeregt. Unter dem Tisch musste sie mich dann immer heimlich kneifen – ob ich auch wirklich da war? Bislang hatte ich in dem Buch der Pirelli-Tochter diese Stelle subtil gemein gefunden, wo sie ihren Vater beschrieb, wenn der zeichnete und seine Kinder den Atem anhielten dabei. Aber bei mir war das auch so: wenn Julia etwas sagte, wenn sie sich mir zuwendete, hielt ich den Atem an.

Zwei Wochen lang verbrachte ich jeden Tag damit, unsere Körper zu malen. So kam ich in den Luxus, unser Aktbild in sämtlichen Details der Lichtführung ausarbeiten zu können. Das wurde ein wunderschönes Bild: Julia und ich, nackt, vor dem Bücherregal. An unseren Blicken, an Julias Handhaltung änderte das nichts. Das Erinnerungsbild gab dunkle Kleidung vor, also rieb ich Lapislazuli auf der Glasplatte für Ultramarin. Maxim und Katja hatten den Kontakt hergestellt zu einem Farbenhändler in Nizza, bei dem ich auf Rechnung an die Adresse in Cagnes-sur-Mer meine Materialien beziehen durfte. Das Schneckenpurpur, das ich für Julias Lippen verwendet hatte, war überraschend teuer. Es wurde tatsächlich noch aus den Häuschen der Purpurschnecken gewonnen, die man im Pochwerk zerkleinerte und dann zerrieb. Das Gramm fünfhundert Mal so teuer wie Kokain. Mit der Rasierklinge schob ich mir daraus eine Straße zurecht und schickte das Bild an Julia – Lustig! Was machst du da?

Die Hautfarben mischte ich aus dem japanischen Weiß, das aus den jahrelang gelagerten Schalen von Austern gewonnen wurde. Der Preis zog seit Fukushima streng an, der einzige Hersteller weltweit, ein Familienunternehmer, kaufte bereits den Abraum der Austernfischer von Galicien bis in die Normandie hinauf. Aus dem Schalenmaterial wurden zwei subtil unterschiedliche Nuancen des schimmernden Weiß gewonnen. In unterschiedlichem Maße mit Schneckenpurpur gemischt, ließ sich unser Fleisch ganz ordentlich modellieren. *Der keusche Pinsel* – Vorstudie zu einem historischen Roman.

Als ich in Marseille dann ein Taxi bestieg, um nach Cagnes-sur-Mer zu gelangen, da brauchte es keine fünf Minuten und ich war bereits uralt. Das war die Scham angesichts der Erinnerung an den Eispickel, die aber war unnötig, denn ich würde sie ohnehin für mich behalten, diese Erinnerung, wie ich es über die Zeit von Julia mir abgeschaut hatte, als ein Verhalten, das es mir freistellte zu machen, was ich nur wollte (und ohne die schreckliche Stimme des Spatzen von Paris im sogenannten Hinterkopf, die doch immer so geklungen hatte, als hielte sie sich einen elektrischen Rasierapparat an den sogenannten Kehlkopf, während sie sang). Der Fahrer meines Taxis aber – die pfeifen dort auf Paris, pfeifen auf Spatzen, der Vogel dort ist die Ringeltaube – war sozusagen alt. Seine Haarfärbung sprach es aus und er fing an zu plaudern mit mir wie mit einem Freund, tatsächlich, kaum dass wir das Zentrum verlassen hatten: Bist du müde, nach deiner langen Reise?, sagte er und warf ein paar Münzen in den Korb, der an die Bezahlsäule der Mautstation montiert war. Wir könnten einen Kaffee trinken gehen. Vermutlich dachte er nicht an Geiz, als ich ablehnte, da ihm der Auftrag einiges einbringen würde. Der eigentliche Grund aber, das glaubte ich zumindest, war für ihn unzugänglich in meinem Bewusstsein verstaut: Ich fand ihn alt. Und wollte auf gar keinen Fall ihm als nahbar erscheinen. Jedenfalls nicht so. Verbündete ich mich mit ihm, gäbe ich mein eigenes Alter preis, das mir vielleicht anzusehen war, doch fühlte ich mich seelisch um so vieles jünger. Das kam, glaubte ich, automatisch mit dieser Situation um Julia: Dass es besonders und einzigartig und undurchschaubar bleiben sollte – jeder wissende, jeder verstehende Kommentar anderer machte mir das eigene Treiben schal.

Immer wieder war mir das passiert, seitdem ich und Julia ein Paar geworden waren: dass mich jemand auf einer Party oder im Restaurant nach dem zweiten Glas beiseitenahm, um zu fragen: Was ist bloß los mit dir, du siehst derart unglücklich aus. Ein Re-Run meiner Kindheit, der Refrain meiner Jugend: Warum schaust du so traurig! Dort war ich, wie eh und je um Antwort verlegen, wieder angelangt. So dass ich, von meiner Situation ausgehend – jemanden gefunden zu haben, der mir mehr bedeutete als alles in der Welt, nun endlich akzeptieren müsste: Das, nein: so war ich.

Da standen wir wieder einmal an einer Mautstation und er trichterte mir abrupt nach seinem Auflachen ein, dass er die Straßengebühren auf den Fahrpreis addieren würde. Er nickte in Richtung des Taxameters: Das Gerät sei dafür zu dumm. Und ich lehnte meine Schläfe an die Scheibe des Seitenfensters, sah draußen orangefarbene Lichtpunkte, die Dörfer bedeuteten; das mit dem Leuchtturm war Antibes, dahinter lag Cagnes-sur-Mer und ich wollte einfach bloß heim.

Viel zu früh hatte ich eine Fernsehverfilmung der letzten Tage von Stammheim gesehen. Die Rote-Armee-Fraktion gehörte zu meinem Aufwachsen wie Cornflakes, oder der Dreckberg hinter dem Haus, den ich mit meinen Siku-Autos bespielt hatte. Im Postamt hing dieses Warhol-Plakat, auf dem die Terroristen mit ausladenden Sonnenbrillen abgebildet waren: Vorsicht Schusswaffengebrauch! Christian Klar wurde dann unweit des Elternhauses an einer Kreuzung zwischen zwei Spargelfeldern geschnappt. Meine Tante brachte mich eines Nachmittages in ihrem grauen Käfer mit zu einem befreundeten Buchhändler, der seine Rowohlt Neue Frau Broschüren und die gelben Bände aus dem März Verlag in einer aus heutiger Sicht viel zu kleinen Ortschaft in den Weinbergen bei Ötisheim verkaufte. Der hatte einen Bauernschrank im Laden, da konnte ich durchgehen. In dem Raum dahinter gab es eine Druckmaschine, wie ich sie viel später noch einmal in Galle, auf Ceylon sah, bevor in dem Jahr darauf alles vom Tsunami verwischt wurde (und Helmut Kohl – lebte der eigentlich noch?, den steilen Weg aufwärts vor dem Wasser flüchten musste; der war dort zur Fastenkur im Cinammon House).

Vom Kino oder jenem jugoslawischen Restaurant, das meine Eltern oft genug mit uns Kindern aufgesucht hatten, führte der Heimweg immer auf jene Straße, an der Filbingers Haus sich befand. In meinen Kindheitserinnerungen bekamen diese nächtlichen Kontrollen eine wichtige Bedeutung. Die Maschinenpistolen Marke Heckler & Koch ebenso. Und das Tuch aus grauer Wolle, das in unserem Kofferraum lag, von dem es hieß, dass darauf die Einkäufe sicher stünden; und das wir, anderntags, als Unterlage für das Picknick im Freibad verwendeten. In dem Fernsehfilm hatte es diesen einprägsamen Moment gegeben, da wurde der Tod Gudrun Ensslins gezeigt, und sie rupfte, in dem Augenblick vor dem Sprung in die Schlinge, einen selbst gemachten Vorhang, gemacht aus der Pritschendecke, quer über eine Leine vor das Auge der Kamera. Hauchte sozusagen dahinter ihr Leben aus. Und ich fand das rätselhaft als Kind. Mit der Zeit wurde daraus ein: würdevoll. Im Taxi nach Cagnes-sur-Mer erkannte ich, dass der einzige Grund, mir niemals mein Leben nehmen zu können, eben darin bestand: dann läge ich ja hilflos, läge ich tot herum. Auf gar keinen Fall aber wollte ich, dass mich irgendjemand so sieht, in solch einer Situation. Wenn der das dann Julia erzählte – das überlebte ich nicht! Dyadisches Denken war doch angeblich die Voraussetzung für die Attacke auf das eigene Leben – bei mir verhinderte sie all dies. Zum Glück! Lebensmüdigkeit war wieder eines von diesen Worten, die ich leichtfertigerweise verwendetet hatte, bis es mir klar geworden war, auf welch präzise und zugleich schöne Weise hiermit ein seelischer Zustand beschrieben wurde, der sich partout nicht anders beschreiben ließ. Seit ich Julia kannte, hatte ich in kaum einer Nacht länger als drei Stunden am Stück geschlafen. Mit Müdigkeit kannte sich angeblich nur Peter Handke noch besser aus. War Lebensmüdigkeit einem anzusehen? Oder äußerte die sich eher in Vorhaben, beziehungsweise: dass man anscheinend keine mehr in petto hatte? Lebensmüdigkeit und der Schmerz des Vermissens zeigten sich vermutlich noch nicht einmal im MRT. Und wenn schon, angeblich, dann gab es auch wieder Forscher, und zu denen gehörte beispielsweise Julia, die sagten: Ah ja. Aber was da noch so feuern mochte, war womöglich doch nur irgendetwas. Mir war ja anfänglich sogar mal ein Gehirntumor prognostiziert worden, aufgrund der Datenlage, die ein solches bildgebendes Verfahren produziert hatte – war das vielleicht lange her!

Die Gassen der Altstadt wanden sich um den gedachten Kern des Berges, um den herum die Häuser errichtet worden waren. Eigentlich wie ein Schneckenhaus. Nur an manchen Stellen waren diese steilen und schmalen Wege asphaltiert. Überall sonst bestand deren Belag aus Strandkieseln in schönen Mustern, in etwas wie Zement gesteckt. Plötzlich wurde mir bewusst, dass ich seit geraumer Zeit an einer Häuserwand auf der Montée de France lehnte, dem eigentlich am wenigsten schön bebauten Weg, der hinunter ans Meer führte, der aber wiederum die schönsten Aussichten hatte. Die mich in dem Fall aber nicht interessierten. Mitnichten also das Anwesen Nadine Gordimers, nicht der zwischen Schnellstraße und Schwedenkirche eingezwängte Friedhof, der unter anderem die Grabstätte Suzie Solidors enthielt, keine der Katzen, sondern einen Abschnitt des aus Strandkieseln gefügten Weges selbst. Es hatte sich mir aufgedrängt. Der Straßenbelag dieser Hohlkehle: Die Formation der Kiesel ergab eindeutig ein J. Aus einem Gebüsch, einer Hecke, drang ein Duft, der mich an Julia erinnerte – an die Gesamtjulia, nicht bloß an Untitled. Die Pflanze war mir unbekannt. Und die Duftempfindung traf mich auch deswegen mit solcher Wucht, weil es die Zeit der Jasminblüte war, von deren Hecken die meisten Anwesen umstanden waren; und weil ich vom Jasmin schier kotzen musste. Vor allem von dem Geruch dieses Tees in chinesischen Restaurants. Mir war klar, dass ich, aufspringend von der Stelle, an der ich das J betrachtet hatte, um daraufhin in einem Gebüsch zu veschwinden comme une chatte cagnoise – dass ich dabei war, einen Eindruck zu erzeugen, dass der Sprung in meiner Schüssel nun endlich in die Tiefe reichte. Doch ich wusste, dass ich diesem Duft unbedingt Folge leisten musste – bis an seine Quelle, bis zu dem Strauch, den Blumen, was auch immer es war. Und zwar durch den Jasmin hindurch – und dabei bloß nicht an Unica denken! Denn grundsätzlich war mir dieses Phänomen nun ja vertraut – beziehungsweise traute ich ihm phänomenologische Qualitäten im Sinne einer Zeichenhaftigkeit zu, sah darin nicht mehr bloße Zufälligkeit: wann immer ich Julia ganz besonders stark vermisste, wann immer ein *du fehlst mir* nicht bloß naheliegend, sondern einzig zutreffend war, wann immer also die Welt wieder einmal drohte, gleich leer vor mir zu erscheinen, wurde ich gerettet durch Beweise ihrer Anwesenheit. Dann fuhr etwa ein Lastwagen an mir vorbei, das Logo der Spedition bestand aus einem besonders auffällig gestalteten J, aus einem Fenster drang der Reggae von Burning Spear, das Straßenbild begann zu wimmeln von kurzhaarigen Frauen, im Schaufenster der Parfümerie war ein übergroßer Flakon Untitled dekoriert und immer so weiter und immer so fort, bis ich mich an solchen Momenten von den Zeichen der Anwesenheit Julias derart gespickt fühlte, dass ich entkräftet nach Hause schlich, weil mir das Herzblut aus so vielen Öffnungen quoll. Danach allerdings wurde alles wieder gut. Eigentlich. Zumindest für eine Weile. Und einer solchen Perforation durch ihre Liebespfeile bedurfte ich gerade sehr, sonst hätte ich mich bei meiner Angst vor Hunden im Leben nicht auf Nadine Gordimers Grundstück gewagt. Eine Katze mit schneeweißem Fell saß dort unter einem Feigenbaum. Das Fell des Tieres strahlte aus dem Laubschatten, sodass ich sie beim ersten Anblick für eine Steinskulptur gehalten hatte. Der Garten reichte in weichen Terrassen den Hang hinunter. Das kleine Haus hatte einen sehr kleinen Pool, der allerdings ungewöhnlich tief ausgelegt schien, denn das Wasser, das schmatzend über den Rand lappte, leuchtete dunkelgrün. Von dort war auch der Duft zu mir auf die Montée gedrungen. Das Becken wurde nicht gechlort, sondern mit Ozon rein gehalten. Das ergab nicht nur eine schönere Färbung, es hinterließ keinerlei Geruch. Ich überquerte die Rasenfläche, vom Haus her war keine Regung zu vernehmen, kein Absetzen einer Tasse auf dem Unterteller oder das Rascheln einer Chipstüte, nicht einmal Radio, aber trotzdem fühlte ich mich beobachtet – von den beiden Fenstern im oberen Stockwerk, die schwarz und tierhaft blickten. Das Gurren der lehmfarbenen Vögel auf der Poolkante stoppte, dann stieben sie raschelnd auf. Und wie aufgewirbelt von ihrem theatralischen Geflatter empfand ich den Duft nun ganz stark, direkt vor meiner Nase sozusagen. Ich sah es glitzern aus einem Spalt in der Stützmauer, die aus hellen Brocken errichtet war. Tief drinnen wuchs also das legendäre Leuchtmoos, von dem Kerner von Marilaun in seinem Pflanzenleben berichtet hatte. Nachdem ich meine wie für eine Gursha aneinandergelegten Fingerspitzen behutsam in den Spalt geschoben hatte, um eine Probe der schimmernden Flechte einzufangen, fand ich meine Annahme bestätigt: Kühl und feucht lag auf meiner linken Hand nun eine vermeintlich glanzlose, morsche Substanz, die im Licht des

Tages weder Schimmern konnte noch leuchten wie smaragdfarbene Katzenaugen – so aber hatte das Leuchtmoos gerade noch aus der dunklen Tiefe heraus mein Auge becirct. Die große Anita Albus hielt in ihrem grundlegenden Werk zur Malerei selbst für dieses Phänomen noch eine Erklärung bereit: die Chlorophylkörperchen der Moospflanze seien selbst kugelförmig angeordnet, sodass diese selbst geringste Lichtmengen wie eine natürliche Discokugel einzufangen in der Lage sich befänden.

Dass dies Moos aber auch duftete, und wie!, davon schrieben weder Kerner von Marilaun noch die Dame Albus, denn beide waren sie Julia Speer nie begegnet. Ich nahm so viel von der Substanz mit, als ich brauchen würde, um damit Julias und meiner Augen zu malen, denn vom Farbton her waren wir uns darin sehr ähnlich. Als ich mich durch das Gebüsch zwängte, musste ich laut lachen, als mein Blick als Erstes auf einen Motorroller fiel, der dort auf der gegenübergelegenen Seite des Weges abgestellt worden war – oder aufgestellt? Denn laut des Aufdrucks auf dem Tank der silbern lackierten Honda handelte es sich um ein Sondermodell namens Werther. Gab es vermutlich auch in Zitronengelb.

Bis zu der Stunde, da ich von Julias Duft in den fremden Garten gelockt wurde, war es mir nicht aufgefallen, wie derart massig viele weiße Katzen es in der Altstadt gab (Cagnes war das Palermo und das Istanbul von Frankreich, aber das behielt ich des großen Friedens willens für mich); auf meinem fortgesetzten Weg machte es den Anschein, als gäbe es nur solche – en variation, da keine von ihnen ein derart papierweißes Fell hatte wie die in dem Garten, aber dennoch. Inklusive eines verschlagen dreinglotzenden Persers, dessen räudiger Puschelschwanz mitsamt der Rückenmähne gräulich meliert erschien, so als hätte jemand dies Tier für die Wachspolitur seines Autos zweckentfremdet. Die Promenade, die von den Katzen gemieden wurde, weil sie den Hunden gehörte, war beidseitig von Apartmentblocks bestanden, die in einem pseudo Art-déco-Stil erbaut worden waren, was ich recht ansprechend fand. Wie immer grüßte ich die schöne Floristin, die dort auf dem ihrem Ladengeschäft vorgebauten Freiluftarbeitsplatz kleine Kakteen und Kiesel in Blecheimerchen arrangierte, die von ihr selbst bemalt wurden. Nicht allzu groß, schmale Hüften, mit dunklem Pagenkopf und großen, sehr blauen Augen kam sie sehr nahe heran an mein Idealbild; eine Lisbeth Salander ohne Dachschaden. Bis auf: dass sie zwei Hunde – warum ausgerechnet auch noch Möpse! – sich hielt. Vor dem Hippodrom machte ich die mit gelber Sprühfarbe auf den Asphalt schablonierten Parkplatzmarkierungen zu meinem Himmel-und-Hölle-Spiel und landete pfeilgerade auf dem geliebten J. Der Mistral hatte die wenigen Wolken zu länglichen Schleiern zerrieben, dazwischen zogen die Flugzeuge ihre modernen Wolkenstudien ins berühmte Blau des Himmels. Der Strand war schmal, flach, Dünen gab es hier keine – nur stellenweise überhaupt Sand.

Zunächst hielt ich das für etwas aus Plastik, eventuell auch etwas Neues von Haribo, aber erst als ich mich danach bückte, fiel mir auf, wie viele es waren: Hunderte kleiner Mollusken waren bereits angeschwemmt worden und mit jeder Rolle der Brandung kamen weitere nach. Nicht groß, die ausgewachsenen etwa zweier meiner Daumen breit, von rundem Durchmesser, aber vor allem: farblich eine Mixtur aus Purpur und Blau. Erneut musste ich lachen, denn allmählich wurde mir das beinahe unheimlich. Außer mir gab es niemanden in dieser Bucht, der sich um die blauen Kleckse kümmerte, also sammelte ich eine

Handvoll davon ein, um sie nach der Trocknung auf der Glasplatte zu reiben. Womöglich, so war es mir ihrer ansichtig werdend ja eingefallen, ersetzen die mir das Azurit, das ich, dem Vorbild Jan van Eycks folgend, als Zwischenschicht unter dem Ultramarinen aufzubringen plante. Wie die Dame Albus wusste, hatte darin eine der lange als geheimnisvoll betrachteten Techniken im Farbauftrag van Eycks bestanden: Sein Blau baute er auf den geschliffenen und mit Firnis appretierten Kreidegrund seiner Leinwände auf, indem er zwei Schichtungen lasierenden Azurits aufbrachte, die von einer Schicht lasierenden Ultramarins versiegelt wurden. Lange Zeit hatte man das Geheimnis von Jan van Eycks Farben in dessen Bindemittel gesucht – dabei wurde allerdings nichts Aufschlussreiches gefunden. Wie die Dame Albus wusste, verwendete der Meister in den unterschiedlichen Schichten der blauen Pigmentmischungen jeweils unterschiedlich grob zerriebene Farbstoffe – wodurch das Auge des Betrachters durch die lasierenden Schichten in das Bild hineingelockt wurde, wo als zuunterst Liegendes, ein Bleiweiß die Farben zum Leuchten brachte. Jan van Eyck hatte mit seiner Malweise vor Hunderten von Jahren das Prinzip des sogenannten Retina Displays vorweggenommen. Weil sich in seinem vermeintlich eintonigen Blau das Licht auf mannigfaltige Weise brach. Mit je nach Tageszeit und Lichtsituation noch einmal ganz anderen Effekten, und immer wieder neu.

Auf dem Rückweg grüßte die schöne Floristin mich zum ersten Mal seit Tagen von sich aus, wobei sie von ihren glotzenden Hunden gerahmt aus ihrer Brüstung ragte. Es gab eine Modemarke, die nicht einmal ich kannte, angeblich aus Paris, deren Logo bestand aus zwei ineinander verschlungenen J – eines leuchtend purpurfarben, das andere gelb –, eine ganze Familie kam mir entgegen, die trugen das Zeugs, und Beiersdorf bewarb auf Plakatwänden ihre Nivearezeptur mit dem Motiv des schönen Paares, das zu jener Zeit in haargenau derselben Pose auch das Debütalbum von Washed Out zierte, darunter, bei Nivea, der Slogan Le soin c'est la vie. Da zog ich mein iPhone aus der Tasche meiner kurzen Hosen und musste erst eine der Mollusken entfernen, die sich auf dem Display festgesaugt hatten, um Julia schreiben zu können: Lass gut sein, bitte, ma chère, parce qu' ich kann nicht mehr!

Sie schrieb im Handumdrehen zurück: Ich wollte doch nur, dass es dir gut geht, mon cher! Deine J

Mir fiel beim besten Willen nicht ein, ob es irgendwo in der Geschichte schon einmal eine Frau gegeben hatte, die annähernd cool gewesen war wie Julia Speer. Eine Viertelstunde, viele Initialen und etliche weiße Katzen später war ich zum hundertsten Mal seit dem Bücherregal aufs Neue und noch einmal unsterblich in sie verliebt.

Die Nacht hatte ich schlaflos, aber glückselig verbracht. Als ich die Läden aufstieß, zeigte sich der Himmel, der den Tag der weißen Katze über blau und wolkenlos gewesen war, bedeckt. Aber auf eine für die Bucht der Engel typische Weise: nicht durch die Ballung einzelner Wolken, sondern durch Schichtung einzelner Lagen aus hellgrauen, weißen und bläulichen Tönen – ganz so, als hätte hier die Dame Albus über Nacht ihren Pinsel geführt, um mir eine Lehre in Fassmalerei zu erteilen. Ich hatte mir ja tatsächlich überlegt, einen Kurs zu belegen, doch dann war mir schon die Vorstellung peinlich, mich irgendwo bewerben zu müssen oder dann regelmäßig einen Kunstsaal aufzusuchen. Ich dachte an Martin Margiela, wie er das angegangen war, aber um einen Privatlehrer in dieser Gegend, weitab von Paris und Montpellier zu finden, wo der Hutmacher mit Paul Valéry warb und die Top Ten von Cézanne und Magritte auf die Tischdecken der Pizzaläden gedruckt wurden: Bonne chance! Vermeer würde sich die Malerei selbst beigebracht haben.

In einem Rezept zur Herstellung des Ultramarin aus dem Lapislazuli fand ich den Rat, für das Reiben des Steins auf der Glasplatte einen arbeitslosen Künstler anzuwerben. Als ich noch über Beauty schrieb, hatte mir Kilian Hennessy erzählt, dass er, um Parfümeur werden zu können, die traditionelle Lehrzeit für den Beruf einer sogenannten Nase angetreten hatte. Das war damals bei einer der Meisternasen der Branche gewesen, der ihm vor Beginn der Lehrjahre eröffnete, dass es derer zwölf dauern würde, bis er zum ersten Mal mit einer Mixtur betraut werden würde. Zwölf Jahre! Bis dahin vergingen seine Tage mit dem Lernen durch Nachahmung der großen Kompositionen. Analysieren und Nachempfinden von Eau Sauvage, No 5, Bal à Versailles. Kulturpessimismus war mir fremd, aber diese Art des Analysierens durch den Menschen war mittlerweile aus der Mode gekommen, da in den Laboratorien der Kosmetikkonzerne die Gasspektralanalysegeräte sozusagen Einzug gehalten hatten. Vermittels derer Ergebnisse ließ sich eigentlich jeder Duft nachbauen. Selbst ein natürlicher Duftstoff wie Buchsbaum. Aber mit Düften war es wie mit den Schmerzen: zu jeder Duftnote behielt jeder eine speziell unterschiedliche Konnotation in der Seele zurück. Eigentlich.

Andererseits bestärkte die Industrialisierung dieser Kunst einen Trend zum Kunsthandwerklichen, für den Parfümeure wie Serge Lutens oder K. Hennessy, der Duftverleger Frédéric Malle sich entschieden hatten – mit extremen Düften, die auf schwer zu beschaffenden, noch schwerer zu synthetisierenden Grundstoffen wie dem arabischen Edelschimmel Oud aufbauten. Mit einer Ideologie des Handwerklichen hatte das nichts zu tun. Denen ging es um Wertschätzung, um Qualität. Klar konnte ich mein Bild mit Acrylfarben aus der Tube malen – doch was sagte ich damit über meine Beziehung zu Julia? Bezeichnenderweise gab es in der Muppet Show zwar den Saxofonisten Floyd, es gab Schlagzeuger, Wissenschaftler und Schauspieler, aber keine Parfümeure, keine Schriftsteller, keine bildenden Künstler. Man wusste einfach nicht genau, wie die das machten. Dass es auch eine Art zu leben war, weil man für andere nicht sichtbar viel Zeit verbrachte mit der Rezeptur eines Parfums namens Untitled, mit dem Text oder mit einem Bild, bevor das Werk zu schnuppern, zu lesen, zu schauen war. Weil es manchmal gar nicht mehr leicht zu unterscheiden war, was noch Realität war und was Kommentar, brachte das auf lange Sicht eine Persönlichkeitsveränderung mit sich, deren Wesen nicht leicht zu beschreiben war, besonders nicht von den Intellektuellen selbst. Vielleicht so: Ihr Erleben war an Verweisen reich. Rainald Goetz war, von allen die ich kannte, der einzige Schriftsteller, den ich mir in der Muppet Show vorstellen konnte. Wenn es Rainald Goetz in meiner Kinderzeit schon als Schriftsteller in der Muppet Show gegeben hätte, dann wären es diese Sendungen gewesen, die mich für den Beruf des Schreibenden angeworben hätten. Denn das hätte eine mich ansprechende Figur ergeben, diese Puppe: ähnlich dem Laboranten von Dr. Honigtau-Bunsenbrenner, bloß eben mit einem schlohweißen Schopf und nicht von Angstzuständen getrieben, aber von Begeisterung. Mit einem zerfleddernden Bündel sämtlicher Tageszeitungen der Muppets-Welt bepackt, dabei unablässig in sein Oktavheft mit dem Füller notierend. Und stets nahe dem Durchdrehen, derart Ergriffen von den Schönheiten des gesprochenen Wortes. Die Kermit so vorbrachte. Beispielsweise. Über dem Eingang eines Cafés in Berlin, in das ich gerade deswegen schon gerne ging, weil es hieß, es sei unmöglich dort, hing ein Schild, auf dem geschrieben stand: das Leben ist kein Ponyhof. Das stimmte wohl und doch musste ich dabei halt immer auch an Ricardo Villalobos denken, der einen Remix so genannt hatte: Ponyhof. Es ging ja doch alles, wirklich alles, wenn man bloß wollte.

In langen, aus dem Handgelenk geführten Schwüngen war der Himmel über der Bucht im Nu rauchfarben zugetuscht worden, und zwar, wie es schien, von einem bestimmten Ort aus, der über den dreien, nun in Umbra erscheinenden Gipfeln lag, die den Hintergrund meines Fensterblicks bildeten. Dieser Eindruck wurde verstärkt durch eine zunehmende Deckkraft der Farbe von dort aus, so als befände sich zwischen der Silhouette der Berge und der meinen Ausblick begrenzenden Dachkante ein pinselndes Handgelenk. Regen fiel, was angesichts der eintönigen Verwischung des Himmelsbildes zu dem seltsamen Sinneseindruck führte, die Tropfen fielen vom Grund aus nach oben – und es hörte sich nicht anders an, als wenn die Tauben in den Dachrinnen kraspelten bei Sonnenschein. Den Duft des Regens auf warmem Asphalt liebte ich daheim über alles; jahrzehntelang war das mein Untitled avant la lettre gewesen, hatte dasselbe ziehende Gefühl im Magen ausgelöst wie nun dieses Parfum, eigentlich also wie Julia, aber hier, tausend Kilometer weiter im Süden, roch es ganz anders bei Regen an einem Sommertag, der südfranzösische Sommerregenaufheißemasphaltduft ließ mich kalt.

Mein Farbenhändler hatte mir geraten, das Bücherregal, naturgemäß reich an Details, nach Doerner als Grisaille anzulegen, wonach ich dann die bereits haptisch gewordenen Rücken der Bücher einzeln zu kolorieren hatte. Meine Leinwand war im Format des iPad-Displays dimensioniert – zwanzig mal fünfzehn Zentimeter. Mit der Ausarbeitung der Buchrücken und Regalbretter im Hintergrund der beiden Figuren hatte ich einige Tage gut zu tun. Mit der Doerner'schen Grisaille war gemeint, dass die schiere Körperlichkeit der Gegenstände in Grautönen auf den mit Bleiweiß vorbereiteten Kreidegrund gemalt wurde. Zwar war es aufgrund der Dimensionen einzelner Buchrücken innerhalb dieses Formates nicht in jedem Fall notwendig, die Titel tatsächlich lesbar zu machen – doch forderte ich von mir, die Buchrücken dennoch für Fachleute und Kenner charakteristisch darzustellen. Was mich dann tatsächlich an ein Problem brachte, denn ich konnte ja nicht das gesamte Regal aus Reclamheften oder Bänden der Bibliothek Suhrkamp bestücken – das sähe ja aus, als hätten wir uns in einem Möbelhaus kennengelernt. Die Bibliothek des Hauses in Cagnes gab nicht genug her. Nadine Gordimer, Der Radetzkymarsch – die erotischen Novellen Guy de Maupassants sowie Madame Bovary waren mir lieb, aber für diesen Zweck ungeeignet (zumal die meiner Erinnerung nach, in dem Ur-Regal, nun wirklich nicht anzutreffen gewesen waren). Den mir unbekannten Gastgeber anzuschreiben und um eine Inventarliste zu bitten, war die aus wissenschaftlicher Sicht seriöseste Vorgehensweise. Doch besaß ich nicht annähernd die Größe, wahlweise Selbstsicherheit der Dame Albus, die etwa die Restauratorin des Herzog Anton Ulrich-Museums zu Braunschweig angeschrieben hatte, um sich von ihr die Breite einer gemalten Kröte abmessen zu lassen, bloß um für einen Nebensatz herauszufinden, ob Otto Marseus van Schrieck dies Tier nun maßstabsgetreu eingefangen hatte (er hatte es übertrieben: eingedenk der perspektivischen Entzerrung kam die Dame Albus dabei auf einen Zentimeter). Was mir wiederum zu gestatten schien, die Sammlung des nächtlichen Gastgebers über das Niveau eines Möbelhauses zu heben.

Das Umfeld unserer Figuren befüllte ich pinselnderweise mit all den Bänden, von denen ich wusste, dass sie Julia oder mir viel bedeuteten. An aus der Erinnerung vorgegebener Stelle, wichtiger Fluchtpunkt meiner Komposition, standen die beiden Bände Plotins. Dennoch sah es danach noch immer so aus, als fehlte etwas. So einiges. Ziemlich viel. Es gibt ja leider kaum Menschen, die ihre Bücherregale leer stehen lassen. Was oftmals viel schöner aussähe, als wenn dort die Lücken mit ADAC-Reiseatlanten und Guinness-Rekordbüchern gefüllt wurden. Oder, meiner Ansicht nach noch peinlicher: Mit den Belegexemplaren eigener Werke. Also fasste ich eine Rundmail an drei Getreue ab: Welche Bücher bedeuten euch noch immer etwas? Und all diese Titel übernahm ich sozusagen blind, denn was waren wir denn noch viel mehr als eine Summe all dessen, das wir gerne gelesen oder gemeinsam erlebt?

Arno Schmidt schlug bekanntlich zudem noch vor: Ein Gemisch aus Scheiße und Mondschein.

Da war etwas dran. Also machte ich mir eine Notiz, unbedingt noch herauszufinden, in welchem Text er das verwendet hatte.

Quer über den Eugen-Rapp-Zyklus (genannt von Sebastian mit erneutem Hinweis auf den Titel von Peter Handkes Aufsatz zum Thema, damals, im dritten Winter nach meiner Geburt, in der Süddeutschen: Tage wie ausgeblasene Eier (irrsinnig schön!)) legte ich den großen Margiela-Bildband, der einst anlässlich der Retrospektive in Antwerpen erschienen war. Dessen quer liegend massiv weißer

Rücken (Henry Moore!) stellte einen zweiten Fluchtpunkt innerhalb der Komposition dar, die ich, als Lehre der Sainte Albus, auf gar keinen Fall zentralperspektivisch aufgebaut sehen wollte.

Bei einem Versuch zu schlafen (warum eigentlich finden?) fiel mir im Bett herumliegend siedendheiß ein, dass ich die Musik komplett außer Acht gelassen hatte. Nun sollte das sogenannte Gemälde hinsichtlich des Genres wirklich keine Allegorie werden (sondern ein Genrebild mit dem Titel: Mädchen und Junge vor fremdem Bücherregal), aber wenn ich das Vorhaben der Entäußerung meines Erinnerungsbildes so gut wie nur möglich umsetzen wollte, müsste die Musik zumindest symbolisch repräsentiert werden. Denn es war mir nicht möglich, an Julia zu denken, ohne dass damit so zu nennende Musikgedanken losgingen. Also entweder konkret irgendwelche Songs, die wir für bedeutend befunden hatten, oder Aspekte unserer Debatten über Musik, die uns schließlich zu derartigen Befunden geführt hatten.

Mit dem Bleistift, den ich eigentlich eigens auf dem Nachtgestell aufbewahrte, um mir in den Kalk der Wand notieren zu können, was ich von Träumen noch behalten hatte, begann ich eine Liste der CD-Rücken, die in dem Regal ständen. Das war ein Trick, gewiss, denn weder ich noch Julia besaßen, kauften oder hörten noch Musik, die auf physischen Datenträgern gespeichert war. (Hier in Cagnes ließ man sie an Schnüren von den Dachrinnen baumeln, um sich die Tauben vom Haus zu halten.) Aber da biss die Maus keinen Faden ab: MP3s ließen sich nicht malen. Une larme des Reaktionären schadete nie. Vom Umfang her konnte diese Musikbibliothek entweder wie jene von Babel sein, die Borges berühmt gemacht hatte, oder radikal ideal, wie ich sie einmal bei Gerhard Merz im Kaminzimmer auf dessen italienischem Landsitz besichtigen durfte: Der hatte sich einen minimalistisch geformten Bücherschrank besorgt, gerade noch groß genug für ein paar schöne Ausgaben von Paul Valéry, Konrad Weiß, Plinius dem Jüngeren, Gottfried Benn, Octavio Paz und Ähnlichem. Das Übrige seiner Bibliothek hatte er verbrennen lassen. Unser Ideal einer Diskothek beanspruchte dann aber des verschärftesten Willens zur Reduktion trotzend noch immer 46 Songs*. Oder wie Julia stets zu sagen pflegte: Musik war das Allerwichtigste.

Um vier Uhr erwachte ich dann aus einem Traum, in dem ich Julias Telefonnummer vergessen hatte. Beziehungsweise: mir fielen nur noch verdrehte Kombinationen der Zahlenfolge ein. Es war eine verschärfte Version jenes

* Patti Smith: Free Money; Junior Boys: Count Souvenirs; Nicolas Jaar: Time for Us; Pantha du Prince: Stick to My Side; Heaven 17: Let Me Go (12" Extended Mix); Slits: I heard it through the Grapevine; Noir Désir: Le vent nous portera; The Flaming Lips: Fight Test; Moderat: A New Error; Caribou: Sun; Björk: The Dull Flame of Desire (Modeselektor's Remix for Girls); Massive Attack: Paradise Circus; The Cure: Three Imaginary Boys; Charles Trenet: La Mer; Mazzy Star: Happy; Psychic TV: The Orchids; Love: Alone Again Or; REM: E-Bow The Letter; Joe Jackson: Steppin' Out; The Field: Everbody's got to learn Sometimes; Portico Quartet: Steepless (Inksteps Refix); The Smiths: To paint a Vulgar Picture; Schneider TM: The Light 3000; LCD Soundsystem: New York I Love You; Travis: Last Train; Nirvana: The Man Who Sold The World; Barbara Morgenstern: Die Liebe; The Church: Under The MilkyWay; The Doors: The Crystal Ship; The The: Beyond Love; The Whitest Boy Alive: Golden Cage (Fred Falke Remix); Frankie Goes To Hollywood: The Power of Love (12" Extended Version); When Saints go Machine: Fail Forever (Nicolas Jaar Rework); Derrick May: Rythm is Rythm (Infinite Strings); Carl Craig: Angel; The Strokes: Trying Your Luck; Radiohead: Exit Music (For a Film); Gorillaz: Hong Kong; The Shins: Sleeping Lessons; James Blake: A Case of You; The B52s: Ain't it a Shame; Babyshambles: Love You but You're Green; Depeche Mode: Stripped (Highland Mix); Françoise Hardy: Le temps de l'amour; The Aim of Design is to Define Space: Einsam ist die Leserin; Elvis Costello and the Attractions: I Want You.

Klassikers, in dem ich das Display meines iPhones zersplittert fand und unter extremem Zeitdruck versuchen musste, die Scherben in einem Gallert so zu arrangieren, dass ich mir beim Anwählen ihrer Nummer nicht die Fingerspitzen zerschnitt. Der Liste an der Wand fügte ich noch Pure Vernunft darf niemals siegen von Tocotronic hinzu.

In dem Haus, in dem ich nun schon so lange lebte, gab es keine Anlage, an die ich das iPhone anschließen konnte, der Lautsprecher des iPads, auf dem ich schrieb, klang scheußlich – Musik hörte ich nach wie vor über die Ohrhörer, die Julia mir zum Geburtstag geschenkt hatte. Meine schwedischen Nachbarn, die ich noch nie zu Gesicht bekommen hatte, würden einst sagen: Er war ein stiller Mann.

Obwohl mir Filme nichts bedeuteten, gab es einen, an den ich in den nächsten Tagen ohne Unterlass denken musste. Darin kam eine Bühnenschriftstellerin vor, die sich extrem schwer tat mit der Niederschrift eines Stückes, was so gezeigt wurde, dass sie schreiweinend um ihre Schreibmaschine und durch ihr weitläufiges Anwesen raste. Kaum hat sie einen Halbsatz eingetippt, brach sie von Neuem in Tränen aus, so als würden die Tasten davon glühend heiß. Das sollte komisch wirken, aber so war das ja in echt leider auch. Und diese Haltung des Schaffenden als Freibeuter, die in Arno Schmidts *Den Zimmermannsblei quer zwischen den Zähnen wie eine glühend gemachte Machete* auf den Punkt gebracht war – ich hatte sie mit Verlaub als so last century, so post war generation zu befinden; denn jeder Pinselstrich, mit dem ich unsere nackten Körper sozusagen bekleidete, war tatsächlich ein Streich, aber er tat bloß mir selbst weh – der letzte, so fürchtete ich – leer geheult und vermutlich entgeisterter noch als Klopstock –, brächte mich um. Verstand oder Leben: wo war denn da noch ein Unterschied? Um den fürchterlichen Moment der

Vollendung hinauszuzögern, quälte ich mich mit Details – dass sich in Julias Hosentasche das damals noch eher seifenförmige iPhone 3 abzeichnen konnte. Und in der meinigen ein Space Pen. Dass an unseren Schnürstiefeln der Lack an den Ösen teils abgescheuert war und darunter das Messing schimmerte, dass wir Jeanshosen von Uniqlo trugen, Marke +J; die vier weißen Stiche an meiner Strickjacke hinten, die es freilich noch nie in Ultramarin gegeben hatte. Einmal kam es draußen zu einem Sommergewitter, und da ich ausschließlich bei Tageslicht unter der kleinen Glasluke malte, zeigte sich mir in der Verdunklung zum ersten Mal der großartige Effekt der Leuchtmoospigmente: dass unsere Augen zu strahlen begannen, während der Rest des abgebildeten Raumes in samtigem Schatten versank. Kim Carnes in Grün.

Als alles zu stimmen schien für mein sogenanntes Auge, das innere; als Licht und Schatten, Zeit und Raum, Form und Farben in eins gebracht waren von meiner Hand, nahm ich mich des Gedankens an, den ich bis dahin umgangen hatte, entschied mich gegen den Goldzahn und nahm mit der Pinzettenspitze von dem Blattgold, das in der Bain Marie still und ölig schwamm, und formte Julia um ihren schönen Finger den sichtbaren Teil eines schmalen Reifs.

Und nun? Dann steigst du halt eben die paar Treppenstufen weiter hinauf auf den Vorplatz des Schlosses und saugst etwas Leben an. Aber da waren bloß Boulekugelschubser und Kinder, die Beach Tennis spielten. Die schrien: La moto –, als die schöne Nachbarin auf dem silbernen Roller angefahren kam. Mit Tüten vom Intermarché links und rechts an den Lenker gehängt. Und mein Blick spritzte weg, hinauf an den Turm der Festung, wo unter den ochsenblutfarbenen Läden das Moos sich in Lachen die Mauern hinab verlief, was mich an den Namen der Rose erinnerte, Bernd Eichinger war ja nun auch bereits tot, und dort die Szene mit dem Essensmüll, als der Novize das Mädchen begehrte: Das war Liebe für mich. Was wäre eigentlich aus der Recherche geworden, wenn Albertine ihren Sturz vom Pferd überlebt hätte?

Mit einem Anruf aus Frankfurt überraschte sie mich. Julia war auf dem Weg nach Nizza zu einem Kongress und freilich, natürlich, wie auch sonst, wollte ich sie sehen. Sehr gerne. Sehr!

Wir hatten uns nicht abgesprochen, aber als wir uns auf dem großen Platz unter dem Wappen entgegengehen, nicht eilen, haben wir beide von Kopf bis Fuß noch immer dasselbe an.

Julia hat sich davongestohlen. Und ich bringe es stockend hervor, weil es mir direkt eingegeben wird: Ich bin ein Poet der Stille und der Einsamkeit. Mein Glück sieht sich im leeren Wunsch bereits erfüllt.

Und sie lacht und wir umarmen uns.

Ich bin so froh, dass du dich gefunden hast, sagt Julia. Ja, sage ich. In dir.

Danke an Beate, Philomene und Jan für alles und an Jup Holter für fachlichen Rat.